文庫ぎんが堂

ぼくらのSEX

橋本治

イースト・プレス

［本文イラスト］大島弓子

本書は、雑誌「明星」の特別編集として、1993年6月に集英社より刊行後、
1995年6月に集英社文庫より刊行されたものをベースに、
巻末に解説を加え構成したものです。

ぼくらのＳＥＸ　もくじ

まえがき　SEXって本当はどういうものなんだろう

SEXっていうのは、人間が生きていくためのエネルギーだね。まだよくわからないかもしれないけど、「性」という漢字がどういうふうにできているのかを考えると、ちょっとはわかるかもしれない。

「性」という漢字は「忄《りっしんべん》」に「生」でしょう。「忄」は「心」のこと。つまり「性」というのは「生きる心」なんだね。「心で生きること」でもある。ふつうSEXっていうと「すること」とか「やること」で、あんまり心とは関係のないもんだと思われている。SEXっていうのは肉体の問題で、SEXに心が出てくると、それは「やらしいことをするな」という方向でしか出てこないもんだと思われている。でもSEXが「生きる心」だったら違うよね。「生きる心」というのがわかりにくかったら、それを「生きることの核心」と言ってみようか。それならわかるでしょう。

SEXっていうのは、肉体というものを持っている人間を動かす、エネルギーなんだ。だからこれは「生きることの核心」になる。

人間というのは、いろんなことをする。人間のするすべてのことは、その人間の自己表現と言ってもいいようなものだけど、ＳＥＸっていうのは、その自己表現を可能にするエネルギーなんだ。だから、これが涸《か》れたら、人間は衰弱してしまう。元気であるためには、人間の内部で「性」というエネルギーの炎が燃えていることが必要なんだね。

スケべな人間は、エネルギッシュだ。とてもかんたんなこと。だから、エネルギッシュな人間は、当然のことながらスケべだ。「やだなー」なんてことは、言わないでほしい。「スケべ」ということは、実はSEXに関するほんの一部の領域でしかないことなんだからね。

今ではあんまり言われなくなってしまったけれども、SEXということに関して、昔は「昇華《しょうか》」ということが言われた。心理学の言葉で、これはSEXのエネルギーが完全燃焼をすることとね。「人間の内部には性という素晴らしいエネルギーのもとがあるんだから、これがいい方向で完全燃焼をしたら、その人間は素晴らしいものを生みだすことができるよ」という意味で、「昇華」という言葉は使われたの。

人間はいろんなことをしたい。でも、自分がなにをしたいかなんてことは、そうそうかんたんにはわからない。「したい」と思うエネルギーがあって、でもそのしたいことが見つからなかった時は、エネルギーが空回りをしちゃう。「べつにしたいことなんてなんにもない」と思ってて、「テキトーにおとなしく生きていられればいいや」なんてことを考えてる時でも、突然「これだ！」っていうようなことが見つかっちゃったら、それまでくすぶってた人間がガゼン元気になっちゃうことがある。エネルギーというのは、人間の内部で作りだすものだから、「いるぞ！」と思った時には、突然のように燃え上がったりもしちゃうんだね。

人間は、したいことが見つかって、それにエネルギーをそそぎこむことが必要になったら、あんまりスケベな方面によぶんなエネルギーをそそぎこまなくてもいいようになっちゃう。これが「性欲の昇華」。元気な人間はスケベだけど、でも元気な人間はそんなにスケベには見えない。必要なエネルギーがその人間の内部で必要なだけ作りだされて、それがきちんと燃焼されているからなんだね。元気ということは、それだけで十分に美しいことで、ちゃんとエネルギーが燃えている時は、スケベかどうかなんていうことは問題にならなくなっちゃうんだ。

たぶん人間は、ＳＥＸという行為に対して、自分の性エネルギーの二割か三割ぐらいしか使ってないんだと思うよ。ホントにしたいことに対してもっと多くのエネルギーを取っておいて、それが使えるようになるのを待ってるんだと思う。「性的なエネルギーが十分に作りだされて燃えている」ということがただ「スケベなこと」としか思えない人は、なおさら特にね。人間というのは、さまざまな性的行為に足を取られながら、「本当に自分が燃えるようなものに出会いたいな」と思ってるもんなんだよ。

さて、そこでこの本だ。今うっかり「人間は、さまざまな性的行為に足を取られながら――」なんてことを言ってしまった。「人間はＳＥＸに足を取られるんだから、やっぱりＳＥＸっていうのは、よくないことなのかもしれない」って思うかもしれない。「昇華」っていう言葉は、なんとなく「よけいなことに足を取られないで、ちゃんと立派なことをしなさい」って言ってるようにも聞こえるからね。

この本はどういう本かというと、一応は「性教育の本」です。だから、この本では「正しいＳＥＸとはどういうものか」ということがテーマになります。でも、「正しいＳＥＸ」なんて言われたら、フツーの人はメンくらっちゃう。だって、人間というのは、多かれ少なかれ、自分のＳＥＸのことを「ちょっと恥ずかしくて後ろめたいこと」と思っているものだから。そんなところに「正しいＳＥＸ」なんていう言葉が登場しちゃうと、「おまえのやっていることはいやらしいことなんだぞ」って言われてるような気がしちゃう。「正しいＳＥＸ」って言ったら、ふつう、「よけいなことはしないで、礼儀正しく節度正しい交際をしましょう（だからあんまりＳＥＸのことばっかり考えちゃいけませんよ）」というような意味にしか使われないもの。

でも、人間というのは、あんまり人に言えないようなことが、すごーく気になる生き物なんだね。気になったら、そのことばっかり考えちゃうような。そして、人間というものは、誰だって、自分のしていることが正しいもんだと思いたがっていて、自分のしていることを「正しい」と言われたがっている。自分のしていることが「正しくないことだ」と思うと、それだけで自分はぐらついてしまって、それまではそんなにまちがってもいなかったのが、グラリとそのまんま違った方向に行っちゃったりもする。だから、「正しい」ということがとても気になって、なにが「正しい」かを知りたがる。SEXは人間の生きるためのエネルギーで、人間は自分のしていることの「正しさ」を知りたがる。だから当然のこととして、「正しいSEX」という考え方は必要なんだ。

というわけで、この本は、「あなたにとっての正しいSEX」を考えるための本です。世間のSEXに対する考え方が「正しい」かどうかはわからない。たとえそれが「正しい」としても、あなた自身があなたのSEXを考えた時に「あんまり正しいとは思えない」と言うんだとしたら、それは、世間のSEXに対する考え方と、あなた自身のSEXに対する考え方との間に差があるということだ。

世間と自分との間にある違いというものを、あんまりこわがらないほうがいい。というのは、実のところ、ＳＥＸという行為がどういうありかたをして、どういうＳＥＸが「正しいＳＥＸ」なのかなんていうことは、まだあんまりよくわかっていないことだから。

人間というのはけっこうズサンなもので、「人間にとって正しいＳＥＸのありかたというのはどういうものか？」なんていうことの答を、まだあんまりちゃんとだしてはいない。「性教育が必要だ」って言われて、みんなそれがわかっていて、でもちゃんとした性教育というのがあんまりないのは、ＳＥＸに関してなにをどう教えたらいいのかってことを、教える側がまだあんまりよくわかっていないからなんだ。「正しいＳＥＸとはどういうありかたをするものなのか？」なんてことがちゃんと実際的に考えられたことなんて、人類の歴史の中ではまだ一ぺんもないんだって思ったほうがいい。「正しいＳＥＸ」というのは、だから、「自分が自分の中にある性というものをちゃんと考えて、〝これも正しいＳＥＸだよ〟って言えるようになることなんだ」って思ったほうがいい。きみも一緒になって「正しいＳＥＸのための教科書」を作っていく――それが今の性教育の方向なんだね。

さてそれでは、「今まで人類の歴史の中では一ぺんも〝正しいＳＥＸ〟というのがどういうありかたをするものなのかを、ちゃんと考えられたことがない」というのは、どういうことなんだろう？　それは、「今までＳＥＸというものが、男女一組の夫婦というものを単位にしてしか考えられなかった」ということね。

ふつうSEXは男と女でする。それは、まちがいじゃない。でも、男には男の考え方や感じ方があるし、女にも女の感じ方や考え方がある。それぞれがきちんと自分のことを考えられて、それで「一組の男女」というのになるんだったらいい。でも、今までは、「一組の男女＝夫婦」という考え方が先にあって、それを作っている「男」や「女」の考え方・感じ方は、後まわしにされていた。「夫婦は、こうでなくちゃいけないんだから、おまえの考え方はまちがっている」という、窮屈な考え方ね。「僕という男と、きみという女がひとつになって、僕たちという夫婦を作って行く」という考え方は、まだとんでもなく歴史が浅いんだ。それぞれの夫婦はそれぞれの男女でできあがっていて、すべての夫婦がおんなじようなSEXをするというわけじゃない——にもかかわらず、「夫婦というものはこういうもの」という、とても窮屈な決めつけだけが先にあったんだ。

もうひとつ。「一組の男女＝夫婦」だけを〝正しいSEX〟の単位にしちゃうと、「じゃ、まだ結婚していない一組の男女はSEXをしちゃいけないのか？」っていう考えもでてくる。そんなことはないけど、いまだに「そんなことはいけない！」と怒る人はいるし、「そんなことは許しがたい不道徳だ」っていう常識の支配している国だって、地球の上にはいっぱいある。

「相手がもう結婚しているから、自分とその人とはもう結婚できない」というような関係を、ふつうには「不倫《ふりん》」という。「不倫」というのは、「人の道にはずれたこと」という、とんでもなく恐ろしい意味を持った言葉なんだよ。「こないだフリンしちゃった」なんてかんたんに言える人間は、べつにその相手と結婚したいと思っているわけじゃない。「いいじゃない、べつにそんなメンドクサイこと言わなくたって」と思うかもしれないけれど、「既に結婚している人間とＳＥＸをするということは、人の道にはずれたことである」という前提があるから、それを「不倫」という言葉で表現するんだね。

じゃどうして「既に結婚している相手とＳＥＸをすること」を「不倫」と言うんだろう？　それは、ＳＥＸというものが「一組の男女＝夫婦ですることを基本とするもの」という考え方が前提になっているから。「結婚している相手とＳＥＸをすること」だけが正しいＳＥＸだったら、「人間は自分のしたＳＥＸを正しいものとするためには、そのＳＥＸした相手と必ず結婚をしなければならない」という結論がでてきちゃう。「そんなムチャな」と思う人もいれば、「それが正しいじゃないか」と思う人もいるだろう。でも、「それが正しい」と思う人だって、「すべての人間はそうすべきだ」なんてことは言えないだろう。だって、「自分は自分のＳＥＸした相手と必ず結婚する」なんて決めたって、その相手がそれを納得するかどうかはわからないから。「SEXしてもいいと思っただけで、べつに結婚したいと思ったわけじゃない。それなのになんでこの人はへんなふうに人をしばろうとするんだろう?」と思う人間は、今やいっぱいいる。だから、すべてのSEXが結婚に結びつくものではない、それが人間というもののSEXのありかたなんだということを理解しておいたほうがいいと思う。

それでも、「正しいSEX」ということになると、どうしても「正しい結婚」という考え方はでてきてしまう。これは、「正しく結婚生活を営んでいれば、人間の性欲というものは暴走しない」という考え方なんだけれども、でもこれはムチャだね。だって、人間がSEXのことを考えて悩まされるのは、その結婚をする前のことなんだから。「結婚をすれば正しいSEXが自動的にできるようになるんだから、そうなる前はSEXのことなんか考えるな」というのが一昔前の考え方だけれど、でも人間というものは、そうなる前に、「こんな自分ははたしてちゃんと結婚できるんだろうか?」って、自分のSEXのことで悩むものなんだ。そういう人間の前に、「そんなことないよ」って教えてくれるものがなくちゃ、悩んでいる人間は救われないよね。

若い時期というのは、一番性欲が旺盛《おうせい》な時なんだ。性欲というエネルギーが自分の中で勢いをもってきた時を、「若い時」というのかもしれない。そのエネルギーを「使うな、使い方を考えるな」ということの方がムチャだっていうのは、かんたんにわかるでしょう。正しいＳＥＸのありかたは、「その使い方をちゃんと考えろ」という方向にしかないはずなんだからね。

ＳＥＸというのはエネルギーなんだから、それを「おとなしくさせて落ちつかせればいいんだ」って考えてたら、人間に必要な元気というものはなくなってしまう。でも、人間は長い間、そういうふうにＳＥＸを考えてきたんだよ。「年とって落ちついてきたらＳＥＸはしたくなくなる、だからそれまでの我慢《がまん》だ。それまでは、いやらしいケダモノのような野蛮人《やばんじん》になっていてもしかたがない」って、そんなふうにあきらめてきた。でも、そんなことをしたら、人間の中からエネルギーはなくなってしまう。

「元気があることが悪いことだ」なんていうふうには誰も言わないけれど、「正しい結婚をしてさえいれば、人間はＳＥＸのことなんか考えなくてもすむ」っていうのは、こういう考え方を生むんだね。

今までの考え方は、「すべての人間は結婚する」だった。だから、「正しい結婚」のことだけを考えていれば、ＳＥＸのことなんか考えなくてもいいように思われていた。でも、すべての人間が結婚をするわけじゃないし、すべての人間が結婚をしたがっているというわけでもないし、すべての人間に結婚という機会が訪れるわけでもない。でも、すべての人間はSEXをする。結婚をしていなくたって、人間はSEXをする。結婚をしたくなくたって、まだまだ結婚という段階に至れない時だって、すべての人間はSEXをする。すべての人間の中にエネルギーというものがある以上、すべての人間はSEXをする。つまり、SEXというのは、「男と女がするもの」という以前に、いたって「個人的」なものなんだね。

SEXへの衝動《しょうどう》・願望・欲望というものは、すべての人間の中にあって、すべての人間はそれぞれに違っていて、だからこそ、SEXというものは人間のいるヴァリエーションの数だけある、とっても個人的なものなんだ。だから、SEXの形は、人それぞれによって違うというくらいに、バラバラなものなんだ。

人はそれぞれに違う衝動や欲望を持っていて、でも、「あ、それだったらわかる」って言える人間同士が引かれ合って、SEXをする。それぞれの人間がそれぞれに違うから、人間のSEXというものはみんなバラバラで、そのバラバラなところだけを考えたら、「こんな自分にはSEXをしてくれる相手なんかいないかもしれない」ということになっちゃうかもしれない。でもそんなことはないんだ。なぜかって言えば、人間というものは、他人というパートナーと、いろいろな形でキャッチボールをしながら生きていくものだから。

人間の心の中には、他人を「好き」と思う直感力がある。と同時に、人間の頭の中には、「この人を〝好き〟と思う自分の感情はなんなんだろう？」と考える知性がある。「この人を〝好き〟とは思うのだけれど、それははたして自分にとって正しい答なんだろうか？」と考える理性がある。人間は、心で考えて、頭でそれを整理する。頭で臆病《おくびょう》になって、心で勇敢になる。心で野蛮になって、頭で冷静になる。心と頭で、自分の中にあるエネルギーの正しい使い方を、必死になって考える。人間は、自分ひとりの中でさえ、心と頭のキャッチボールをしている。それがあたりまえなんだもの、「知らない他人とわけのわからないキャッチボールをするのなんてこわい」と思う必要はないんだ。

人間ならば、心で考えて、頭で判断して、自分というものを受け入れてくれる自分だけのパートナーを、絶対に見つけることができる。それができないんだとしたら、それは考えが足りないだけ。それだけのことなんだ。自分が人間であれば、必ずそれに見合うだけのパートナーはいる。見つからないのは、「自分とはこういうもの、自分に見合うパートナーというのはこういうもの」と、かってにひとりで決めつけているから。それだけのことなんだ。

さて、もうそろそろこの「まえがき」を終わらせなければいけない。というのは、ＳＥ

Xの話というのは、いくらでも抽象的になってしまうものだから。

SEXに関しては、まだ世間であんまり具体的に話されてはいない。「SEXの話を具体的にするということは、いやらしい話をすることである」という常識がはばをきかせているからね。「あんまり具体的にするといやらしくなってしまう」と、SEXに関してはみんな思っている。これはホントは、あんまり自分の話ばっかりをしているとデシャバリものだと思われてしまうということと似ているんだけれども、ともかく、SEXの話というのは、あんまり具体的には話されない。SEXの話をするということは、自分の一番話しにくいことを話すということだから、どうしても具体的にはなりにくいんだ。

自分の一番話しにくい部分を遠回りして話せば、どうしたって話は抽象的でむずかしい話のように見えてしまう。「SEXっていうのはむずかしい心の問題で、自分の引っかかっているのはただのスケベな問題だ」なんていうふうに思いがちになってしまうのは、SEXの話がうっかりすると抽象的な話になりすぎるからなんだね。SEXの問題は、「うっかりすると、ただ〝スケベ〟とか〝ヘンタイ〟としか言われなくなってしまうような微妙な問題でもある」ということを頭においておかなくちゃ。

ひとつひとつの細かいことが積み上がって、「自分のSEX」という、自分の頭で具体的に考えていけるものになるんだって、そう考えなくちゃね。ひとつひとつのことを具体的に考え、具体的に話すということをしないと、ＳＥＸは「ワケわかんない話……」になっちゃう。いきなり「ＳＥＸとは――」というような話をすると、「ワケわかんない……」になってしまうというのは、そういうことの結果だね。「ワケわかんない……」だけならいいけど、「そういうこととは違うことを考えている自分てヘンタイなのかな」と思っちゃったら、自分のＳＥＸをちゃんと考えるということが、逆効果になっちゃう。この「まえがき」だって、そういうことになりかねない部分をふくんでいる。まだ具体的な話をする前に、アレやコレやと複雑な話はしない方がいいと思うからね、「まえがき」というものもここら辺でやめようかと思うんだ。「まえがき」を終わりにして、これからいよいよ本文に入っていくことになるんだけど、でもその前に、ひとつだけ重要な話をする。今までの話を全部わかる必要なんて全然ないんだけど、でも、これだけを覚えておいてほしいということを言う。それは、「人間の性のエネルギーが全部昇華しちゃったら、人間ははたしてＳＥＸをしなくなるか？」ということ。

人間の性のエネルギーは、自分というものを表現するためのエネルギーであって、それがうまくいかない間はいろんなヘマをする。だから、ＳＥＸに関しては「いやだなー」という自己嫌悪がつきものではあるんだけれども、もしもうまくいって「これが自分を表現することだ！」というようなことが見つかって、うまく性のエネルギーを昇華することができるようになった時、人間ははたしてもうＳＥＸということをしなくなるんだろうか？

——重要なことというのは、これさ。

はたして人間は、エネルギーを昇華なんてさせちゃったら、ＳＥＸということをしなくなるんだろうか？

もちろんそんなことはない。だって、人間はたったひとりで存在しているものではないから。ＳＥＸの行為は「他人との関係」でもある。人間は生きているかぎり、「ひとりぼっちじゃいやだなァ、他人とかかわりを持ちたいなァ」と思うものなんだから、「もういいや」でＳＥＸをしなくなっちゃうというのは、ただのヤセ我慢でしかないんだ。やっと「自分というものはこういうもんなんだ」ってわかったら、そんな自分を他人に見せたいじゃないか？　自信というのは、そういうものさ。「こんな自分なんだから、やっと自分は他人と正々堂々かかわりを持てるぞ」と思ったら、その時こそがＳＥＸのやり時だっていうようなもんだろう？

人間は、生きているかぎり、自分の中のエネルギーを消さない。そして同時に、生きているかぎり、自分に必要な他人とのかかわりを捨てたくないと思う。だから、いくら昇華されても、「ＳＥＸをするためだけのエネルギー」という、〝自分の好きに使っていいおこづかい〟みたいな部分は、必ず残るんだ。

人間は頭で考えて生きる動物だから、「よくわからない」ということが苦手で、気持ちが悪いんだ。ＳＥＸへの欲望という、自分の中にある〝よくわからない部分〟をいつまでも引きずっているのが気持ち悪いから、さっさとこれを切って捨てようとしたり、「悪いことなんだ」って否定したりしようとする。でも、そんなことはまちがいなんだ。ＳＥＸというのは、自分の中にあって、眠っている、美しくて強い力のことなんだから、それを捨てたりしちゃいけないね。

「ＳＥＸは、自分の中にある美しくて強い力——だから〝性〟という字は〝生きる心〟と書くんだ」って、全部を忘れても、このことだけは覚えておいてほしい。

1　こども――まだSEXを考えなくてもいい頃

「こども」というのは性的な存在です。そして、こどもというものは、SEXをしないものです。そのことをまず頭に入れておいてほしい。

SEXっていうのは、人間が生きていくためのエネルギーです。だから当然、こどもの中にだってそのエネルギーはある。「こどもは性的な存在だ」というのは、そういうこと。だからこどもは、オナニー（マスターベーション）のようなことをする。大人のオナニーとはちょっと違って、こどもというのは、「寂しくなったらついうっかりそこに手がいっちゃう」ぐらいの感じで、性器にさわる。そういうオナニーをするものだね。

人間というのは、頭で判断して体で行動をする。でもこどもというのは、まだその判断をする頭というものができあがってはいない。だから、体がストレートに動いちゃう。悲しいから泣いちゃうし、いやなことがあったら怒っちゃう。「感情にブレーキをかけなくちゃいけないな」ということが、まだできないんだね。だから、寂しいことがあると、手がふっと性器のところにいっちゃうことがある。性欲でオナニーをするっていうんじゃなくて、「自分のどっかが言いようもなく寂しくなっちゃったんだな」ということを感じて、それで自分の体を自分で慰めようとする。ちょっとぐらいの寂しさだったら我慢はできるんだけど、その寂しさをまぎらわす方法を知らなかったり、自分の体が「寂しい」ってことを訴えてるんだって直感しちゃった時はそういうことになる。

こどもっていうのは、大人にあやしてもらったり友達と遊んだりして、いくらでもその寂しさを吹き払う方法を知っているはずなんだけれど、そんな友達にめぐり合えない時とか、友達と遊ぶっていうことがよくわかんない時は、自分ひとりの寂しさの中に落ちこんじゃったりもする。人間というのは、なんでも学習してマスターしていくものだから、「友達と遊ぶ」ということだって、そのことを経験してマスターしないかぎりはわからない。わからないままに放っておかれたら寂しいから、おおげさな言いかたをすれば〝生きるために〟、その寂しいのを埋めるのに必要なエネルギーを、自分の体の中から引き出してくるんだね。それが、こどもにとってのオナニー。

こどもっていうのは、こどもから脱皮して思春期を迎える頃になってからオナニーをするようになるって言われている。そうなんだけど、でも思春期になる前にオナニーを経験しちゃってるこどもって、けっこういるんじゃないかなって、そう思う。オナニーをするつもりなんか全然ないんだけど、なんかの拍子に手がそこへいっちゃって、「ちょっと気持ちよかった」っていう感じを知っちゃった人って、けっこういるでしょう?

こどもの時期が終わって思春期と呼ばれる時期がやって来る。みんなが集まってSEXの話をするなんていうことがあたりまえのようになって、でもそういう時にすごい抵抗を感じちゃう人はいるでしょう。まだSEXのことを知っているわけじゃないんだけど、それがすごく抵抗感のあることだっていうことだけはわかっている。まだSEXなんかしてないのに、SEXのことはなんとなくわかるっていうのは、こどもの時に自覚しないでオナニー体験を持っちゃったことがあるからだよね。なんかのきっかけに快感を感じて、でもそれに深入りをしてたわけじゃなくて、あたりまえに友達と遊んでたから、自分がSEXのことで快感を感じてたなんてことは忘れてて、でもそれがフッと思い出されるような気がしてうろたえちゃう。「自分はいけないことを知ってるんじゃないか……」ってね。

でも、そんなことは全然ない。こどもだって人間なんだから、性的なことはちゃんとわかる。わかっていて、でもまだそれをちゃんと考える必要がないからぼんやりさせているだけなんだって、そう思っていたほうがいいね。人間は性的な生き物でもあるんだから、こどもにだってちゃんとその要素はある。だからこそこどもはちゃんと大人になれるんだって、そう考えるべきでしょうね。

「こどもは性的な存在だ」って言っちゃうと、ロリコンみたいに、「こどもを大人のSE

Ｘの対象にしてもいい」っていう考えがでてきちゃうけど、これはまちがいだね。こどもだって人間なんだから、こどもの中にだって性的な要素はもちろんあるんだけど、でも大人とこどもの最も大きな違いというのは、大人は他人とＳＥＸをするけど、こどもは他人とＳＥＸはしないということね。

「他人とＳＥＸをする」というのがどういうことかというと、他人と特別な関係を持って、その他人となにかを一緒にやっていくっていうことなんだ。エネルギーを持った人間同士が出会って結ばれて、そのエネルギーをぶつけあうんだから、そこには大きな力が生まれる。ＳＥＸをしちゃったら、その相手と「結婚したい」と思ったり、「離れたくない」と思ったりする。あるいは、もっと直接的に、妊娠《にんしん》という「こどもができる」という事態だって生まれる。ＳＥＸっていうのは、人間同士がぶつかりあって〝なにか〟を生み出す行為なんだ。〝愛情〟とか〝こども〟だとか、あるいは〝憎悪〟とか〝事件〟とかもね。他人とＳＥＸをするということは、その後に生まれる大きな人間のドラマをそのふたりで引き受けるということでもある。だから、それを引き受けられるような力のない人間は、ＳＥＸっていうのができないんだ。

こどもはまだ大人になっていない。ひとりで自立して生きていくことができないし、そんな自信だってない。だから、親の保護を受けている。まだ、他人と直接的なかかわりを持つことができるだけの力が、自分にそなわっていないんだから、それで心細いながらもこどもをやっている――それがこどもっていう時期なんだ。

もう自分の中に他人とSEXをやれるだけの成長が訪れている。「他人とSEXしたいな」とはどっかで思っている。でもいざそういう機会にやって来られちゃったりするとこわいような気がして、「自分は他人とSEXしたいのか？ したくないのか？」って考えると、「したくない……」っていう答がでちゃう――思春期っていうのはそんな時期でもあるんだけど、それは、他人とSEXをするということが、他人との間に〝なにか〟を生みだして、その他人とその後の状態を一緒にクリアしていくことが「SEXをする」ということなんだって、はっきりとわかっているからなんだね。

こどもだって、体を刺激されれば興奮する。興奮して、うっかりSEXができそうな状態になっちゃう。でも、こどもにとってその先の状態は、「不安でこわい」というような状態でしかないんだ。他人と一緒になって、自分の責任だけで自分の人生を生きていくなんていう自信はこどもの中に全然ないからね、それで「こわい……」という不安に襲われるの。だから、こどもはまだSEXができないんだ。

こどもは、性的なことに関心を持つ。仲のいい子とはベタベタ体をくっつけあうのが好きだし、性器のさわりっこだってする。「オチンコ！」とか「オマンコ！」とか、性的な言葉をすぐ口にだしたがる。他人の体に興味を持って、お医者さんごっことか解剖《かいぼう》とかって、人の体を裸にしたがったりする。でも、そこまでだね。そこまでで満足してて、大人の言う「ＳＥＸをする」というような状態にまでいかない。こどもにとってのＳＥＸと大人にとってのＳＥＸっていうのは違うんだから、それでいいんだ。こどもにとって、仲のいい友達と体をくっつけあっているっていう状態は、十分に「ＳＥＸしている」っていう状態なんだから。

こどもはそういう体験を通じて、「あ、〝仲がいい〟っていうことはこういうことなんだな」ってことを、肌で感じてわかっていく。

「ＳＥＸとは、他人とする幸福な行為である」――ＳＥＸっていうのはこの一言であらわされるものかもしれない。でもこの一言の核心を作るのは、こどもの時の〝仲のいい友達とのふれあい〟なんだっていうことは、しっかり胸の中に刻んでおいた方がいいと思うね。

2　Hなことばかりが気になっちゃう

小学校の三、四年生ぐらい——人によってはもうちょっと早くからかもしれないけど、人によってはそのころからすごくSEXのことが気になっちゃう。意味もなく人前で「チンコ！」とか怒鳴って、「やめなさい」って怒られてばっかりいる子っているでしょう？

自分の中に性的なことがちゃんとあって、でもまだそれが目覚めてはいなくて、そして「自分の外側には、どうも自分の知っているのとは違う〝大人のSEX〟というものがあるらしいな」と思えちゃうような時期ですね。「自分は知ってるぞ、自分はなんとなく気になって、ムズムズしちゃうんだぞ」と思って、大人に顔をしかめられるようなエッチなことばっかりを言ってまわっちゃうこどもっていうのは、いるんだ。「いい子にしてなさいね」っていう、ちゃんとしたこどもとしての教育を受けて、それで順調にこどもとして成長しちゃって、「もう後は大人になるしかないな」っていう、大人の門口の一歩手前にまで来ちゃってるんだね。やがて大人になっていくこどもの中には、ちゃんと性的な要素もそなわっている。でも、こどもの世界には表向きSEXなんていうものはないからね、

「後は大人になるだけ」っていうこどもは、自分の中にある性的なことがすごく気になるんだ。

「こういうことって、ホントにあっていいのかな。大人の世界にはあるっていうよ」とか、「みんなホントにSEXとかっていうようなことするのかな」とか、「ぼくはSEXのことだってちゃんと知ってるぞ」とか、そんなことを人に言ってみたくなるんだね。特に男の子にとって自分の性器っていうのは、伸びちぢみする不思議なオモチャみたいなところがあるからね、「このオモチャには、実はべつの使い方があるんだ。ぼくはちゃんと知ってるんだ」って、そういう意志表示をしたくなっちゃう。女の子だったら、「わたしだってちゃんと色っぽいのよ」とかね。こどもはみんな背伸びをして、大人のまねをしたがる。SEXのことだって同じ。「自分はちょっとだけ大人なんだぞ」っていう、こどもなりの意志表示が、エッチなことばっかり言ってまわるっていうようなことになる。

大人が顔をしかめるようなことばっかり言いたがるっていうのは、実はこどもが、言葉でSEXをしてるってことね。言葉を使って、性的なデモンストレーションをしている。言葉によるマスターベーションだと思ってもいいかな。でも、そういう子が、必ずしも早熟なこどもとはかぎらない。かえって逆に、性的にはオクテで、臆病《おくびょう》な子だったりもする。「ムッツリスケベ」って言葉がある。SEXのことをペラペラしゃべる人間よりも、そういう時に黙っている人間のほうが実はスケベだっていうことね。ホントに早熟で、ＳＥＸのことなんかよくわかってる子のほうが、そういうことにはおとなしくて、絶対にエッチなことなんか言わない。大人が感心するような優等生みたいな顔をしているっていうこともあるんだ。

性的に成熟っていうのは、人によって違う。外からじゃ見えない、内側の成熟っていうものがＳＥＸに関してはすごく大きいから、個人差がすごくあるんだ。

こどもの時にエッチなことばっかり言っていて、「困った子」だなと思われていたやつが、全然困らないノーマルなやつになることは、あたりまえにある。ＳＥＸのことなんか全然わからなくて、こどもらしい優等生だった子が、思春期になった途端ＳＥＸのことばっかりで頭がいっぱいになっちゃって、突然「困った子」になっちゃうことだってある。大人の門口の一歩手前まで来て、「あとはもう大人になるしかないな」ということになっていたとしたって、その〝もう少しのあと一歩〟というのは、非常に大きな一歩なんだね。だから、その〝一歩〟に関しては、非常な個人差がある。ＳＥＸが人によって違うというのは、この〝一歩〟の違いのせいだと思ったほうがいいかもしれない。

十七とか八とか、十九とかっていう十代の後半ぐらいになって、やたらＳＥＸの話ばっかりするやつがいる。〝ＳＥＸばっかりしてる〟んじゃなくて、〝ＳＥＸの話ばっかりしてる〟ね。「そんなにしたけりゃすればいいじゃないか」って、まわりの人間には思われていて、でも当人はそんなことに気がつかなくて、やたらSEXの話ばっかりをしている。これは、エッチなことばっかり言ってまわりを困らせている小学生とおんなじだね。SEXのことがすごく気になって、「それが気になってもいいんだ」っていうことだけを望んでいる。言ってることとわかるかな？　〝SEXがしたい〟んじゃない。〝SEXのことがすごく気になって、「それをちゃんと気にしてもいいのかな？」っていうことで悩んでいる〟なんだ。

体がちゃんと成熟して、もういつでもSEXすることはできるっていう段階になっている。当人もそのことがわかっている。でも、それでも、どこからも「もうSEXしたっていいんだよ」っていう〝指令〟が来ないから、できるような肉体を持ってしまった当人は「本当にSEXなんかしちゃっていいのかな？」って、半分とまどっている。そのことを友達なんかに認めてもらいたいから、「SEXがしたい、オレはSEXのことをこんなによく知っている」っていうデモンストレーションをしているんだ。そういうデモンストレーションをして「それだけ準備ができあがっているんなら、きみはもうちゃんとした大人なんだから、いつでもSEXをしても大丈夫だよ」っていう〝許可〟が来ることを待ってるんだ。

でも、ふつうはそんなふうには誰も思わない。「SEXのことばっかり言ってるウットーシイやつ」って思われて、「そんなにしたけりゃさっさとすればいいじゃねーかよー」って言われちゃう。「すればいいじゃねーか」って言われて、「うん」とは言ったりしても、でもそういうやつが望んでいる言葉は、それじゃないんだ。「すればいいじゃねーか」じゃない。「もうできるよ、きみはちゃんと成熟してるよ」っていう、そういう言葉なんだ。

「すればいいじゃねーか」「相手がいねーんだろー」「オタッキーなやつ」って、そういうふうに会話は続いちゃうけど、SEXのことばっかり口にしてて、でも一向にSEXをしようとはしないやつっていうのは、「相手がいる・いない」で悩んでるわけじゃないんだ。「自分には、本当にSEXできるだけの成熟って訪れているんだろうか？　SEXできるだけの成熟って、一体どういうことなんだろう？」って、そういうことで悩んでる。

「SEXしたくない症候群」なんていう言葉があって、「今の男の子は困った問題を抱えている」なんてことを言われたりする。でも、「SEXしたくない症候群」というのは、今言ったみたいなことだね。SEXのことがすごく気になるんだけど、ホントにそれを自分がしていいのかどうかがわからない。「したくない」んじゃない。「したいと思っていいのかどうかがわからない」なんだ。

「ＳＥＸのことが気になる」っていうことには、実はふたつの側面がある。「すごーくしたいような気がするんだけど、ホントに自分はＳＥＸなんかしちゃっていいんだろうか？」っていうのと、もうひとつ「自分はまだそんなにもしたくないんだけど、そんなにＳＥＸってしなくちゃいけないんだろうか？」っていう、ふたつの気になるなりかたね。成熟っていうのは、人それぞれの個人差のあることだから、同じような年頃でも、こんな正反対の〝気になる〟があるんだ。

人間は、どんなことでも自分なりに学習をする。学習をしなければ、どんなことだってわからないし、できないまんまだ。そのことだけはわかっている。でも、「なにをどう学習すれば〝ちゃんと学習した〟ということになるのか」っていうカリキュラムがはっきりしてなくちゃ、〝学習した〟っていうことがわからない。ＳＥＸのことっていうのは、その典型的なことなんだね。

「みんなする」って言われたって、「なにをどうするのが〝ＳＥＸをする〟ってことなんだろう？」っていうのが、一向にはっきりしない。自分の中には欲望っていうものがあるから、「したい」ということはわかる。それだけは感じてわかるんだけど、「みんなはどういうふうにやってるのか？」ってことは全然わからない。ひとりでやることなら、「テキトーにやってれば他人に迷惑もかからないだろう」ってことになるけど、ＳＥＸっていうのは他人と一緒になってやるものだからね。「自分はこうやりたいような気がするけど、はたして自分の相手はこんなことやりたいんだろうか?」っていう疑問だって生まれちゃう。ぼんやりした疑問というのが、SEXに関しては一番ブレーキをかけやすいものなんだけど、そういう〝ぼんやりした疑問〟に答えてくれるものって、ほとんどないんだ。

SEXっていうのは、昔は「したい」なんてことをあんまりはっきり言っちゃいけないようなもんだった。だから、結婚前の若いやつにとっては、「しちゃいけないこと」だった。それがいつの間にか、「してもいいこと」「みんなしてるよ」「さっさとしなさい」「しないのはヘンタイだ」みたいな変わり方をしてしまった。いつの間にかそういうふうに変わっちゃったんだけど、でも、はっきり変わったわけじゃない。いつの間にかこっそりと、なんとなく「してもいいもの」に変わっちゃった。

昔は性教育の本なんていったら、本屋さんで買えないようなエロ本とおんなじだったんだからね。

ある人は、「SEXをしてもいい」と言う、でもある人は、「SEXをしたいなんて言うな」と、今でも言っている。自分の中にはSEXをしてもいいような態勢《たいせい》ができあがっているんだけれど、それがはたして本当にしてもいいのかどうかということはよくわからない。クルマだったらそれを運転するのに免許がいるから、運転できるような年になって運転したいやつは免許を取りに行く。免許を持っていれば運転できるし、免許を持ってないやつはしちゃいけない――そういうふうにはっきりしているんだけど、SEXは別に免許制じゃないからね。みんななんでも教えてくれて、なんでもかんでも「きみの自主性に任せる」というのが現代だけれども、その一番肝心な〝自分の中心にあるSEXというもの〟に関しては、誰もなんにも言わないまんまだ。

SEXは自由だけど、SEXに関する状況というのは、自由なのか不自由なのか、なにをもって「自由」とするのかっていうことが一向にはっきりしないまんまなんだ。これじゃ、その門口に立ったやつが迷うのはむりないもの。

「自分はしたいけど、はたしてしてもいいんだろうか?」っていうとまどいは、あって当然。それに関してはちゃんと悩んでいい。ちゃんと悩めば、「あ、自分はまだしたくないんだ」「自分はもうしたいんだ、できるんだ」っていうことはわかると思う。その決断だけを、自分ですればいいんだ。

「SEXというのは、他人と作っていく関係――だからこどもにはできない」と言ったことを、もう一度思い出してほしい。

SEXというのは「他人とすること」で、「自分というものがちゃんとあるな」ってわからないかぎりは、できないことなんだ。SEXていうのは、人間同士がぶつかりあって〝なにか〟を生みだす、そして他人と一緒になにかをしていこうとするためのきっかけとなる行為でもあるんだ。だから、ＳＥＸのことを考えることは、自分のことを考えることと——「自分て、ホントにちゃんとしてるのかな?」って考えることだから、「自分はしたいのかしたくないのか、できるのかできないのか」ってことを考えるのは、とっても重要なことなんだ。それは、はじめてのＳＥＸへ踏みだすような年頃だけの問題じゃなくて、もっと大きくなってからも、「はたしてこの人とＳＥＸをしたいのかどうか?」っていうように、いつもいつもついてまわることなんだね。

ＳＥＸの話になると、いつも「悩んじゃいけない」っていう話になっちゃうようなところもあるんだけど、ＳＥＸというのは、いつだって「自分はしたいのか、したくないのか」っていう、その点にだけは悩まなくちゃいけないような、それだからこそ重要なことなんだ。「自分はしたいのか、したくないのか」「自分はできるのか、できないのか」——これだけはちゃんと考えなくちゃね。それは〝相手のため〟じゃない。それこそが〝自分のため〟なんだ。

「ＳＥＸのことが気になるから、どうしてもＳＥＸのことばっかり話しちゃう——でもだからって、まだそんなにしたいわけでもない」っていうような悩み方もある。

「ＳＥＸのことを考えると、ただ〝したい〟っていうことしかでてこない。そういう欲望を野放しにしちゃうと、今の自分にとってはとっても危険なことになりそうな気がする――だからＳＥＸの話になると避けちゃうんだ」というような悩み方だってある。

どっちもおんなじだね。ＳＥＸっていうのは、ひとりの人間の中でいろいろ態勢が整わなきゃ安心してやれないようなもんだから、それでいろいろな悩み方をする。それだからこそ、ＳＥＸのことは、まず第一に「とても気になる」。

気になってもいいんだ。気になって、そして、それを自分なりに考えていけばいいんだからね。

「ひとりで考えてばかりいちゃ始まらない」というのは、「ちゃんと考える」ということを始めてからのこと。まず最初に、「あ、自分はＳＥＸのことがとっても気になるんだ」って、そのことをちゃんと認めようね。

3　もうこどもじゃない、でも、まだ大人じゃない

　SEXっていうのは、ふつう、大人になってからするものだと思われている。それはもちろんその通り。

「もうSEXはできるな」と思えて、SEXをするようになったら、大人。でも、そうなるまでの間に、SEXということを可能にする要素が自分の中にないわけじゃない。こどもの時からちゃんとあって、他のこととおんなじように、性的な要素も、こどもの体の中で育っていく。SEXという要素は、いきなり大人になってから体の中に登場するものじゃない。

　だから「こどもの段階」をちゃんとマスターしておけば、SEXのことでそんなにも悩む必要はない。自分の中に、そのことを考える手がかりはみんな揃《そろ》っている、というようなもんだからね。どんなことでも、自分の体と相談して、ちゃんと考えていくことはできる。できるんだけど、でも物事というやつは、そんなにかんたんなものじゃない。やっぱり、大人になっていく途中で、人間はSEXのことで悩む。

こどもは突然大人になるわけじゃなくて、徐々《じょじょ》に大人になっていく。人間がこどもから大人に変わっていく期間――この「徐々に」の間は、けっこう長い。「べつになんの心配もない」と思っていても、この「徐々に」というけっこう長い間に、いろんなことでぐらついたりもしちゃう。こどもから大人に変わっていくこの時期のことを、「思春期」と言うね。

「思春期というのは、いろいろと悩む時期なんだから、ちゃんと悩みなさい」ってこと。「思春期」というのは、悩む時期。そして、「こどもから大人へと、一歩足を踏みだして変わっていく、こどもでも大人でもない時期」――「もうこどもではなくて、大人の階段に一歩足を踏みいれた時期」なんだけれども、今はここに、ちょっとした問題がある。それは、「もうこどもじゃない」だけど、「まだ大人でもない」という、そのことの中身なんだ。

思春期というのは、まだちゃんとした大人の考え方をマスターしていない時期。こどもの体が成熟してきて、徐々に大人の体に変わりつつある。そのことを当人もわかっていて、「もうこどもじゃないんだから、大人の考え方をマスターしよう」とは思う。思うけど、でも〝大人の考え方〟っていうのがよくわからないから、「ああかな……？　こうかな……？」って考えて、悩む。

でも今は、大人とこどもの境目《さかいめ》が、なんとなくあいまいになってきている。体はもうこどもじゃないんだけど、でもだからって、べつにそのまんますぐに大人にならなきゃいけないわけでもない。こどもじゃないけど、べつに大人になる必要もないんだから、〝大人の考え方〟なんていうものをマスターする必要もないように思える。

だから、「体はもうこどもじゃない」んだけど、「頭の中はこどものまんま」ということにもなってしまう。思春期は、大人の考え方をマスターしようとして、考えて悩む時期なんだけども、べつに大人になる必要がなかったら、ないと思えたら、そんなことで悩まないし、悩む必要もないでしょう。

だから――、どういうことになるんだろう？

こういうことになる――。

思春期というのは、「大人にならなきゃいけないな。だって、自分の体はもうこどもじゃないんだから」って悩む時期だけど、今はこの思春期がないんだ。

ホントはあるんだけど、その思春期に、なかなかたどりつけないようになっている。「もう自分の体はこどもじゃないんだけど、でもべつに大人にならなきゃいけないっていうわけでもないな」って思える時期が、思春期の前に大きく広がっていて、これがあるから、大人になるはずのこどもたちは、なかなか思春期にまでたどりつけないんだ。

思春期の前に立ちふさがってて、「こどもの体じゃないけど、でもこどものまんまでも

いい」って言ってる時期のことを「モラトリアム」って言うね。「モラトリアム」っていうのは、「猶予《ゆうよ》」――「ホントは違うんだけど、でも〝しょうがないな〟と思って許されている」という意味の言葉ね。

みんな、「しょうがないな」と自分で思って、人に思われて、許されている。大目に見られている。

昔は、こんなめんどうじゃなかった。昔はもっとかんたんで、「人間というものは、こどもから思春期という時期を抜けて大人になっていくもの」と、そう決まっていた。でも、今は、こどもがこどものままで、大人にはならない。こどもの体はもう「こどもではない」と言えるだけ、十分に大人になっていて、でも、大人にはならない。少年や少女のままで、そのまんま。悩んで苦労しなきゃならない思春期に出合わないから、「悩み」ということがどういうことなのか、そのことさえもがわからなくなっている。

もしも、人間が悩まなくていいもので、人間の社会というところが悩まなくてもいいところなら、これで全然かまわないだろうね。

でも、現実はそうじゃない。だから、ちゃんと悩まなくちゃいけない。自分に必要な「悩むべきこと」をちゃんと発見して、それと格闘しなくちゃならない。人間は、なんでも学習してマスターしていくものだから、「悩む」ということだって、実は学習しなくちゃならない。「悩む」ということはどういうことなのか、「悩んでいる・悩みがある」というのはどういう状態なのか、っていうことを、きちんと知らなければならない。「悩む」ということがどういうことなのかを学んでいなかったら、人間は「悩む」ということさえもできないんだ。

自分の体が大人になっていったら、その体に合わせて、いろいろなことを考えていかなくちゃならない。「大人の体」には、やはりそれに見合った、「大人の体の考え方」というのもあるんだから。

でも、その「大人の体に合った考え方」なんていうのがメンドくさくって、「考えるのなんかいやだ」っていうことになったらどうだろう？「いやだから、そんなの考えるのやめる」って言ったって、自分にはもう〝自分の大人の体〟というのがあるんだから、これはごまかしようがない。

でも、人間というのは、いくらでも、とんでもないごまかし方を考えだす。つまり、自分の体をギューギュー押さえつけて、あんまし大人の体にならないようにしちゃう。「抑《よく》圧《あつ》」っていうんだけどね、人間は、自分の体にそんなことまでできちゃう生き物なんだ。

自分の体が「こどもから一歩でたまんま」の状態にさえなれば、「もうこどもじゃないから、大人だ」って言うことはできる。その先の、「もっと大人になっていく」という状態は、よくわかんないから考えないようにして、その「こどもから一歩でただけの状態」で騒いでいれば、べつになんにもバレやしなかったりもするからね。

「モラトリアム」という状態は、そういう状態をさすんだよ。

思春期を経験した後のモラトリアムだったら、「ともかく大人になんなきゃいけないな」ってことだけは、わかってる。「わかってるけど、ちょっと疲れたから休ませて」っていうモラトリアムならいい。休んだ後で、ゆっくりでも〝その先〟へいこうとするからね。

でも、思春期を経験しないモラトリアムは、「べつに、大人になんかなんなきゃいいんでしょ」と思ってソッポを向いてるだけだから、そのまんま、永遠に大人にはなろうとしない。「世間のつまんない大人とおんなじような大人にはならない」という意味じゃなくて、これは、自分の体の中にある「大人になろうとする声」に耳を貸さないということね。

いつまでもこどもでいられたら楽だけど、でも、大人はこどものことを「ガキ」と言ってバカにしたりもする。だから、「もうこどもじゃない」と、自分で思えるだけの状態をこっそりキープしといて、それで、つごうのいいところでは「大人」と言い、つごうの悪いところでは「大人じゃない」と言う。一番楽な状態だけど、これはずるいよね。「これ以上大人になっちゃったら、ちょっとまずいから、ここでテキトーに止めとこう」っていうズルが、「モラトリアム」なんだ。「モラトリアム」という言葉には、もうちょっとべつの意味もあったんだけど、いつの間にかこんな意味になってしまった。

こんなズルは、やめたほうがいいでしょうね。いつまでも少年や少女のままでいれば「美しい」のかもしれない。でも、いつまでも少年や少女のままでいるということは、〝もう美しくない少年〟や〝もう美しくない少女〟になっても、ずーっとそのまんまでいる、いなければならないっていうことでもあるんだけどね。

これは、かなり醜悪《しゅうあく》でつらいことだと思ったほうがいい。目先の利益だけで、その先のことを考えないでいるのは、大人たちもふくめた今の傾向ではあるんだけれど、これは、改めたほうがいいよね。

4 「かわいい」ということ

大人になりたくない少年や少女の「モラトリアム」が一般に認められちゃったのは、ごく最近のことだね。「お坊ちゃま」とか「お嬢さま」というものが、ブームになってしまってからのこと。それまでは、こういうものは、特殊なお金持ちの世界にだけあって、ふつうの人間とはあんまり関係のないものだったんだけど、世の中が豊かになっちゃったもんだから、ごくあたりまえのふつうの家の子でも「お坊ちゃま」や「お嬢さま」みたいになっちゃった。

「お坊ちゃま」とか「お嬢さま」というのは、自分からはなにもしないで、人からかわいがられるだけの存在なんだ。まだ一人前の大人じゃないから、自分からはなんにもしなくてよくて、ただかわいがられてるだけの、かなり特殊なこどものこと。

昔は、日本中がそんなに豊かでもなかったから、「こどもの時にぼんやりしたまんまで、怠《なま》け癖《ぐせ》なんかがついたら困る」と思って、こどもも働いたんだ。親の手伝いとかね。こどもはこどもなりの仕事をさせられていたんだけども、それがいつの間にかみんな豊かになっちゃって、「こどもはただ勉強だけしてればいい」みたいになっちゃった。「こどもに勉強をさせとくだけじゃ、なんとなく自分の家が貧乏な家みたいな気がする」と、親が思えば、こどもにテキトーなぜいたくをさせる。「勉強だけじゃつまんない」と、こどもが勝手に思ってさぼってたって、親は「それでもなんとかなるんだろう」と思って、平気で遊ばせとく。「こどもが大きくなってどういう大人になるのか?」っていう心配はあんまりされなくて、ただ甘やかされて放っとかれる。

誰だって、楽なままでいられれば一番楽なんだから、そういう状態の中で、「わざわざ苦労をしよう」なんてことは思わないよね。だから、そういう意味で、今のこどもたちは、べつに金持ちの家の子じゃなくても、平気で「お坊ちゃま」や「お嬢さま」だったりはするんだ。

大人である親が、自分のこどもを異様にかわいがるというのは、もちろん、親の欲求不満のあらわれでもある。「ひょっとして、自分は親から異常にかわいがられすぎてるのかもしれないな」と思ったら、「モラトリアムになるかもしれない」っていう警戒をしたほうがいい。でもね、人間のこどもというものは、多かれ少なかれ、大人にかわいがられるようにできているものなんだ。「こどもの最大の仕事は、自分を愛してくれる人のペットになっていてあげること」だったりもするんだ。

「自分には自分なりの〝自分〟というものもあるんだけど、でも、なんかウチの親っていう人は、こっちをかわいがってれば気がすむらしい。それを〝だめ！〟って言うのもなんかかわいそうな気がするから、そのままにしといてやろう。へんに逆らって、親に寂しい思いをさせるのはやめよう。こっちがちょっとだけ我慢してれば、それでいいんだから」って思ったことはない？

「こどもの最大の仕事は、大人にかわいがられて、それで、どうにもならない大人の気持ちを慰めてやることだ」って、そんなふうに大人はあんまり思ってないけど、こどものほうが意外と先回りして、そう考えちゃってることってあるよね。

「こどもが親の犠牲《ぎせい》になる」っていうのは、そういうことでもあるんだけど、でも「親のためを思って、こっちはかわいがられてやってるんだ」だけじゃない部分だってある。だって、素直にかわいがられていることは、楽だし、幸福なことでもあるんだから。

「親の犠牲になって、おとなしく〝いい子〟をやっててやったんだけど、でもそのおかげで、自分にはへんな怠け癖がついちゃったな……」と思ったことって、ないか？　なんだかんだ言っても、人に愛されるってことは心地のよいことなんだよ。

「かわいい」と言われてムカッときたら違うけど、でも「かわいい」と言われて、「それでいいや」と思えたら、それはその時、十分に気持ちのいい状態にいるってことさ。かわいがられている当人の中で、いろんな要素がバランスよく落ちついて、それで円満にしていられるんだよ。

誤解をおそれずに言ってしまえば、こどもが「かわいい」と言われるような状態にある時は、そのこどもが性的な満足状態にあるってことね。「自分は気持ちいいんだから、このまんまでいいや」って思えることは、実は性的にも満ち足りているってことなんだ。人間が、「いつまでもこどものままでいたい」って思うことの中には、こういう要素もちゃんとある。

それが心地よくて、十分にバランスがとれていると思ってしまったこどもは、だからいつまでも「かわいい」と言われるような状態に、自分をおいておこうとする。もうそんな年頃じゃないのにもかかわらず、いつまでも「かわいい」と言われるような状態を演じ続けようとするのは、そういうこと。「自分は〝かわいい〟じゃなくて、〝美しい〟と言われると心地よい」と思えば、自分を「美しい」と言われるような状態にキープしとこうともするしね。十代の頃が、カッコばっかりを気にするナルシストの時期でもあるっていうのは、そんなことさ。

こどもから一歩抜けでた十代の頃は、はっきり言って、「美しい年頃」でもある。べつにそんなに美少年や美少女じゃなくても、肌がつやつや輝いて、美しく見えるし、また自分を美しくかわいらしく作ることが、可能なんだ。頭のほうだって、「自分は美しくってかわいくってカッコいいんだ」って、信じやすい。信じやすいから、自分をそういうふうに作って、人に見せるんだけれどね。

どうして十代の男の子や女の子が、自分をナルシスチックに美しく見せようとするのかというと、それは、まだこの年頃が、人との関係をきちんと作って持っていられるほどには強くないからだね。

他人に対して自信がなくて、でも自分のことを保護し守ってくれる他人がほしいような気がする。他人はほしいけど、でも他人はそんなにもほしくないという、矛盾した年頃。自分とは異質な他人が、こわいような気がするし、「自分は自分でなんとかしていかなきゃいけないんじゃないか」っていう、自立心もある。自立心はあるんだけど、でもひとりじゃ心細くて落ちつかない。自分がそんなふうに不安定だから、自分の中に自分なりの円満状態――バランスがとれて「安心しているな」って思えるような状態を、作りだそうとする。

自分が自分で「かわいいな」って思えるような状態を作りだしていられれば、それだけで十分に安心できるんだ。まだ「かわいい」って人に言われても、そうそう不自然な年頃ではないんだからね。

自分で自分のことを愛するのは、べつに悪いことではない。自分で、自分なりの幸福状態を作りだすのも、悪いことではない。自分の中に幸福を発見することがいけないことだったら、そこでもう、人間には生きている意味がなくなっちゃうんだから。

逆に、そういうことは、積極的にできたほうがいい。でも、こどもから一歩足を踏みだしただけの年頃は、人生の中では一瞬にすぎないようなものだ。それは、一時的な状態。自分で自分を「かわいい」と思えるように作ることができるのは、ほんの一時のことなんだ。

「美しい時期」でもある少年や少女の時期を抜けだして、人間はまた、そこから徐々《じょじょ》に大人へと変わっていく。それを恐れちゃだめだよね。

人間の体は、いつでも時間に合わせて動いていて、ある時期ある時期で、満足のいく調和状態を作りだすようなものなんだ。その時によかったことが、いつまでも「いい」のまんまじゃない。

こどもの時に人から「かわいい」と言われるような調和状態を持てたのは、ひとつの偶然かもしれない。それは、これから始まる人生のひとつのサンプルを知っただけなんだと思って、その後の幸福は、それを参考にしてべつに作りだすということをしていかないとね。ひとつの状態になれて、いつまでもそこでヌクヌクとしているだけじゃ、なんのために人間には脳ミソというものがあるのか、わからなくなってしまう。

「少年期」とか「少女期」と言われる時期は、人間が一番美しく見える時期でもある。でも、中にはそうじゃない人だって、たくさんいる。若い時にパッとしなかったけど、その後に美しくなる人なんて、いくらでもいる。若い時にはふけて見えて、でも年をとると逆に若く見えちゃう人とかも。すべての少年や少女が、そのままで「美しい」という言葉の似合う少年や少女であるというわけでは、決してない。でも、それでもやっぱり、「少年」とか「少女」と言われる時期は、美しい時期なんだ。

なぜかと言えば、それは、可能性というものがあるから。人生の中で、一番可能性というものが豊かにある時期だから。

「自分には可能性がある。自分にはそう感じられる」と思える時は、だいたい自由なんだ。自由だからのびのびとして、それが「美しい」という状態を平気で作りだすんだ。

自分に円満で幸福な状態をもたらすものは、べつに「かわいい」とか「美しい」とかいう言葉を、人に言ってもらうことだけじゃないんだ。「可能性がある」って自分で感じられる時は、それとおんなじように、自分の中は円満で幸福なんだ。

「可能性がある」ということは、「未来がある」ということ。「未来がある」ということは、幸福なこと。「未来がある」ということが幸福なことなんだから、当然、「自分が大人になる」ということも、幸福なことなんだ。若いのに「未来がない」なんて言っているのは、だらしのないこと。「いつまでもこのままで、大人にはならない」なんて言っているのは、つまんない幸福にヌクヌクして、大きな幸福を見るということをしないでいること。

大人になれば、こどもの時とは違った問題が、当然でてくる。SEXの悩みというのもそのひとつなんだけど、でも、それをこわがっていちゃだめだよね。

「それも、自分に必要な、大人になるための〝一歩〟なんだ」と、ちゃんと自分の体に向かい合わなくちゃ。

「SEXと向かい合うということは、大人の自分とちゃんと向かい合うこと」――これを忘れちゃだめだね。

5 「第二次性徴」という時期

人間の体というものは、小学校の五年生ぐらいから中学校の二、三年生ぐらいの間に「変化」というものを迎える。こどもから大人へと、自分の体が変わっていく。そして同時にこれは、「より男らしく」「より女らしく」という方向へと変わっていく変化でもある。だから、その証拠として、「第二次性徴《せいちょう》」と言われるものが、自分の体に登場してくる。

男の子は骨格がガッチリしてきて、筋肉がつき、喉《のど》が太くなって声が低くなり、スネや腕の毛が濃くなってくる。女の子は皮下脂肪がついて、体がまろやかになり、乳房が発達してくる。これが「より男らしく」「より女らしく」の変化。そして、男女ともに性器のまわりや腋《わき》の下に体毛が生えてきて、男の子だったら精通《せいつう》があり、女の子だったら初潮《しょちょう》がくる。これが、大人になっていく変化。「第二次性徴」というのは、「もうこどもじゃない。大人の男や大人の女の体になってきて、ＳＥＸができるような態勢もできあがりつつある」っていう証拠だね。

ところで「第二次性徴」という言葉は、どうして「第二次の性徴」なんだろう？

「性徴」というのは、「性の徴《しるし》」——つまり「はっきりした男女の区別」ということなんだけれど、「第二次性徴」は、「第二段階目の男女の区別」ということだね。「ガッチリした骨格」だの「丸みをおびた体」だのという、いわゆる「男らしさ」「女らしさ」であるような体の特徴が「第二段階目の区別」。でも、それが「第二番目の区別」だとしたら、いったい最初の「第一番目の区別」——つまり「第一次性徴」というのはなんだろう？　そういうのはあるんだろうか？

もちろんある。「第二次性徴」の前には、「第一次性徴」というのがあって、これは「性器の違い」。男の子には男の子の性器があり、女の子には女の子の性器があるということ。

この「第一次性徴」がいつ来るのかというと、それは当然、生まれる前。お母さんのお腹の中で、男の子は男の子になり、女の子は女の子になる。お母さんのお腹の中で育っていって、男の子は男の子として生まれてくるし、女の子は女の子として生まれてくる。「なにあたりまえのことを言ってんだ？」と思うかもしれないけど、人間というのは、実は、はじめはみんな〝女〟なんだ。もっと正確に言えば、人間というのは胎児の段階では、まず〝どちらかといえば女である〟というものになる。

人間の性別を決めるのは遺伝子で、男はＸＹ、女はＸＸという、性別の遺伝子を持っている。ＸＹの遺伝子を持った胎児は、それに従って男になり、ＸＸの遺伝子を持った胎児は、その遺伝子に従って女になっていく。そのようにして、男女それぞれの性器はできあがっていくんだけど、でも、その男女の差がはっきりした〝それぞれの性器〟を持つ前の段階の胎児は、みんな〝どっちかというと女〟なんだ。

最初の体には、そんなにはっきりした男女の区別がない。それが徐々に、違ってくる。女性のクリトリス（陰核《いんかく》）であるような部分が発達すれば、男性のペニス（陰茎《いんけい》）になるし、女性のヴァギナ（膣《ちつ》）の割れ目の部分がくっついてしまえば、それが男性のふたつの睾丸《こうがん》のまん中にある〝縫《ぬ》い目〟みたいなものになる。男のキンタマのまん中にある〝筋《すじ》〟は、そのずーっと昔の胎児だった時代に、男が女であったことの名残《なご》りなんだね。

性の遺伝子は、卵子《らんし》が受精《じゅせい》した段階からはっきりあって、遺伝子的な性別ははっきりしている。でも、その「男ならXY、女ならXX」という別々の遺伝子を持ってしまっている胎児の体の方は、どっちも〝女〟なんだね。まずデッサンの段階ではざっと〝女の体〟にしておいて、それが徐々に「XYの持ち主なら〝男〟に、XXの持ち主なら〝女〟に」というふうに変わっていく、というようなこと。男として男の性器が徐々にできあがっていき、女として女の性器ができあがっていって、それが完成した後で、お母さんのお腹の中から、「男は〝男〟、女は〝女〟」というそれぞれの区別＝性徴を持って生まれてくる、というわけ。

つまり、性別というものは、遺伝子によってそのはじめからはっきり決まっているんだけれども、人間の体は、そのはっきり決まっている指示に合わせて、徐々にできあがっていくものなんだ。

「性器の区別」という「第一次性徴」だってそういうもの。だから「第二次性徴」のほうは、なおさら、と思わなくちゃいけない。「第一次性徴」は、まだ知らないうちに、お母さんのお腹の中で徐々にできあがっていくから、べつに自分では意識なんかしなくてもすむ。でも、「第二次性徴」というものは、生まれた後、小学校の五年生ぐらいから中学校の二、三年生ぐらいの時期に、明らかに目に見えるような変わり方をするもんだから、それでその「変化」を意識する人は、十分に意識しちゃうっていうことね。

人間の体は、徐々にできあがっていく。だから、そのできあがっていく途中というのは、中途半端で未完成の段階だから、いくらでも気になる。「人間の体は、徐々にできあがっていくものだ」という事実を、生まれてはじめて、自分の目で実感するのが「第二次性徴」というものだから、それがわからないと、よぶんな心配をする人はよぶんな心配をしてしまう、ということね。

「こんなふうになってくのはいやだ」とか、「こんなふうに変わっていくのはまちがいだ」とか、自分の体の変化を受け入れまいとしたりもする。だから「第二次性徴」の時期は自《じ》意識過剰《いしきかじょう》の時期でもある。でも、人間の体というものは、そういうものなんだ。そういうふうに、徐々にできあがっていくものなんだ。「自分も大人になっていくんだから、その〝徐々にできあがっていく〟という事実をきちんと受けとめよう」と思うことが、大人としてのスタートラインに立つ、「第二次性徴」の時期の、一番重要なことなんだ。

6　男らしさ、女らしさ

さて、「第二次性徴」だ。「男か、女か」という性別は、「XY・XX」という遺伝子を与えられた段階で既に決まってしまっている。

もっとはっきり言えば、決まっているのは「XYか、XXか」ということで、「男か、女か」はまだ決まってない——それが人間の〝始まり〟。

「XYか、XXか」それだけが決まっている人間の胎児が、お母さんのお腹の中で「男か、女か」という区別をはっきりさせていく。「男の性器を持ったもの」が男として生まれてきて、「女の性器を持ったもの」が女として生まれてくる。人間は、このように、生まれる前に、既に「男か、女か」ということだけははっきりさせて生まれてくるんだけれども、しかし、それはほんのはじめの区別だけで、その生まれてきた男の子がどういう男性になるのか、その女の子がどういう女性になるのかということは、まだ全然わかってはいない。

つまり、「性器による区別」でしかない「第一次性徴」の段階では、はっきりしているのは性別だけで、「男というものがどんなもの、女というものがどんなもの」ということは、まだ全然わかってはいないということ。それが問題になってくるのは、「第二次性徴」というものが登場してくる時期になってからのことなんだ。

言ってることが、わかるかな？

小学校の五年生から中学二、三年生頃の間にやってくる「第二次性徴」の前までは、男の子も女の子も、「性別」という区別以外にはさしたる違いがなくて、ただおんなじ「人間」なんだけれども、「第二次性徴」の時期になると、それぞれが、「男という人間」「女という人間」のふたつに分かれるんだ。

「第二次性徴」が、「男の子は骨格がガッチリしてきて、筋肉がつき、喉《のど》が太くなって声が低くなり、スネや腕の毛が濃くなってくる。女の子は皮下脂肪がついて、体がまろやかになり、乳房が発達してくる」と言われるような、「男らしさ、女らしさ」を問題にするような特徴の時期であるというのは、そういうことね。

人間は、徐々に、XY遺伝子を持ったやつなら、「男らしさ」をそなえて、男という性を持つ人間になり、XX遺伝子を持ったやつなら、「女らしさ」をそなえて、女という性を持つ人間になる。男と女は、はじめから「男と女」だけど、でも、その後になって、「男と女」のそれぞれが「それぞれらしさ」をそなえて、「男と女」になっていく。「男」か「女」かは、はじめっから決まっているけれども、それぞれの人間がどんな男や女になっていくかは、それぞれの男と女とで違う、ということ。「男らしさ、女らしさ」ということになると、もう決まりきっているものだと思われているけれども、そういう一般的な「男らしさ、女らしさ」というものは、ない。あるのは、「第二次性徴」という時期になって訪れる、「ほら、あんたは男なんだから、男としての条件をあげる——それをもとにして、あんたという男を作りなさい」「ほら、あんたは女なんだから、女としての条件をあげる——それをもとにして、あんたという女を作りなさい」という、体に働きかける〝声〟だけ。この〝声〟のことを「性ホルモン」と言うんだね。

「第二次性徴」が訪れるというのは、それまで体の中で眠っていた「性ホルモン」というのが目を覚まして、活動を開始するということ。「性ホルモン」にはもちろん、「男性ホルモン」と「女性ホルモン」の両方があって、それは、男だから「男性ホルモン」だけ、女だから「女性ホルモン」だけというわけではない。ひとりの人間の中に、男性ホルモンと女性ホルモンは同居している。日本人の髪の毛は、だいたい黒くてまっすぐだけど、「第二次性徴」の時期になって生えはじめる体毛というものは、黒くてちぢれていて、先が針のように鋭くなっている。頭髪は女性ホルモンの担当、体毛は男性ホルモンの担当、だから、同じ「黒い毛」であっても、その担当によって性質が違う。男だから男性ホルモンが働きかけるのではなくて、男にも女にも、男性ホルモンと女性ホルモンの両方は働きかけるということね。だから、女の人の体にも、体毛という男性ホルモンによる毛は生えるんだ。

さて、「第二次性徴」の段階で性ホルモンが活動を開始して、「男の子は骨格がガッチリしてきて、筋肉がつき、喉が太くなって声が低くなり、スネや腕の毛が濃くなってくる。女の子は皮下脂肪がついて、体がまろやかになり、乳房が発達してくる」と言われるような状態が訪れる。でも、だからといって、すべての男の子のスネ毛が濃くなるわけではないし、すべての女の子の乳房が豊かに発達するわけじゃない。ポッチャリした男の子もいれば、ガッチリした女の子もいる。色白でスベスベの肌をした男の子もいれば、色黒で体毛の濃い女の子だっている。男だからってべつに「男らしく」はないし、女だからってべつに「女らしく」なんかはない――ということは、いくらでもある。自分が「男らしくない」ということで悩む男の子もいれば、自分が「女らしくない」ということで悩む女の子もいる。人それぞれによって、「男らしさ、女らしさ」の出かたが違うんだね。だから、「一般的な男らしさ、一般的な女らしさ」というものはない、というわけ。

だとすると、じゃ、「男らしさ、女らしさ」って、なんだろう?

「男らしさ、女らしさ」には、必ず「その人間にとっての」という条件がつく。だから、「男らしさ、女らしさ」の問題は、必ず、「自分は男なんだけれども、この自分にとっての男らしさってなんだろう? 自分は女なんだけれども、この自分にとっての女らしさってなんだろう?」というふうに考えられなければならない。

「〝自分〟という条件を使って、〝自分という男〟になっていく/〝自分〟という条件を使って、〝自分という女〟になっていく」というのが、人間にとっての「男であること/女であること」なんだから、「男らしさ、女らしさ」というのは、必ず「自分という男にとっての、自分という女にとっての」という条件がつくということね。

こういうものの答は、なかなかわからない。「あ、自分という男は、こういうふうに男らしかったんだな/自分という女は、こういうふうに女らしかったんだな」ということがわかるようになって、はじめて「自分の男らしさ/自分の女らしさ」というものがわかることになっている。つまり、いつになったらわかるようになるのかは、あなたしだい――だから、ぜんぜんわからない、ということにもなる。

一生かけてもわからない人は、いると思うよ。「自分は男だったんだけど、でも全然おもしろくなかった」「自分は女だったんだけど、でも全然おもしろくなかった」と言って死んでいく人だって、いっぱいいると思う。ただ「自分は男、自分は女」という区別の上にのっかっているだけだから、その自分の「男らしさ、女らしさ」という特色がよくわかんなくて、その自分の特色を生かすということができなくて、つまんないまま一生を終わらせちゃう人間だっていっぱいいる、ということね。

一生、自分の「男らしさ」とか「女らしさ」がわかんなくて、「自分は男らしくないのかもしれない、自分は女らしくないのかもしれない」と、オドオドしっぱなしのまんまの人だっているかもしれないね。かんたんに「あ、自分は男らしい男だ、自分は女らしい女だ」って思える人だったらいいけど、そういう人はけっこう少数派かもしれない。〝自分にとっての男らしさ、女らしさ〟というものがもっとかんたんにわかったら、さっさと〝男らしい男〟や〝女らしい女〟になるのに、「不公平だな」って思う人だっているかもしれないけど、でも、残念ながら人間というものは、そういうもんなんだからしようがない。

その一番最初に、「XY・XX」という遺伝子を持っているだけの差でしかなかったものが、徐々に「男の性器を持っているから男・女の性器を持っているから女」という区別を持つようになるのが人間なんだ、ということを思い出せば、このことはわかるでしょう？

人間は徐々に、男になり、女になっていく、そういうものなの。だから、「第二次性徴」の段階で、「あ、自分は男らしいから文句なしに男だ、自分は女らしいから文句なしに女だ」というふうにかんたんに思っちゃった人は、そういう体の特徴だけが「男らしさ」や「女らしさ」なんだと錯覚して、すごーくつまんない人生を歩むことになっちゃうかもしれない。そういうことだってあるんだから、「男らしさ、女らしさ」ということは、とっても重要な問題ではあるんだね。

7　大人らしさ

さて、「第二次性徴」と言われるものが登場する時期には、ふたつの意味がある。「生まれる前の段階で決まっていた男女の性別を、もう少しこまかく完成させようとする時期」という意味と、「もうこどもじゃなくて、大人の体になってきて、ＳＥＸができるような態勢もできあがりつつある時期」という意味と、このふたつ。「性別をはっきりさせる時期」という意味と、「大人になっていく時期」という意味とのふたつが、「第二次性徴」の時期にはある。要するに、「〝大人になる〟ということは、〝大人の男〟になることであり、〝大人の女〟になることである」ということだね。だから当然、この時期には「大人らしさ」ということだって問題になる。「男の子は骨格がガッチリしてきて、筋肉がつき、喉が太くなって声が低くなり、スネや腕の毛が濃くなってくる。女の子は皮下脂肪がついて、体がまろやかになり、乳房が発達してくる」という、「第二次性徴」の特徴を語る言葉をよく見ればわかるんだけど、これは「男らしさ、女らしさ」を語る言葉であるのと同時に、「大人らしさ」というものを語る言葉でもあるんだ。そうだろう？

こどもの骨格はきゃしゃだけど、大人の骨格はガッチリしている。男の子よりオバサンのほうが、筋力があるということは、ざらにある。やせた女の子より、ポッチャリしたオジサンのほうが、胸は豊かだったりもする。こどもには体毛が生えてないけど、大人の腋の下や性器のまわりには、男女を問わず、毛が生えている。首の細いこどもの声よりも、喉の太い大人の声の方が低い。つまり、「第二次性徴」の「男らしさ、女らしさ」の違いを語る言葉は、「大人らしさ、こどもらしさ」の違いを語る言葉でもあるんだね。

「声変わり」ってあるよね。思春期になると、男の子の声が太く低くなってくる。これが「変声期」っていうものだけど、でもどうだろう。今って、変声期の時期があいまいになってきていないか？　小学生でシワガレ声を出す大人みたいな男の子もいれば、大学生になってもカン高い声のままのやつもいる。べつに、こどもはみんなカン高い声の持ち主と決まっているわけでもないし、大人の男が低い声と決まっているわけでもない。低い声とカン高い声と、その二種類の声を使いわけられる男だっている。

変声期というのは確かにあって、その時期に男の子の声は変わる。でも、その時期が「いつ」ということは、あんまりはっきりとは言えなくなっているみたいだ。

性器のまわりには毛が生えてきたけれども、腋の下やスネには毛が生えてこない――そういう男の子だっている。「男だから髭《ひげ》が生える」とは言われていても、髭を剃《そ》る必要なんか全然ないままで、二十歳を迎えちゃう男の子だっている。

「第二次性徴」というのは、だいたい小学校の五年生ぐらいから中学二、三年生ぐらいまでの間にやってくるものなんだけど、でもだからといって、その時期に、すべての「第二次性徴」が出揃《でそろ》うというわけでもないんだね。

「あ、毛が生えてきた。もう大人だ。こどもじゃない」と思っても、それですぐ大人としてスタートできるわけじゃない。大人である条件が全部出揃うには、「第二次性徴」のスタートから、十年ぐらいはかかるもんだと思ってたほうがいいね。

人間という生き物は、脳ミソというものが特別に発達している生き物で、「意識的」と言われるような、複雑な面を持っている。だから、成長の速度だって人によっては違うし、個人差というものがけっこうある。そして人間というものは意識的な生き物だから、まわりに影響されやすい。まわりの様子を見ながら、「これでいいのかな？　こっちでもいいのかな？」という、無意識な判断をしちゃうものでもあるね。

人間の体の構造を決めるのには、遺伝子というものが大きな役割を果たす。でも、遺伝子というものは、万能のものではない。

ここ十年二十年の間に、日本人の体型がかなり変わってきている。背が高くなったし、足が長くなったたし、頭の形が小さくなってきている。「スタイルがよくなった」ってことなんだけど、べつにこれは遺伝子のせいではないらしい。ある時期まで日本人はずっと、背が低くて足が短くて、頭だって大きかったんだけど、それがこの十年二十年という、わずかの間で変わっている。「日本人の体型が、なんかの理由で欧米人なみに変化した」と言われてはいるんだけれども、そのスタイルのいい欧米人だって、百年二百年前には、そんなに「スタイルがいい」という体型ではなかった。

人間の体型というのは「苦労」というものと関係があって、「苦労しなきゃ生きていけない」という考えが支配的な時代には、背なんかそんなにヒョロっと伸びない。足が長くなるということは、腰の位置が高くなって、安定というものがよくなくなる。「身構える」ということは、腰の位置を低くすることだ。だから、「敵がいつやってくるかわからない」というような時代には、腰の位置を低くして、敵にそなえるような態勢をとれるようにしていなければならない。「うかつに足なんかが長くなりすぎたら戦う時に不利になる」という考え方だってあるんだから、そういう考えの支配してる時代には、そうそううかつに、人間の背が高くなって足が長くはならない。

頭が小さくなるということだって、「そんなにめんどうなことを考えなくたっていいじゃないか、こう考えればかんたんだ――」ということが言える時代になれば、脳ミソがコンパクトになって、それを入れる頭蓋骨《ずがいこつ》だって小さくなるということはあるんでしょう。人間というものは、そのように、自分たちのまわりにある環境というものを考えながら、自分の体というものを作っていく生き物ではあるみたいだね。

男の子の変声期というものがあいまいになってきていたり、腋の下やスネの毛が薄い子が増えていたりすることも、このことと無関係ではない。「男らしさ」というものが、どういうわけか強調されすぎて、その「男らしさ」が、「ガッチリした体格」だとか、「髭や胸毛や体毛の濃さ」なんかであらわされるような時代だったら、「なるほど、そういうもんなんだ」と思って、人間の体はそっちのほうにいこうとする。逆に、「スネ毛とか胸毛って、不潔っぽい」と言われて、生えてしまった体の毛をわざわざ剃ったりするような時代になってしまえば、「なーんだ、べつに生えなくてもいいのか」と思って、「第二次性徴」のひとつである体毛だって、「ま、最低限、これだけはありますから」という程度におさまっちゃったりはする。

人間の体というものは、どうやらそういうものなんだ。それぐらい、まわりの考えや、自分の無意識的な思いこみに支配されてしまう。今というものは、あんまり「男らしさ」というものが重要視されない時代だから、「男の第二次性徴」と言われるようなものが、あいまいになってきているんだね。ただそれは、「あいまいになっている」というだけで、決してなくなったというわけではないんだけれどもね。

「男らしさ」があいまいになってきていて、男の子たちがきゃしゃになったり、髭やスネ毛が薄くなったり、いつまでもカン高い声を持っていたりするような時代に、「女らしさ」のほうはどうなんだろう？「女らしさ」のほうだって、かなりグラついてきている。

べつに、「変声期」というものは男の子だけにあるもんじゃない。女の子にだってあるし、女の子の声だって変わる。なにしろ、成長して、喉というものだって、こどもの時よりはずっと太くなるんだからね。

それまでより声が低めになる女の子もいるけど、でも、大人の強い喉を持てるようになって、もっと広い音域がだせるようになる人のほうが多い。広い音域の声がだせるようになって、その声が強くて張りのある、そしてうるおいのある美しい声に変わるという、声の成長期が、女の子の変声期かもしれない。

声というものは、喉からだすものではあるけれど、でもその声に強い力を与えて表現力を増すものは、胸とかお腹とかっていう、体全体のことでもある。だから、まだ体全部が完全にできあがっていないこどもの体からでる声よりも、大人になってからの体からでるほうが表現力に富んでいるってことね。

訓練ということもある。弱い喉だったら、ちょっとした訓練ですぐに喉を痛めることになってしまうけれど、大人の強い喉を持っていれば、それを鍛《きた》えて、もっと広い音域とか、強さだとか美しさを、増すことができる。

　こどもの声というのは、もろいんだね。変声期前の「ボーイ・ソプラノ」と呼ばれる男の子の声も、美しいんだけれど、もろい。まだ体ができあがってなくて、喉だけで声をコントロールしているから、どうしてもそうなる。その声は「透明な美しさ」を持ってはいるんだけれど、やがてなくなってしまう。前提となる条件が変われば、声だって変わるということね。

　大人になるということは、こどもよりもずっと有利な条件を獲得するってことでもある。それはそうなんだけど、でも女の人たちの場合は、必ずしもそうではなかった。

「第二次性徴」をあらわす言葉の、「男の子は骨格がガッチリしてきて、筋肉がつき、喉が太くなって声が低くなり、スネや腕の毛が濃くなってくる。女の子は皮下脂肪がついて、体がまろやかになり、乳房が発達してくる」というのは、べつになんの問題もないように見える。でも女の子は、骨格がガッチリしちゃいけないんだろうか？

　大人になれば、みんなこどもよりも体が大きくなる。そんなことはあたりまえなんだけれども、女があまりにも大きくなりすぎると、「かわいげのねー女」とかって言って嫌われる傾向が、ないわけじゃない。人はそんなことを言ってなくても、当人はそのことを気にしちゃうとかね。

大人になれば大きくなるんだから、骨格だって発達するし、体だって大きくなる。男のほうがガッチリはしやすいけれど、女だって、自分に必要な体格ぐらいは、自由に確保したい。「大人になるということは、こどもよりもずっと有利な条件を獲得すること」というのは、そういう十分な発達を確保することなんだけれども、「男はガッチリ」があまりにも大きく言われすぎちゃったもんだから、「女は丸やかに、つつましく――そして控えめに」になっちゃった。「女らしさなんて、男からの押しつけだ！」っていうのは、こういうことの反映なんだね。

女だって、十分に成長したっていいということ。べつになんの不思議もない、いたってあたりまえのことなんだけども、でも、これがそうそうあたりまえのことでもなかったりはする。

「ダイエット」っていうのがあるよね。女の子は、みんなこれを気にする。こどもから大人への成長期にさしかかれば、女の子はみんな太るのを気にするようになる。女の子が女になっていくためには、皮下脂肪がつくということが不可欠《ふかけつ》のことなんだけど、これをただ「太った」って言って、けずろうとする。

それは「太った」じゃないの。「成長している」なの。人間の体というものは、時としてアンバランスなことをする。だから、「女として成長しなくちゃいけないんだから、とりあえず、せっせと皮下脂肪をつけましょう」という成長のしかたを選ぶ体だってある。体がそういう選択をしているんだったら、「皮下脂肪だけじゃない、骨格を発達させるんだって重要だ」ってことを、自分の体に言いきかせることも必要なんだけど、でもそうじゃなくて、「皮下脂肪を取る！」という方向だけにいく人のほうが多い。

あんまりダイエットばっかりすると、骨が発達しなくなるよ。「女はきゃしゃでいいんだから、骨が太いのはやだ」って言うのは、「大人になるのはやだ！」って言うのとおんなじことなんだ。「成長期に太ることを拒《こば》むことは、体全体の発達を拒むことでもある」ということを、女の人は知っといたほうがいいね。「太るだけ」というのは不健康だけど、皮下脂肪を拒みすぎるのは、女として不自然なことでもあるんだ。

大人はこどもよりも強いというのは、もちろん、人生というものがハードなものだから。大人になるということは、自分の人生を自分で引き受けることなんだから、そのハードなものを引き受けるためにも、どうしても体は強くなければならない。「女は男に従属して生きるものなんだから、女は弱々しくしていたほうがいい」というんで、昔の「女らしさ」というのは設定されていたんだけれども、べつにいつまでもそんな条件を引き受けていなければならない理由はない。だから、女の人たちは逞《たくま》しくなった。「女の人だって、十分に発達した骨格を持っていなければならない」というのは、そういうことね。

昔の「弱々しい女らしさ」を前提にして、今では「〝男らしさ、女らしさ〟というものはウソだ！」なんてことが言われるようにもなったけれども、残念ながら、それはウソじゃない。ちゃんと「男らしさ、女らしさ」というものは、ある。そのことは、この前の章で言った。

「男らしさ、女らしさ」というものがちゃんとあるからこそ、「第二次性徴」というものが体にやってくる。そして、「その変化の意味を誤解するなよ」と言うように、「第二次性徴」の時期は、体の成長時期と重なっている。「第二次性徴」の時期は、体のスケールがアップして、「大人らしさ」というものの意味が浮上してくる時期でもある。

そのことをまちがえないようにしなくちゃね。「大人になる」という時期は、みんなその人なりに「大きくなる」ということが重要な課題になる時期なんだから。

男の子の変声期があいまいになったり、男の子が体毛の処理をしたり、女の子の体格がよくなったり、女の子が皮下脂肪という成長の要素を拒絶する、今という時代は、「思春期」というものが見えなくなっている時代でもあるんだけども、「思春期」というのは、実はちゃんとある。「第二次性徴」にやって来られる時期が、思春期なんだ。

その、自分の体が告げている変化の意味に鈍感であれば、ついでに頭のほうも鈍感になる。だから「思春期になかなかたどりつけない」ということにもなるんだけど、そんなことはウソだね。思春期はちゃんとあって、コンパクトになりすぎてしまった脳ミソが、うっかりその体の意味を見過ごしにしているだけなんだ。

「思春期は第二次性徴の時期」、そしてこの時期は、「〝大人になる〟ということは、〝大人の男〟になることであり、〝大人の女〟になることである」ということを教えてくれる時期。これだけは忘れずにね。

8 はじめて〝それ〟がやって来た――初潮とはじめての射精

女の子の体が成熟してくると、卵巣《らんそう》から卵子《らんし》が作りだされるようになる。卵巣から生みだされた卵子は子宮《しきゅう》にいって、そこである一定の期間、体の外から精子《せいし》がやって来るのを待っている。その何日かの間に精子がやって来て、その中のひとつが卵子にたどりついてしまえば、受精《じゅせい》――つまり妊娠《にんしん》という事態になる。精子がやって来ないままで時間が過ぎてしまえば、子宮という待ち合わせ場所で精子を待っていた卵子は、「じゃ、また」とかっていうひとりごとを言って、そこからでていく。

「ひょっとしたら、妊娠ということになっちゃうかもしれないいな……」と、女の人の体は律儀《りちぎ》だから、子宮に卵子がいる間は、いつ受精して妊娠ということになっても大丈夫なように、〝準備〟をして待っているのだけれど、「今回は残念でした」ということになって、その〝準備〟がむだになると、その〝準備したもの〟が全部、体の外にでてくる。その、血になって体の外にでてくるものが、月経《げっけい》（メンス）と呼ばれるもの。

月経から月経までの間は、人によって違うけれども、だいたい二十八日と言われている。このサイクルは、人によっても違うし、同じ人の場合でも、必ずしも一定ではない。なにかのきっかけで、月経は早くやって来たり遅れてやって来たりする。月経というのは、いたって心理的なものでもあるんだね。この月経のことを、ただ「生理」とも言う。「生理」というのは、「体のメカニズム」という意味だけれど、女の人にとっては、これは特別重要なメカニズムだから、月経をただ「生理」とも言う。

この女の人の生理は、妊娠（受精）によって一時的に中絶すれる以外は、ずーっと起こり続ける。女の人の子宮からは、定期的に月経の血が流れ続けて、それが何十年かの間、ずーっと繰り返される。

膣からの出血が始まる前、卵子が子宮で精子がやって来るのを待っている期間のことを、「危険日」と言う。「妊娠しやすい日」だから、「危険日」と言うんだけれども、「妊娠しやすくて危険」という発想をするんだから、どうも人間というのは、こどもを作るためにSEXをしているのではないらしい。人間のSEXというものは、ふつう、こどもができないような準備をしてから始める――それが、こどもを作ることを目的としておこなわれる動物のSEXと人間のSEXの違うところ。

この女の人の「生理」は、目に見えない体の中で起こる。なれてしまえば、「あ、そろそろ生理がやって来るな」ということはわかるけれども、でもだからといって、必ずしも、これがキチンキチンとおんなじ日数をおいてやって来るものではない。

「生理」というものは、当人の心理や体調に左右されるものではあるけれども、当人の思い通りになるようなものではない。ただ、この「危険日」の時には、体温がわずかに上がる。だから、いつも体温を計っていれば、この体温の変化で、自分の「安全日」と「危険日」の区別を知ることはできる。

「生理」というのは、決まったサイクルで順調にやって来るのが原則ではあるけれども、この原則は、往々《おうおう》にして狂う。「生理不順」というのは、このサイクルが一定していない状態なんだけれども、「生理不順」があたりまえの女の人だっている。「生理」のサイクルが二十八日なら、女の人は一年に十二回から十三回あることになるんだけれども、これが二回しかない人だっている。

「生理」というのは、妊娠（受精）という機会を待って起こるものだから、「自分には今のところその必要がない」ということを体が十分になっとくしてしまえば、「毎月ある必要なんてないわ、半年に一ぺんぐらいでいいもの」ということにだってなる。こういうのは特殊な遺伝的体質というものだから、誰にでも起こることではないけれども、男の人と出会う機会がない時にはほとんど生理がなくて、男の人と出会う機会がやって来たとたんに、生理が毎月順調にやって来る体質の人だってちゃんといる。

「生理」というものがある女の人の体は、これくらい、「こどもを作る」ということを強力な前提にしている。「こどもを作る、作らない」「こどもを作りたい、作れない」という、人それぞれの違いはあっても、女の人の体が、こういう生理を前提にしてできあがっていることは、事実なんだから、しようがないね。

この「生理」がはじめてやって来ることを、「初潮《しょちょう》」と言う。「初潮」というのは、当人のつごうを無視して、ある時突然やって来るものだね。女の人の「生理」というものは、そういうもの。

「生理」というものは、自分でしまつをしなければならない。一瞬で終わってしまうのではなくて、二日以上続くものだから、「あ、始まった」ということになると、その出血に対する「手当て」というものが必要になる。ところで、女の子の初潮に対応するような男の子の言葉はなんだろう？　実はそれがないんだ。

女の子の卵巣で卵子が生まれて、それが子宮に送られて来る。男の子の場合は、精巣《せいそう》でできた精子が精嚢《せいのう》（睾丸）に送られて、そこにたまる。卵子というのは、どうやら〝有効期限〟があるみたいで、あんまり子宮にはとどまっていない。ある期間を過ぎると、子宮からでて、膣から外へと血になってでていってしまう。でも精子というのは、どうやらそういうものではない。かなりの期間、たまりっぱなしになっている。

卵子というのは、一ぺんにひとつしか生まれなくて、しかもそれが周期的に繰り返されている。卵子が作られる時期と、作られた卵子が待っている時期とがあって、それが〝有効期限〟を過ぎたら、外にだされてしまう。でも、精子というのはそうじゃない。精子が作られるのにサイクルなんていうものはなくて、精子はいつも、男の人の体の中で作り続けられている。どうしてそうなるのかというと、精子というのは、とんでもなく多くの数を必要とされるものだから。

一回の射精《しゃせい》で、男の人の体の外に発射される精子の数は、一億と言われている。一億の精子をいつもキープしていなけりゃならないんだから、これの補充《ほじゅう》というのはたいへんだ。いつも精子というものを、作り続けていなければ、数が足りなくなってしまう。そして、ひとつの卵子ならば、〝有効期限〟の過ぎたことはすぐにわかるけれども、最低一億の数のある精子なんか、どれが古くて新しいかなんて、わからない。だから、男の人の場合には、精子というものは、ずーっと作り続けられて、サイクルとかいうものとは無関係に、あふれ続ける。女の子の場合だったら、最初の卵子ができた段階で初潮というものが始まるんだけれども、男の子の場合は、ある程度以上の精子の数がたまらないと、〝あふれて外にでる〟ということが起こらない。自分の中で精子がたまっていても、それをためこんでいる当人が気がつかないでいる、ということもある。

男と女には、そういう違いがあって、そしてもうひとつ、もっと大きな違いがある。どうして男の子には女の子の「初潮」に対応する言葉がないかというと、男の子が自分の精子をその目で見るためには、ＳＥＸの行為が必要だから。

精子は、それ自体が肉眼で見えるものじゃない。一億の精子は、精液《せいえき》という白い液体の中に入っていて、それがペニス（陰茎）の先端からでてくる。この、精液がでてくることを「射精」と言うんだけど、男の子が自分のペニスから出てくる精液を、自分の目で発見するのには、三つの方法がある。

ひとつは「夢精《むせい》」、もうひとつはオナニーによる射精、もうひとつは「初体験」と言われる、他人とのＳＥＸ。

夢精というのは、知らない間に睾丸にたまってしまった精液が、眠っている間にあふれて射精してしまった状態のこと。だいたい男の子は、夢精の時には「いやらしい夢」を見ていることになっているんだけど、それは、「いやらしい夢」を見たから夢精をするんじゃなくて、「もうあんたの精液が満タンになっているよ」ということを体が脳に知らせて、それで、見るんだったら「いやらしい夢」を見て、射精ということになるの。

男の人の射精には、必ず快感がある。これが、女の人の「生理」とは違うところね。女の人の「生理」には、べつに快感なんてない。「生理痛」という言葉があるくらいなんだから、あるんだったら痛みがある。しかも、「生理」のほうはかなりの間続くから、その間は、ずっと手当てということをしていなければならないけど、男の人の射精というのは、ほんの一瞬か二瞬のこと。「ビュッ、ビュッ、ビュッ」ときて、それで終わり。眠ってる間に射精して、その時には気持ちいいと思っていて、気がついたらパンツが濡《ぬ》れていた。だから、「どうしたんだろう？　自分はオネショしちゃったんだろうか？」と、キョトンとすることだってある。射精したまんま目がさめないで、起きたらパンツの前がパリパリになっていた――射精した後の精液が乾いてパリパリになっちゃうんだけど、そうなると、知らない人間には、なにが起こったのかさっぱりわからない。

初潮が始まって、それがなんなのかわからない女の子はまずいないだろうけれども、男の子の場合には、はじめての射精が「なんだかわからない……？」ということが、けっこうあるんだね。

自分の体に精液が満タンになってしまっていることに気がつかないで、それが夢精ということになっちゃう人もいる。でも、それが男の子のすべてではない。そういう満タン状態になる前に、オナニー（自慰《じい》）ということをして、自分の手で射精しちゃうことだって

FURYŌ
Koi
YAKiniku
SUKi
SHŌRAi
KiSS
YūSyō
NAZO
YūETuKAN
SOZŌ
TATAKAi
moHAN
LAPE
MUSEi
MOSŌ
KONRAN
PORUno
NAKAM
Tumi
MOYA MOYA
NiKiBi
DAiGAK
Japan
GAMAN
FUNŌ
HOMO
FUKETU
JUKEN
数学
KANKEi
SinGAKU
HAHAOYA
物理
TiKARA
KODOKU
SEiSE
ONNA
DAKiSiMERU
KiKAi
NiKuSimi
MUNE
SUTAiRU
FUAN
CHiBUSA
moteTAi
ZETUBŌ
KYŌFU
iRAiRA
iTiBAN

ある。男の人の精液は、満タンになってあふれちゃったからでてくるというようなものではない。「べつに満タンになったわけでもないけど、だしたいからだしちゃおう」というのが、ふつうの男の射精。睾丸というタンクの中の精液はほとんど空っぽに近いんだけど、「それでもやっぱりだしたい」という形で射精しちゃうこともあるのが、男の性欲というものね。

女の人の月経は、あるサイクルで繰り返されるものだけど、男の人の射精は、そういうものじゃない。ほとんど、自分の意志だけで射精しちゃうのが、男の生理というもの。たとえば、まだ「第二次性徴」に訪れられていない年頃の男の子が、オナニーを覚えてしまったとする。まだ体の中で精液は作られていないから、オナニーをして快感はあるけど、射精はしない。それが、オナニーを続けていくうちに体が成熟してきて、精巣では精子が作られ始め、精嚢に送られて、ちょっとずつたまり始める。まだ十分にたまっていないところで、オナニーをすれば、その最後に、「射精」という状態ではなくて、ペニスの先端が〝少し濡れている〟ぐらいの状態にはなる。まだ射精はしていないけど、精子は既に作られ始めている、ということね。

こういう人の場合は、「はじめてのオナニー」がいつかはわかるけれども、「はじめての射精」というのがいつなのか、正確にはわからない。男の子の場合、「初オナニー」や

「初体験」はかんたんにいつだかはわかるけど、でも「初射精」というのがいつなのかは、わかりにくかったりもするんだ。というよりも、男の子にとって重要なのは、「はじめての射精」よりも、「自分のはじめての射精体験＝性行為」なんだ、ということね。「重要だからたいせつにしましょう」というのではなくて、「そっちのほうが、濃厚な記憶として残る」ということ。

大人になってしまった女の人の毎日は、「生理があるか、ないか」に分かれる。それはあまりに日常的なことだから、「生理」とSEXとをいちいち結びつけて考えるということを、女の人はあんまりしない。もちろん、女の人だって人間なんだから、特別に受精（妊娠）しやすい「危険日」というものがある以上、その時には特別SEXの相手をほしがるということだって起こる。生き物としては、そのほうが自然なんだけれど、でも、「危険日に性欲が強くなる」なんてことを正直に自覚している女の人は、少数派だと思ったほうがいいだろうね。

べつにそれをするなというんじゃない。ただ、女の人にとって「生理」というものは、あまりにも日常的なものだから、それをいちいちSEXと結びつけて考えるのは、かなりめんどくさいことだということね。

「生理とSEXを結びつけて考えると、なんだか自分は、妊娠することだけを目的とする動物みたいな気がしちゃうから、あんまりそんなことは考えたくない」というのが、ふつうの女の人の考え方だと思うんだけど、男の場合はそうじゃない。

男にはまず、「快感と結びつかない生理」というものがないんだ。男の生理は、快感と直結している。男にとってSEXのことを考えるのは、まず「気持ちいいこと」を考えることで、SEXのことを考えるのは、日常的な自分の身体生理を考えることじゃないんだね。

女の人は、相手がいようといまいと、「生理」がやって来れば、その「処理」ということを考えなくちゃいけない。女の人には、「生理用品」という、月経に対する特殊な日用品が必要だけど、射精した快感の後しまつだけが必要な男には、ティッシュペイパーという、ただの日用品があればいい。この男と女の差というものは、とても大きいものだと思わなくちゃいけないね。

「快感」という主観的なものがやって来るか、「出血」という客観的な事実がやって来るか。男と女とでは、そのはじめに、これだけの大きな違いがあるんだ。

9　オナニーがSEXの基本

はっきりと言ってしまおう、人間のＳＥＸの基本はオナニーである、と。

人間はなんのためにＳＥＸをするのかといえば、「こどもを作るため」じゃない。ＳＥＸのもたらしてくれる快感がほしくて、人間はＳＥＸをする。それだけのことだ。

人間の女性は、妊娠期間中にメンスが止まっている。もう子宮の中には受精した卵子があるんだから、それ以上のよぶんはいらない。受精している卵子を育てて、胎児というものにしていけばいい。だから、妊娠期間中にメンスはストップして、出産の終わった後になって、再びメンスは始まる。べつになんの不思議もない。でも、こういう人間は、哺《ほ》乳類《にゅうるい》の中では、かなり特別な動物なんだ。というのは、哺乳類の多くは、妊娠して出産しても、その生んだこどもが大きくなるまで、メスのメンスは始まらないから。つまり、育児期間中は、ずーっとメンスがストップしているってこと。せっかく生んだ大切なこどもを一人前に育て上げる前にまた小さいこどもができてしまったら、生んだこどもを育てるのに失敗しちゃう。だから、こどもを立派に独立させる作業である育児の最中によぶんなこどもが生まれないように、動物のメスは、メンスをストップさせているんだ。それくらい動物にとって、「こどもを育てる」という行為は重要なことなんだね。

SEXの目的が「こどもを作って子孫を繁栄させること」なら、「生んだこどもを立派に育てる」ということが不可欠になる。でも人間はそうじゃない。こどもが生まれると、すぐにメンスが始まる。そのこどもがちゃんとしゃべれなくて、歩けもしなくて、ひとりで生活もできないうちに、人間の母親は平気でこどもを生んじゃうし、人間の父親は平気でこどもを作る行為を始めちゃう。動物の場合は、「生むこと」と「育てること」の両方が本能になってはいるんだけど、人間の場合はそうじゃない。人間の本能は「生むこと」だけ。「育てること」のほうは、本能じゃないんだ。それが本能なら、人間のメス（女）は、こどもが一人前になるまで妊娠しないように、メンスというものを止めているはずなんだからね。人間の場合、こどもを育てるのには、「愛情」というかなり高度な知恵が必要とされるんだ。

「愛情」がなければこどもは育てられない――それが人間。だから、人間の場合は、平気でこどもを育てないで、見殺しにしちゃう人もいるし、平気で虐待《ぎゃくたい》したりもする。

動物の場合は、「こどもを作る・育てる」ということが、子孫を繁栄させることだから、「数を増やす」というのが絶対の重要。人間のこどもは、ふつうひとりずつしか生まれないけど、動物は一度に何匹も生む。生んだこどもが全滅しちゃたらモトもないから、その安全のために、何匹も一緒に生む。それくらい、こどもというのは死亡率が高い。他の動物の餌食《えじき》にされやすい。だから、動物はこどもをいっぱい生まなくちゃならない。病気になったら一生懸命に看病するけれども、助からないとなったら、さっさと見放す。生んだこどもが全部死んじゃったら、いつまでも泣いてないで、さっとメンスを再開させて、新しいオスを探して、生みなおしをする。

オスのほうだって、自分の子孫をちゃんと残したいから、「どのメスに生ませるか」は、ちゃんと考える。「ちゃんとこどもが生めそうで、ちゃんとこどもを育てられそうな経験を積んでいるのは、どのメスかな」って。サルなんかは、若いメスよりも、たくさんこどもを育てた経験のある年よりのメスのほうが、オスに人気があるんだってさ。

ＳＥＸの目的が「こどもを作る、子孫を増やす」ということにあるんだったら、他の動物みたいに、人間だってそうなるのがホントなんだね。でも、そうじゃない。人間のＳＥＸの目的は、「こどもを作って子孫を増やす」じゃないんだ。

もちろん、ＳＥＸをしなきゃこどもは生まれない。でも、人間のＳＥＸというものは、「こどもを作って子孫を増やす」ためだけにあるものじゃないんだ。

最近じゃ「ひとりっ子」が増えている。こどもをひとり作って、「それでもういいや」

と思った夫婦は、それでもうSEXをしないのか？　そんなことは全然ない。こどもを作る気なんか全然ないのに、SEXという生殖の行為を平然とするものが人間という生き物であり、人間という不思議な生き物は、どちらかといえば、「こどもができないように」と思ってSEXをすることのほうが、ずーっと多い。

「じゃ、SEXってなんなんだろう？」と考えるかもしれないけど、その前に考えなきゃいけないことがある。いったい、人間をはじめとする動物たちは、なんだって「こどもを作ろう、子孫を残そう」なんてことを考えるのか？　ということ。


こどもを作るのは、もちろん「自分を残したいから」です。

人間は、自分が死んだ後でも、「自分が生きていた」という証拠を残したいと思う。権力者が、立派な御殿を建てたり銅像を作ったりするのは、そのため。ピラミッドみたいに、「永遠の命」を祈って、立派なお墓を作ったりもする。作家が一生懸命に本を書くのも、「自分の作品を後に残したい」と思うからです。人間はみな、自分が生きてきた痕跡《こんせき》をこの世に残したいと思う。動物だって同じ。「こどもを作る」というのは、「自分を残したいから」です。

最近の生物学では、「利己的遺伝子《りこてきいでんし》」という考え方が言われている。「生き物というのはとっても利己的＝エゴイストで、〝種の繁栄〟なんてことは全然考えなくて、〝自分の繁栄〟しか考えてない。自分の中にある遺伝子を、どうやって有利に残すか、そのことしか考えていないものなんだ」というのが、「利己的遺伝子」という考え方。リンゴだってチューリップだって、サルだって象だって、みんな、「自分だけがたいせつ、自分の遺伝子だけは絶対に後に残す」って考えてるってことね。

ひょっとしたらパンダは、そういうことを考えてないのかもしれない。「こども」を作るということに関してはいたってユーチョーで、ゴロゴロしてることしか考えてないみたいだから。パンダは、ほとんど人間に似てるのかもしれない。「自分がゴロゴロしてる」ってことしか考えなくて、「子孫の繁栄」なんて、まったく頭にないみたいなのは人間とおんなじだ。でも、自然というのはよくしたもので、「べつにこどもなんか作りたくない」で寝っころがってるパンダの子作りを、人間が必死になって助けようとしている。「こどもを作るのなんかメンドくさいや、そんなこと、人間にやらせよう。オレはかわいいんだから、ただゴロゴロしてればいいんだ。ゴロゴロしてれば、人間は〝かわいい、かわいい〟って言って勝手に世話してくれるもんなー」というのが、ひょっとしたらパンダの本音で、そういうことを可能にするために、パンダはみずからすすんで、「生きたヌイグルミ」となるための進化の道筋を歩き始めたのかもしれない。

動物というものには、意外とそんな面もあるんだよ。

パンダの話はさておき、銅像を作れない動物は、自分を残すため――自分の遺伝子を残すために「こども」や「子孫」を作る。人間だっておんなじなんだ。自分を残したい。

ただ人間には、他の動物と違って、自分で考える脳ミソとか、なにかを作りだしてしまう腕なんかがあるから、そういうことに目覚めた人間は、「こども」よりも「自分の作品」を残したくなるというだけの話ね。「こどもが自分の最大の作品だ」と言う人だってある。ただこの〝作品〟は、生みの親の意志に反して、「私はあなたのものじゃない！」なんてことを言ったりもするけどね。

人間というのは複雑な生き物だから、中には、「私は、この世の中になにかを残したいとは思わない」なんてことを言う人もいる。複雑な世の中にいて、複雑なことを考えてしまう人間の頭の中には、「自分には〝なにかを残したい〟なんてことを言える正当性があるんだろうか？」なんていう考えだって生まれる。「自分は、この世の中になんにも残したくない」という人は、だから、まだ迷っているだけなんだ。そんな人でも、「なーんだ、自分はちゃんとこの世の中で立派に生きてたんだ」ということがわかったら、「だったら、ちゃんと〝自分が生きて来た〟っていう証拠を残そう」と思うようになるのさ。

人間は、「こどもを作るＳＥＸ」によって、自分というものを残そうともするし、そうじゃない方法によって――「作品」とか「他人の胸の中に残る思い出」とか「立派なお葬式」によって、自分を残そうともする。もちろん、その両方の手段によって自分を残そうとする人だっているし、でも、「自分が生きて来た痕跡」だけじゃ物足りなくて、「永遠の命」とかっていう、とんでもないものを望む人だっている。「自分が生きて来た事実だけは残したい」というのは、元気な人にとっては、当然の欲望なんだけどね。

さて、「ＳＥＸをしなきゃこどもは生まれない」――でも、人間のＳＥＸというものは、「こどもを作って子孫を増やす」ためだけにあるものじゃない。だとすると、人間はなんだってＳＥＸをするんだろう？

それはもちろん、ＳＥＸが気持ちのいいことだから。人間は、ＳＥＸのもたらしてくれる快感がほしくて、ＳＥＸをする。

人間は、生きていることが気持ちいいことだって知りたい――自分が生きていることが気持ちよくて幸福なことだって知りたい。だから、快楽をもたらしてくれるＳＥＸというものを「したい」と思う。そして、ＳＥＸのもたらす快感というのは、オナニーのもたらす快感からは一歩もでていないと言ってもいいようなものなんだ。

「オナニーはＳＥＸの基本である」というのは、そういうこと。

10 「性交」って、なんだ？

「女性解放運動」というのがある。もう百年以上の歴史を持っている。「女性は社会の中で男性よりも差別されているから、女性も男性と平等に扱われるべきだ」という主張だね。こういう男女同権の動きは、さまざまに形を変えて、続いてきている。

「女なんか男以下だから、平等だなんてことを口にするのさえ生意気だ」と言う男もいれば、「私は女性を愛しているのだから、私には女性差別という発想などまったくない」と言う人もいて、そういうさまざまな人間のいる世の中で女性解放の運動は続いてきて、ある程度のところまで来た。ただ、この女性解放運動のむずかしいところは、女性がまず「男性のSEXのパートナーである」という点にあった。「女性を愛する」ということは、「女性をSEXのパートナーにする」ということだからね。

もしもこの「愛する」がウソだったり、男性の側の錯覚だったりしたら、「男性のSEXのパートナー」である女性は、社会の中で、かなりへんなふうに位置づけられることになってしまう。「セクハラ——セクシャル・ハラスメント（性的いやがらせ）」ということが問題になっているのは、この「女性が男性のＳＥＸのパートナーである」という事実によっている。

今なら「ＳＥＸのこともちゃんと話し合おう」ということがやっと言えるようにもなってきたけれども、ちょっと前までは、そんなことを言ったら、「いやらしいことを――」と言われかねないところがあった。男が言えば「スケベ」という答が返ってきたし、女が言えば、「いったいこの慎《つつし》みのない女はなんだろう？」と、あからさまにヘンタイを見るような目で見られもした。

「男性のＳＥＸのパートナー」というふうに女性は決められていて、でもそれを「本当なの？」と女性が考えることは、なんとなくタブーみたいなところもあったんだね。「男は女を愛してるんだから、それでいいじゃないか」と、男は言うし、女も言って、「でも、なんかヘンなところがある……」という疑問だけは、考える女性たちの間に残っていた。「男女は平等らしいが、でも、まだなんかへんだ」と思われていたことが、ある時突然、フワッととけてしまった。女性の側から、「〝愛してる〟って言うけど、でも、男はそう言いながら、女の体を自分のオナニーの道具にしてるだけよ」っていう発言が登場しちゃったからだ。

よく考えたら、これは本当のことだった。「愛してるつもりだったけど、でも〝そんなの全然、愛じゃない〟と女の人たちが言うんなら、自分たちは、〝愛している〟と言って、女の人たちの体を自分のオナニーの道具にしていたんだ」と、男たちの多くが、こっそりとわかっちゃったんだ。それ以来、どうも、男と女の仲は、ギクシャクとしている。

というわけで、そのオナニーってなんだろう？　ということになる。

オナニーは、いけないことなんだろうか？

いけないことではない。誰だって、自分の性器に触れて性器を刺激すれば、快感を得ることができる。「しちゃいけないことだ」と思いこんでいたとしても、でも快感があるのはしかたがない。オナニー（自慰）というものはそういうものなんだから、しかたがない。ところで、相手とするSEXというのは、かならずしもそうではない。ここには〝相手〟という他人がいる。自分ひとりでするオナニーなら、よぶんな他人のことを考えなくてもすむけど、他人とするSEXだったら、相手のことも考えなくちゃならない。だから「気が散る」ということもある。

それが大っ嫌いな相手だったら、快感どころか、「いやでいやでしようがない」という、不快感や嫌悪感しかなくなる。もしもSEXの最中に、その相手が、自分にとってよけいなことを言ったりしたりしたら、自分の快感に集中しようという気をそがれて、「ちっともよくない」ということになってしまう。

べつに嫌いな相手ではないけれども、その相手が自分の快感だけを考えて、こっちの快感をちっとも考えてくれなかったら、「なんていう自分勝手なやつだ」と思って、シラけてしまう。

相手とするSEXというのは、それくらいむずかしいものなんだ。

ずーっとオナニーばっかりしていた男の子が、はじめて女の人とSEXして、「ちっともよくなかった。あれならひとりでしてるほうがずっといい」なんていうことは、けっこうある。自分ひとりの快感の中に〝他人〟というよぶんなものが入ってしまったものだから、それでその分だけ、快感がマイナスになってしまった、ということだね。「他人とSEXをしたけれど、ちっとも快感を感じない」というのは、男の人よりも女の人に多い。他人とのSEXに快感を感じない人たちのためには「不感症《ふかんしょう》」という言葉もあるんだけれど、これは、もっぱら女の人たちのために使われている。男の人なら「そんなによくなかった」ですんじゃうところを、女の人だと「全然感じなかった」という極端なところにいっちゃったりもする。

今ならそうでもないはずだけど、今から二十年くらい前には、結婚して、SEXという行為をあたりまえにしているはずの女性たちの、実は九十％が、SEXで快感を感じなかったと言っていたりもする。SEXが快感を得るためにするものなら、「どうしてこんなことが起こるんだろうか?」っていう疑問は、当然あるはずだね。

なぜなんだろう?

そのためには、まず、「SEXとはどういう行為なんだろう?」ということを考えてみなくちゃならない。

SEXとは「男のペニス（陰茎）を女のヴァギナ（膣）に入れて、そして男が女のヴァギナの中で射精するという行為」だ。これが、「性交《せいこう》」と言われる人間のSEX。「SEXとはどういう行為なんだろう?」ということの正解は、これ。

でも、これは、べつに正解ではないんだ。なぜかと言えば、「男のペニスを女のヴァギナに入れて、男が女のヴァギナの中で射精する性交」は、「こどもを作るための行為」だからだ。人間のSEXは、「こどもを作る生殖行為」だけではないんだからね。

女性の「危険日」に、男性がその女性のヴァギナの中で射精をすれば、だいたいこどもというものはできる。女性が快感を感じようと感じまいと、それを望もうと望むまいと、「こどもを作るための生殖行為」は完了して、順調にいけば、こどもができる。べつに「愛情」なんかなくったって、精子と卵子がめでたく出会えれば、受精〜妊娠という行為は完了して、こどもは生まれる。事実というものはそういうものなんだから、しかたがないね。

でも、人間のＳＥＸというものは、それだけではない。相手の目を見たり、「好きだ」と思ったり、手を握ったり、キスをしたり、抱き合ったり、相手の体温を感じたり、さわったりさわられたりするという、〝よぶんな行為〟も、ＳＥＸの中には含まれる。そういうことをしながら、人間というものは、「この相手とＳＥＸがしたい、この相手が好きだ」という感情をたかぶらせていくものだからね。

「男のペニスを女のヴァギナに入れて、男が女のヴァギナの中で射精する」という「こどもを作る行為」では、射精する男の側には必ず快感があるけれども、女の側にそれがあるかどうかはわからない。男は女のヴァギナの中で射精をして、快感を得て、「こどもを作る生殖行為」を完成する。でも女の人は、べつにそれだけではなんにも感じないんだ。

月経と性的な快感とはべつに関係がないということを思い出してもらえればいいんだけど、「こどもを作る生殖行為」と女性の性的快感とは、直接に関係がない。

男性がペニスを挿入《そうにゅう》する女性のヴァギナは、こどもが生まれて来る時の通り道である「産道《さんどう》」になる。だからけっこう頑丈《がんじょう》にできていて、ここは「鈍感な部分」と言われている。男の人の思いこみの中には、「女というものは、ヴァギナにペニスを入れられるだけで感じる」ということもあるんだけど、実はそうではない。男の性器は、ペニスと睾丸と、どちらも体の外につきだされているものなんだけれど、女の性器は、体の外と体の内側と、両方にある。体の外にでているのを「外性器《がいせいき》」、体の内側にあるのを「内性器《ないせいき》」と言うんだけれども、男の性器は「外性器」だけ、女の性器は「内性器」と「外性器」の両方という、違いがある。ヴァギナは「内性器」で、女の性器には、その他の部分もあるんだね。

「第一次性徴」である性器の区別ができあがる前、人間の胎児はお母さんのお腹の中で、みんな〝どちらかと言えば女〟であるということを思い出してほしい。性器の形は、はじめは同じものだったのが、徐々に男と女の違いを持つように分かれてくる。女の性器はある部分が発達して、男のペニスになるわけだから、女にも男の「外性器」に相当する部分はある。ヴァギナの上のほうにある、クリトリスという豆つぶみたいなとこがそれで、ここを刺激されれば、男がペニスを刺激して性的な快感を得るのとおなじように、女だって感じることができる。

ペニスをヴァギナに挿入する性交の時に、このクリトリスの部分を刺激すれば、女だって快感を得るんだけれど、それがなかったら、女の人はただ「あ、入れられた」と思うだけで、特別な感じ方はしない。それで快感を得ることができるんだったら、それは、その女の人が特別に豊かな想像力を持っているというだけのことなんだ。

ＳＥＸというのは、肉体の行為ではあるけれども、ここから「快感」というものを弾き

男の子

外性器

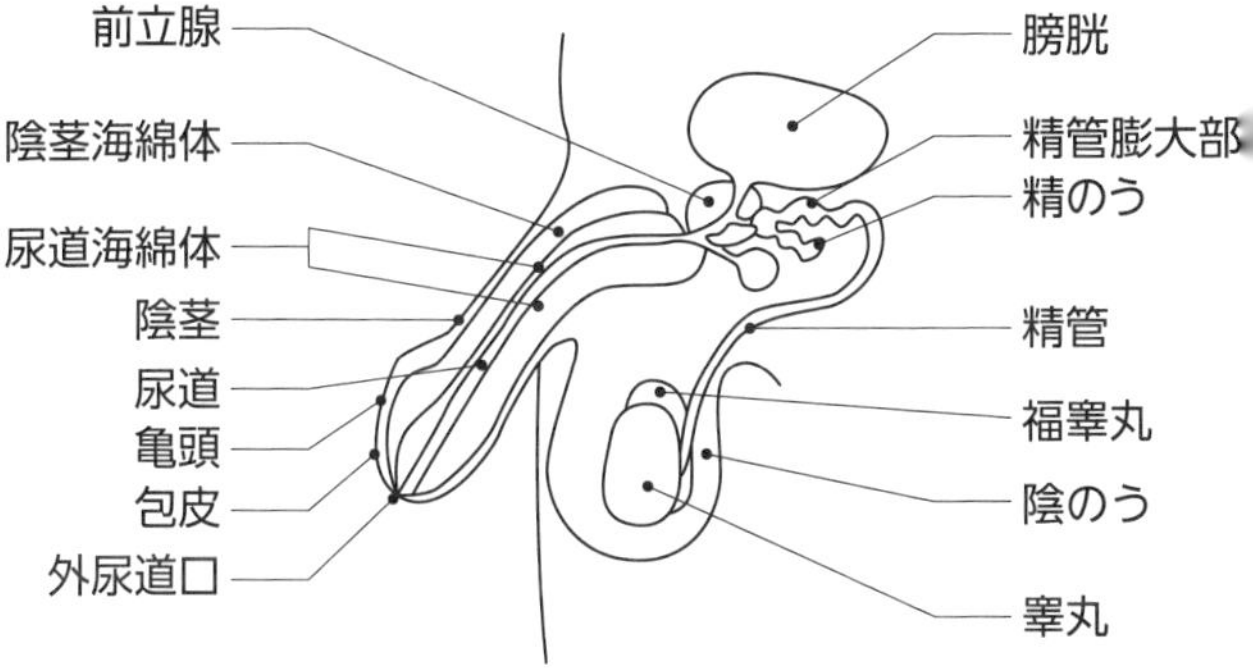

女の子

外性器

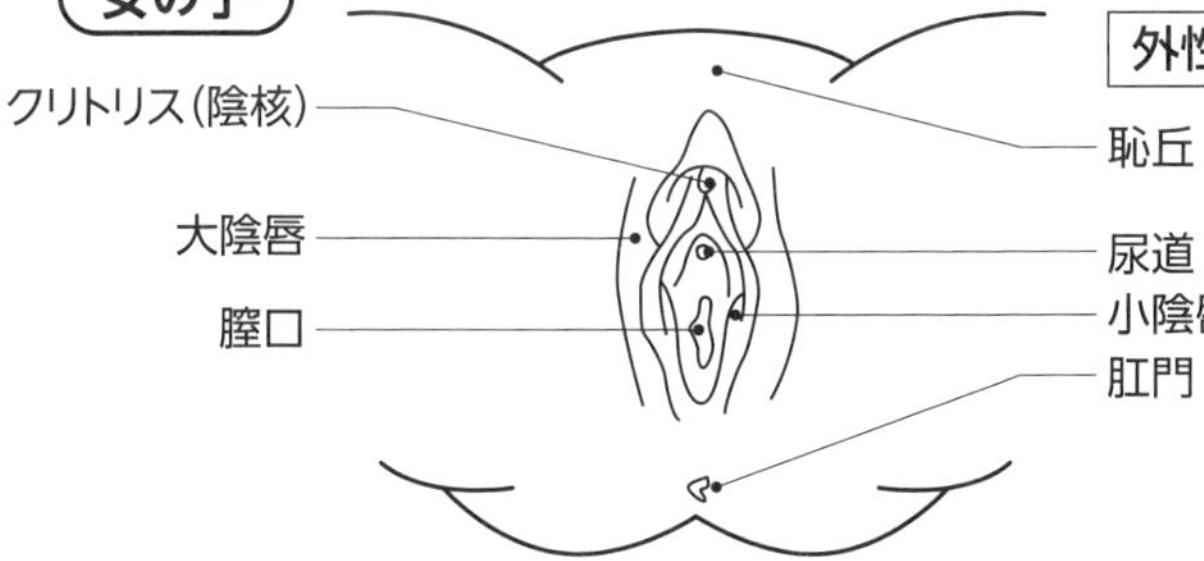

内性器

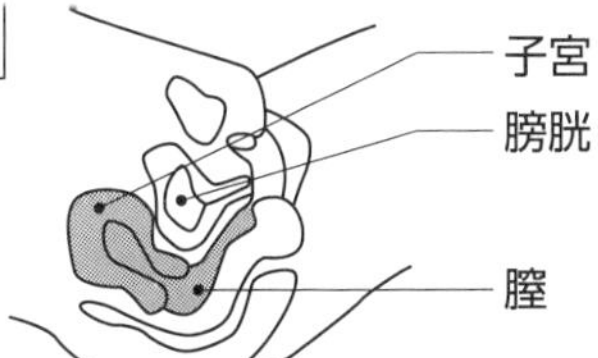

だすためには、豊かな想像力を生みだす「感受性」というものが必要になってくるんだね。自分が感じる、相手も感じる。そのためには、「感じてもいいんだ」と思うことが必要になる。「この相手とはSEXがしたいのか、したくないのか?」という判断だって必要になってくる。そしてその一番はじめに、「〃快感というのはこういうことなんだ〃という のを知っている体を持つ」ということも必要になる。

感受性が豊かで、そのはじめてのSEXの相手が、こっちのことを特別によく理解してくれて、その人のことを考えるだけで胸の中が熱くなってくるような人だったら、べつにオナニーなんてことを知っていなくても、はじめてのSEXで快感を得ることはできるだろうけど、でもそんなことは、まず稀《まれ》だ。

快感というものの存在を理解しないでSEXをしても、つまらないだけだ。SEXというのは、そういう種類の成熟を必要とするもので、オナニーというのは、「〃快感というのはこういうことなんだ〃というのを知っている体」を持つための基礎訓練なんだと思わなくちゃいけない。

11　どうしてオナニーは「いけないこと」なのか

オナニー（自慰）が、人間のＳＥＸの基本だ。人間はオナニーという行為を通じて「快感」というものの存在を知って、その快感を知っているもの同士が、相手の体を使ってお互いにオナニーをする、オナニーをさせてあげる。それが、人間のＳＥＸというものの実際。

だから、女性解放運動が、「男は、女の体を使ってオナニーをしているだけだ」と言ったのは、まちがいじゃなかった。それが人間のＳＥＸの実際だった。でも、「男は、女の体を使ってオナニーをしている」という言い方は、なんだかとっても悪いことをしているような響きがある。結局は、「男はひとりでいい思いをしているエゴイスト」というだけのことなんだけれども、それが、「男と女は、お互いの体を使ってオナニーをする――それが人間のＳＥＸの実際だ」という結論には、なかなかいけない。

どうしてかというと、やっぱりオナニーというものには、どっかで罪悪感を感じさせるようなところがあるから。

「オナニー」という言葉の語源は、旧約聖書の創世記《そうせいき》にでてくる「オナン」という男の名前にある。

オナンは、ユダという男の息子で、オナンにはエルという兄さんがいた。エルが長男で、オナンは次男。エルにはタマルという妻がいて、オナンには妻がまだいなかった。兄さんのエルは、タマルとの間にこどもを作らないまま、ある時死んでしまう。長男が跡継《あとつ》ぎを残さないままに死んでしまったものだから、父親のユダは、オナンに「こどもを作れ」と命令をする。「兄の妻と、兄のかわりにSEXをして、兄のこどもを作れ」というのが、オナンへの父親からの命令。

かなりメチャクチャな話だと思うかもしれないけど、これが旧約聖書というものの書かれた時代の常識だった。息子は父親のもので、息子の妻も父親のもの。妻に人格なんかないし、弟にだってそれはない。一族の長になっている父親というのは絶対の権力者で、すべての人間はその命令に従うというのが当時の習慣だったから、こういうことになる。

父親の命令だから、しかたなくオナンは兄さんの妻であるタマルとSEXをする。でも、それをしても、そのSEXの結果できたこどもは、〝オナンのこども〟ではなくて、〝死んでしまった兄さんのこども〟ということになってしまう。なにしろ、オナンの受けた命令は、「兄のかわりにSEXをして、兄のこどもを作れ」なんだからね。

それだからオナンは、「いくらSEXをしてこどもを作ったって、それが自分のこどもにならないんだったらつまらない」と思って、射精をする時に、相手のタマルが妊娠しないように、タマルのヴァギナの中にしないで、そこから抜いて、地面の上に射精をするようにしてしまった。

オナンの精液は地面にだされて、タマルは妊娠しない。考えてみれば、オナンのしたことはあたりまえのことなんだけども、このオナンのしたことが「主なる神」のお気にめさなかった。だからオナンは、罰《ばち》が当たって死んでしまう。「オナンのしたことは悪いことだ」ということになって、「オナンのしたこと＝オナニーは、悪いこと」になる。

オナンのしたことは、今で言う「オナニー」ではないんだね。自分の手で自分の性器を刺激して快感を得るんじゃなくて、これは、「こどもができないようにSEXをする」なんだ。オナンのしたことは、今の「避妊《ひにん》」に当たることなんだけども、これが「よくないこと」だった。罰が当たって死んでしまうぐらいにね。

オナンの〝罪〟には、「お父さんの言うことをきかなかった」ということもあるだろう。このお父さんの命令はメチャクチャなものでもあるんだけど、「一族の支配者であるお父さんの命令は絶対だ」というのが、この大昔の常識だったんだから、当時としてはしかたがなかった。お父さんの命令に背《そむ》いて、しかもオナンは妊娠しないようにSEXをした

――当時の常識からいうと、「妊娠しないようにSEXをする」というのが、いけないことだったんだね。

旧約聖書で、神が天地を創造して、生き物を作った時の有名な言葉は、「生めよ、増やせよ、地に満てよ」だった。昔は、「数を増やす」ということが大変なことだったから、ともかく、家畜でも人間でも、数が多いということが「豊か」の象徴になった。人間がSEXをしたって、そうそうかんたんにこどもができるわけじゃないし、衛生状態がよくなくて、医療ということも不十分だった昔は、生まれたこどもが全部りっぱに育つというわけでもなかった。そういう中で、「こどもができないようにSEXをする」ということは、十分な罪悪だったんだ。だからオナンのしたことは「悪いこと」になった。

「オナニー（自慰）はいけないことだ」という考え方は、わりと長いことあった。

「自分ひとりでSEXの快感に溺《おぼ》れているのはいけないことだ」と、オナニーをする若者は、思いこんでいた。若者っていうのは、まだあんまりすることがなくて、社会の中でも未熟な存在だから、たいした役割を与えられていない。しかも体は元気で、SEXのエネルギーは、「お前もなんとかなれよ、お前はこんなに元気なんだから」と、その体の内側から働きかける。だから、自分で自分の性欲を満足させるということをしてしまって、「あーあ、今日もまた、自分はひとりで自己完結を演じてしまった」と、思いやすい。

オナニー（自慰）に対する若者の罪悪感というのは、こういうもの。そしてでも、世の中というものは、旧約聖書以来、漠然《ばくぜん》と、「こどもを作らないＳＥＸはいけないことなんじゃないか……」と思いこんでいる。

世の中の思いこみと、若者の思いこみがドッキングして、「ひとりでこっそりとＳＥＸの快感にひたっていることは、罪なのかもしれない……」なんていうふうに、思うようになったの。

さて、それではどうして、世の中の人は、「こどもを作らないＳＥＸはいけないことなんじゃないか……」と思いこんでいたのか？

今でもまだ、「こどもを作らないＳＥＸは自然に反する行為だ」という考え方をする人はいるけれども、「地球の人口が増えすぎたら、世界は破滅してしまう」ということだって、わりとリアルに問題にされてはいるんだよ。

どうして世の中の人は、漠然とでも、「こどもを作らないＳＥＸはいけないことなんじゃないか……」と思いこんでいるのか？

こどもを育てるのには、「経済力」という問題だってある。「こどもはほしいけど、そんなにこどもを育てる余裕《よゆう》がないから」と言って、避妊をしている人たちはたくさんいる。それと同時に、でも昔は「貧乏人の子だくさん」という言葉もあった。貧乏で、他の娯楽を楽しめるだけの余裕がないから、ついついSEXという快楽だけを息ぬきの娯楽にして、こどもばっかりを作りすぎちゃうということね。昔は、確実な避妊の方法というのがなかったから、「SEXをしてこどもができちゃうのはしかたがない」ということにもなっていたのさ。

「こどもを作らないSEXはいけないことなんじゃないか……」と思いこむことの最大の理由は、ここにあった。

「SEXをすればこどもができる。でも、こどもばっかりをそんなに作るわけにもいかない。だから、一番いい状態は、〝もうこどもはいらないな〟と思うようになったら、SEXをしたくなくなるようになればいい。でも、どうしてだか知らないけど、自分の中には〝SEXをしたい〟という欲望がある。この欲望にも困ったものだ。自分の欲望は、〝自然の調和〟を乱すようなものでもあるらしい……」――避妊の方法があんまり確立されてなくて、避妊という考え方があんまりポピュラーじゃない時には、人間というものは、こういうふうに考える。「こどもを作らないSEXはいけないことなんじゃないか……」と思いこむことの最大の理由は、この〝自分の中にある欲望〟だね。

「自分の欲望はあまりにも過剰《かじょう》で、自然に反している。だから、こどももいらないのに、ついつい自分はSEXをしてしまうんだ」と思いこむ。「自分の欲望が〝自然に反している〟」と思いこんでSEXをすれば、そのSEX自体が「自然に反する不自然なSEX」のような気になってしまう。でも、一番不自然なのは、「自分の欲望が自然に反している」と思いこむ、その人間の考え方だね。

人間がなぜSEXをするのかというと、それは、人間の体の中に、それをするようなエネルギーがあるからです。「SEXは、人間が生きていくためのエネルギーだ」って、この本の一番最初に言ったことを思い出してほしい。

人間は、自分の体の中にあるエネルギーをもとにして、いろんなことをやっていく。欲望というのはだから、「いろんなことをやりたい！」と思うことで、SEXはその〝いろんなこと〟のひとつであり、その〝いろんなこと〟の中心にあるようなもの。SEXという「他人とする行為」が、欲望の中心にあるということは、それくらい人間が「他人とうまくやりたい」と思っている生き物だと考えればいい。

欲望というのは、「いろんなことをやりたい！」という思いが、まだはっきりした形になっていない段階のことで、欲望というのを自覚してしまったら、「いったい自分は、このいろいろなものがある世の中で、どのようなことができるかを、具体的に考えていかなくちゃいけない」というふうになるべきなんだ。

なるべきだけど、それはそうそうかんたんにわかることじゃないから、人間というものはウダウダして、つまらないことで自分のまだはっきりとした形になっていない欲望を発散させたりする。

「なにがやりたいかわからないけど、でもなんかやりたいことはあって、それができないままでいる」という状態は、人間にとって、とってもいごこちの悪い状態なんだ。だから、そういう状態にいる人間は、「自分は、なんかまちがっているんじゃないか？　自分はなんか不自然なことをしているんじゃないか？　この、自分を平気でウダウダさせている欲望というものは、いけないものなんじゃないのか？」っていうふうに思うの。

人間は、建設的になれないと落ちつかない。欲望というのは、あんまり建設的なもんじゃないと思われている。でも、欲望というものは、人間を建設的にする第一のステップでもある。自分の中にあるものを、「その使い方がわからない」という理由だけで、「不自然で不必要なもの」と決めつけるのは、どう考えてもおかしいね。でも、人間というものは、「SEXをしたい」という欲望を、長い間、そんなふうに決めつけてきたりもしたんだよ。

オナニー（自慰）に対する罪悪感は、そういう〝漠然とした決めつけ〟の結果なんだね。

12　自分を成熟させる訓練

今の世の中では、あんまりオナニーに対する罪悪感はない。だからこそ、「他人なんかわずらわしい、ＳＥＸなんか、ひとりでするオナニーだけでいい」という考え方だってでてくるんだけど、でもやっぱり、「オナニーだけじゃつまんない」とは思うし、「もう、こんな味けないことはいやだ」という気持ちだってある。今の世の中にある『オナニーへの罪悪感』は、実は、「これだけじゃいけないんじゃないんだろうか？」という種類のものなんだね。

オナニーという行為は、ついうっかり、「これだけじゃいけないんじゃないんだろうか？」と人間に考えさせちゃう行為でもある。なぜかといえば、オナニーには、「相手がいない」という欠点があって、これが「つまらない……、わびしい……」という不安感を生む。

快感がありさえすれば、人間は「ひとりのオナニーだけ」でもいいんだろうか？　それともそれは、やっぱり「いけないこと」なんだろうか？

この答は、「その人の段階による」だね。

現代のオナニーで一番問題になるのは、「罪悪感」ではなくて、「カッコ悪い」という、そっちのほうだね。

「いい年をした男女が、恋人もいなくて、たったひとりでオナニーなんかしてる」ってことになったら、「なんてカッコ悪いんだろう、よくそれで平気だな」ということになる。

SEXというのは、「恋人がいてするもの」で、「恋人がいなければできないもの」だったりもする。「恋人もいないのにSEXをする」だったら、「なんて不潔なんだろう」「ダサいな」「もてないんだろう」ということになるし、「SEXのことしか頭にないから、そんなにオナニーばっかりしてるんだ」「異常なんじゃないの?」ということにもなる。現代では、オナニーの罪悪感よりも、「恋人がいるか、いないか」のほうが、ずーっと大きな問題なんだ。

さて、それでは、年頃の男女は、誰でもみんな、恋人をほしがるものなんだろうか?

「いたらいいな、とは思うけれども、でも今の自分は、恋愛よりもべつのことに集中したいから」という答だって、ちゃんとある。

もうひとつ、「そりゃ恋人はほしいけど、今の自分にはとても自信がないから、恋人なんかできるはずはないと思っている」という答だって、あるはずだ。「恋愛って、めんどくさいんでしょ？　まだそういうのしたくない」っていう、〝若い答〟だってある。つまり、「その人の段階による」ということが重要なのは、「誰でもそんなに、恋人をほしがっているわけではない」ということがあるからだね。

恋人というのは、他人です。他人とつきあうのには、やっぱり段階というものがある。あんまりなんにも考えなくて、自然に他人とつきあっていられる段階。その中で「自分」というものが気になってきて、ついつい人とは距離をおきたくなってしまう段階。「自分」ばっかりが意識されて、そういう自分はひとりぼっちで、寂しくてたまらないと思ってしまう段階。「恋人がほしい」あるいは、「理解者がほしい」と思うのは、この最後の段階だね。

第一の「他人と自然につきあっていられる段階」は、「自分」とか「他人」とかを意識しないでいられる「こども」の段階。ここにはまだSEXというものがない。

第二の「自分ばかりが気になってしまう段階」は、「自分」と「他人」の間に区別とか距離があることを意識する段階で、これは「思春期」の段階。「自分」というものがとっても大きく意識されて、その「自分の中にあるもの」が、とっても気になる。この時期は、人間の体の中にあるSEXというものが、「意識されるべきもの」として浮上してくる時期だね。つまり、「自分を意識すること」は、「SEXを意識すること」というのが、明確に理解されてくる時期。

第三の「ひとりぼっちがいやだ」と思う段階は、もう大人の門口へほとんど足を踏み入れてしまった「思春期後期」とも言うべき段階。前の段階で、あまりにも自分を意識しすぎてしまった結果。「こんな自分は、他人とはうまくやれないんじゃないか」と思ってしまいがちの段階で、「自意識過剰」とでもいうべき段階だね。

第一の段階は、「まだSEXを考えなくていい段階」。第二の段階は「オナニーだけでいいや」と思う段階。第三の段階は、「オナニーだけじゃいやだな」と思う段階。

人間というものには、個人差がある。ある子は、もう体つきも大きくて、アソコにだって毛も生えている。ある子は、こどもみたいな体つきで、体毛なんかまだ全然生えてない。べつのある子は、体格は十分に大人なみなんだけれども、まだ第二次性徴と言われるものには全然訪れられていない。同じ年でも、これぐらいの個人差は、あたりまえにある。個人差というのは、体にあらわれるだけじゃなくて、内面にだってちゃんとある。

もう十分に大人の年頃である人なのに、ある人は、「自分」と「他人」の区別がつかないこどもみたいに、ぼんやり脳天気に生きていたりする。べつのある人はまた、「自分」ばっかりが重要で、「他人」とかかわっていく訓練が全然できていないことを自覚しないでいたりもする。内面の成熟の段階というのは、目に見えないからわかりにくいことだけれども、必要な段階をすっ飛ばして大人になるというのは、できないんだね。「オナニーだけでいい」と言う十九歳の男の子もいれば、「もうオナニーだけじゃやだ」と言う十九歳の男の子だっているし、「オナニーってしたことがない……」と言う十九歳の男の子だっていたっていい。個人差というのは、そういうものなんだから。

そして、人間にとって「自分」というものは、かなり性的なものです。「自分」というものを意識し始める思春期の頃は、自分の中で眠っていた性的なものが姿を現してくる頃なんだから、特にそう。素直な人間なら、自分の中に生まれてきたものを、「あ、大人になってきたんだな」と、あたりまえに受け入れることができるけれども、その、性的なものが登場してくる以前に、かなり優等生的に生きてきた子だと、それが今までの自分の秩序を崩してしまうもののような気がして、受け入れられなくなっちゃう。「自分というのはこういうもの」と、それまではっきり決めていられたのに、改めて自分という人間を、「性的な存在でもあるんだな」とつかまえなおすのは、とてもやっかいなことだ。SEXというものをややこしくしてしまうのだとしたら、人は、この段階でややこしくする。

「自分ばかりが気になってしまう思春期の段階」でね。

この時期には、「自分は性的な存在なんだ、自分の中にはSEXという、新しい要素が登場してしまったんだ」ということを、十分に確認しておいたほうがいい。

要するに、この時期には、「自分ひとりのSEX」であるオナニーを、ちゃんとしておきなさい、ということね。

「恋人がいないのにこんなことしてていいんだろうか?」とか、「自分て、どうしてこんなに〝好き〟なんだろう?」とか、「こんなことばっかりやってて恋人ができるんだろうか?」なんていう〝よぶんなこと〟は考えなくていいから、ちゃんと、「自分は性的な存在なんだ、自分の中にはSEXというものがちゃんとあるんだ」ということを確認しておきなさい、ということね。

オナニーというのは、そういうことを確認させて、その次の段階に進ませる、自分を成熟させる訓練なんだと思わなくちゃ。

「べつにまだ〝恋人〟とかいう他人はいらない、今の自分には、自分というものが一番気になる、重要なものなんだ」と思うことは、ちっとも悪いことじゃないし、異常なことでもない。逆に、それをちゃんとしておかないと、その後になって、他人との関係をへんなふうにこじらせることにもなってしまうよ。

13　感じちゃう体

「快感」てなんだ？　という話です。

「性感帯《せいかんたい》」というのがある。体の中の「感じちゃう部分」のこと。

性器は、一番濃厚な性感帯。だから、ここを刺激すれば快感を得ることができて、それをオナニーと言う。オナニーをしていればわかるけれども、性器のまわりというのは、なんとも言いようのない、ムズムズした快感を感じさせてくれるところ。当然ここは「性感帯」だね。性器の次には、お尻の穴とそのまわりも「性感帯」。オナニーの時に、ついお尻を指で刺激してしまう人だっている。「え？」と思う人もいるかもしれないけど、それが人間の体に関する事実。

「性感帯」は、下半身だけじゃなくって、上半身にもある。

唇は「性感帯」。人はどうして他人とキスをしたがるのかというと、ここが〝感じちゃうところ〟だから。人間の性欲というものの区別に「肛門性欲《こうもんせいよく》」、「口唇性欲《こうしんせいよく》」というものがある。「人間が外界と接触するところは、特別に感じる部分でもある」という考え方なんだけれども、「外界と接触する」というのは、どういうことだろうか？　お尻の穴からウンコをする——これが、人間と外界との接触の第一歩。口からオッパイを吸う。食べる。これも外界との接触。オシッコをする。人とSEXをする。これも外界との接触の第一歩。人間のSEXにたいする感覚は、こういう特別に自分の外界との接触を持つ部分に芽ばえるから、人間の性欲というものは、「口唇期」「肛門期」「性器期」と進んで行くというのが、精神分析学者のフロイトの考え。

むずかしい話はどうでもいいんだけれど、人間は性器でも「感じる」し、お尻の穴でも「感じる」し、唇や口の中でも「感じる」。そういう肉体を持っているからこそ、人間のSEXは、「こどもを作る生殖行為」の他に、とっても複雑なパターンを持つということね。

人間が愛する人とキスをしたがるのは、「愛しているから」じゃなくて、「唇が性感帯だから」。「好きじゃない人とはキスしたくない」というのは、好きでもない人間とキスしたって、べつにうれしくもなんともないからだね。SEXだってそれとおんなじ。「好きでもない人間とSEXしたって、なにも感じない」ということはある。人間の快感というものは、とっても精神的なものに左右される。たとえそこが「感じる部分」の性感帯であっても、「いつ、どんな時でも、誰とでも感じる」というものではない。

そして、人間の好き嫌いというのが、実はわからないものでもあるというのは、「べつに〝好き〟だなんて意識していない相手なのに、うっかり感じちゃった」ということもある。

状況が違えば、特別な感じ方をすることもある。「頭」というせせっこましいものが、「自分はこうだ」と決めこんでいたとしても、体のほうが、「あなたには、こういう人も必要だよ」と言って、思いがけない人間にさわられた時に、「ゾクッ」と感じさせちゃうこともある。

だから、「自分は誰が好きなのか、誰が必要なのか」という判断は、とてもむずかしい。そしてむずかしいその判断は、自分自身にまかされる。だからSEXというものは、「ちゃんと考えなくちゃいけないよ」なんてことをわざわざ人から言われなくても、自分からすすんで考えざるをえなくなるようなものでもあるんだ。

唇が性感帯なら、耳だって性感帯。「聞く」「感じる」ということで、ここだって外界と接触しているから、息を吹きかけられただけで、感じる人は感じてしまう。好きでもない人間に息を吹きかけられたら、「くすぐったい」と思うだけなのに、「好きだ」と思う人がそばにいて、「あ、ドキドキする人がそばにいるな」と思っていれば、その人の息を耳に感じたら、「とっても特別な感じ方」をしてしまうのは、しかたがない。人間の体というものは、そのように作られているんだからね。

性感帯というのは、体中にある。そして、どこが「感じるところ」かというのは、人によって違う。

耳の穴に息を吹きかけられたってなんにも感じない人間が、指先をいじくられるだけで、ムズムズッと感じちゃうこともある。その人は、耳の感覚が鈍感で、指先の感覚が鋭敏なのかもしれない。あるいは逆に、「耳というところは、ちゃんと音を聞き分けるところなんだから、よぶんな刺激は感じないことにしている」のかもしれない。

「指先は、自分を表現する一番たいせつなところだから、人にほめてもらいたい」と思っていて、それで好きな人にさわられると、「うれしい」と思って感じるのかもしれない。「意識しているから感じる」「意識していないから感じない」ということもあれば、「意識していないから、よぶんなことは感じない」「意識していないから、うっかり外からの刺激を感じちゃう」ということだってある。感じ方が人によって違うというのは、人間というものは、その人なりに、「自分」というものを区別して把握《はあく》しているからなんだね。

「人間のSEXの目的は、快感を得ることだ」なんて言われると、その「快感」というものを、とっても狭く限定してしまいがちだ。でも、「感じる」ということには、今言っただけの幅がある。「快感とはこういうこと、SEXとはこういう快感を得ること」って、

OKurimono
jiBUN
KARE
KAZOKu
ai
OTOKO
AKOGARE
SEKAi
KAWAiso
RENAi
SiTTO
KOKuHAKu
NAYAmi
HOYŌ
RiSŌ
KutiZukE
uRAnai
ZAK
SYŌRAi
MiRAi
HinKEtu
ZANGE
H
TOMODATi
ONGAKu
SinGAKu
YŌFuku
OKASi
KAMiSAM
Yume
KiBŌ
YASETAi
HeiWA
DATE
KAKEOchi
ninSiN
SEiRi
GAiKOKu
HANATAB
KeiBetu
Si
SHiaWASE
utukusiku
shinitai
EiGA no YŌni
T
KOWAi
KAO
KEKKON
KESYŌ

あんまりひとりで決めてしまわないほうがいいね。快感というものには、「こういうふうに自分が感じるものだっていうことを、知らなかったでしょう?」と、その人に教えてくれる役目だってあるんだから。

人間の性感帯で、もうひとつ大きなところがある。それは「胸」だね。胸の乳首は、男女を問わずに感じる「性感帯」。

「胸＝乳房」と思いこんでしまうと、「胸は女の領域」って、勝手に考えてしまうかもしれないけど、乳首というものは、男女を問わずにある。そして、ここを刺激されると感じてしまうのも、男女を問わずにあること。

「自分は男だ」とばっかり思いこんでいて、「SEXとは、女のヴァギナの中で射精をして気持ちよくなること」なんていうふうに、「射精の快感」だけをSEXの快感だと思いこんでいる人はいる。そんな男の人が、うっかり乳首を刺激されるなんていうことに遭遇《そうぐう》して、うっかり感じてしまうと、「あ、自分は女になったのかもしれない……」なんていう、とんでもないカン違いをしてしまうことも、よくある。

違うの。乳首は、人間の男女に共通する性感帯なの。人間の体は、いろいろな部分で感じちゃうようにできているものなの。そういうことが理解できないと、「SEXとは、女のヴァギナの中で射精をして、自分だけが気持ちよくなること」という錯覚におちいってしまうんだね。

粗雑《そざつ》なことを「男らしさ」と混同して考えている人は、けっこういっぱいいる。男の人だけじゃなくて、女の人にも、こういう考え方をする人はいっぱいいる。うっかり乳首で感じちゃった自分のボーイフレンドに対して、「気持ち悪い、あんたヘンタイなんじゃないの……」とかっていう、思いやりのないことを平気で言っちゃう女の人もけっこういたりする。でも、「感じちゃう体を持っている」というのは、男女を問わない、「人間の体に関する事実」なんだ。それを忘れちゃいけない。

「感じるのは男だけ。女の体は、男の一方的な射精行為だけではなにも感じない」というのが、昔のＳＥＸの悲劇だったけれど、それが今では、「体で感じるのは女だけ。男のくせに感じちゃう体を持っているのは、女みたいなヘンタイ」という方向に変わってきたりもしているんだけれど、「感じちゃう体を持っているのは、男女を問わない、人間の体の事実」です。

乳首だけじゃない。人間は、いろんなところで、男女を問わずに「感じる」。

首筋に感じる人、肩に感じる人、背中に感じる人、おヘソに感じる人、内股《うちまた》に感じる人、足の先に感じる人、人はそれぞれだ。「くすぐったい」と思う部分は、性感帯に近いものだと思ってまちがいはないね。「くすぐりっこ」というのは、親愛の情をあらわすようなもので、と同時に「ちょっといじめてやろう」と思う時にするような遊びでもある。ＳＥＸっていうのは、これとよく似ている。

人間は「性感帯」と言われる「感じる部分」を体に持っていて、ここを人に刺激されると「気持ちがいい」と思う。でも、どうやらこれは、大人になるに従って、徐々に発達していくような、「特別な部分」でもあるらしい。いや、「特別な部分」と言うよりも、「特別な性質」と言ったほうがいいだろう。こどもはただ「くすぐったい」だけなんだけれど、大人になると、これが「気持ちいい」になっちゃう〝不思議〟ってあるからね。

ところで、きみは肩がこるかな?

あんまり若い人は、「肩がこる」なんていうことを経験しない。体が柔軟でみずみずしいから、ちょっとした疲れなんか、ちゃんとした休養をとれば、すぐになくなっちゃう。また、若い育ち盛りの体にとっては、「疲れる」ということが、自分の体を刺激して「育てる」という方向に変わるものでもある。スポーツをやって「疲れる」と、スポーツをやって「体を鍛える」は、若い時にはおんなじことなんだ。

だから、若い人は、疲れが蓄積して起こる「肩こり」なんてものとは無縁だ。そんなものがあるんだとしたら、「要注意」ということだね。

ところが大人というものは、平気で肩がこる。自分ひとりじゃコントロールできないような疲れというものを、いつも引き受けていなくちゃいけないいし、「疲れ」という刺激を「成長」に変えていく時期はもうとうに過ぎて、「できあがってしまった体をどう使うか」という時期にきているからだね。だから、大人の体には、疲れが蓄積されて「こる」ということが起こる。肩だけじゃない。背中もこるし、腰もこるし、首筋だって内臓だってこる。このこりをほぐすためにマッサージというものがある。

「こどもにはマッサージなんかいらないけど、大人にはマッサージが必要だ」というのは、そのまんま、「こどもにはSEXなんかいらないけど、大人にはSEXが必要だ」におきかえられるかもしれない。

ところで、この体の「こり」というのは、とても「性感帯」に似ている。「性感帯の部分がこりやすい」という意味ではないよ。

疲れがこっているところをマッサージしてもらうと、思わず「ああ、気持ちいい……」という声がでてしまう。でも、あまりにこりがひどいところだと、「力いっぱいにもむ」ということが必要になって、そうなるとまず「痛い！」になってしまう。気持ちいいはずのマッサージが、「痛くてつらいこと」になる。そこのところが「性感帯とおんなじ」なんだね。

「なんでもないところ」を刺激されれば、ただくすぐったいだけ。感じちゃうところを感じるように刺激されれば、「気持ちいい」と思う。ところが、その「気持ちいい」はずのところを、あんまり過剰に刺激されると、苦しくなっちゃう。

人間というものは、自分の体を自分でコントロールしている。「これが自分にとっては自然で〝ふつう〟だ」と思えるような状態を、人間は無意識的にキープしているということだね。

SEXは、この〝ふつうの状態〟に入ってきて、「気持ちいい」という方向に刺激していくこと。それは、「きみにとってはふつうかもしれないけど、きみの状態はちょっとガードのしすぎだよ。もうちょっとリラックスしたほうがいい」というような声がやってくるようなもんでもある。

人間は、自分で自分の体をコントロールしているから、当然、「気持ちいい」という状態も、自分でコントロールしたくなる。「自分というのがガードのしすぎで、もう少しリラックスしたほうがいいとは言うけれども、でもこれ以上の〝気持ちいい〟は、ちょっと危険だな——自分にはもちこたえられないもの」というような判断を、SEXの最中でも、「気持ちいい」と感じながらする、ということね。

「性感帯だから、そこを刺激すればいい」なんて、かんたんに考えるかもしれないけど、「感じすぎてつらい――今の自分には、これ以上の刺激にたえられない、もうつらいからやだ」という限界も、その人なりにはある、ということ。

「十分に感じても大丈夫、もちこたえられる」という成熟を体に持っている人もいれば、「少しなら気持ちいいと感じるけれども、まだ激しい刺激にたえられるような体にはなっていないから、これ以上はだめ」という人もいる。

そして、「こないだまでは鈍感だったから、とっても激しく刺激されないと〝感じる〟ということがよくわからなかったけれど、今はちゃんと成熟して、自分の体に必要な〝適量の刺激〟というものがわかるようになった――だからあんまり刺激しないでほしい」ということも起こる。

「感じる」ということにも、やっぱり段階というのはあって、それもやっぱり、「その人なりの個人差」ではあるね。「感じる」ということに関する差は、「男女の差」ではないんだ。「個人の差」なんだ。それをまちがえちゃいけないね。

14 「純潔」ということ

「純潔《じゅんけつ》」という考え方がある。まだSEXというものを経験しないでいる状態のことね。「処女《しょじょ》」とか「童貞《どうてい》」のこと。今じゃそんなことはべつにうるさく問題にもされないけれど、昔はけっこうこれが問題になった。結婚した花嫁が処女じゃないことがわかって離婚された、とかね。

女性のヴァギナの入り口には「処女膜《しょじょまく》」というものがあって、ヴァギナの中にペニスが侵入してくると、これが破けて出血をする。だから、はじめてSEXを体験する時には、女性は出血して「処女をなくす」ということになる。

昔の考えでいくと、結婚するまで、女性はSEXをしないもんだった。結婚式の晩に初めてSEXをして、処女を花婿《はなむこ》に捧げるということになっていた。「初夜《しょや》」というのは、「結婚したふたりにとってのはじめての夜」という意味のほかに、「女性がはじめてSEXを体験する夜」という意味もあった。女性はこの夜にはじめて処女を捨て、この夜のシーツには、「純潔」のあかしである赤い血がついていることになっていた。次の朝に、この赤い血のあるなしを検査されて、それがなかったとすると、「花嫁は処女じゃなかった」という疑いを受けて「離婚」なんていうことになったりもした。

昔は、「妻」というものが男性の所有物みたいに考えられていたから、「結婚した相手が、すでに他の男のものになっていた」ということに、男の側がたえられなかったというようなことだ。

男がそう思っていて、世の中もそう思っているから、女性の側だって、このことにとっても神経質になった。「結婚前にSEXをして、もしもその相手が結婚をしてくれなかったら、私は〝キズ物〟になって、もうどこへもお嫁にいけなくなってしまう」という心配だってした。

今なら、「結婚相手が処女かどうか」なんてことはほとんど問題にならないから、「なんで愛しあっているのにSEXしないの？」ということにもなるけど、昔は「処女＝純潔」というのが大問題だったから、「結婚前に、結婚を約束した相手とSEXをしてもいいのかどうか」ということが、大きな論争の種にもなった。「結婚前に、結婚を約束した相手とSEXをすること」を「婚前交渉《こんぜんこうしょう》」と言ったんだけれども、こんな言葉、今やほとんど死語だね。

女性の場合には「処女膜」というものがあって、これが破けて出血なんていうことをするから、「処女かどうか」というのが、わりとかんたんにわかった。男性にはそういうものがないからね、SEXの現場を人に見られるなんてことをしないかぎり、いくらでも「僕はまだ童貞です」という嘘《うそ》をつくことができた。女性の処女性だけが問題にされたのは、女性に「処女膜」というものがあったからでしょう。

ところで、すべての女性が、はじめての男性とのSEXの時に出血をするわけじゃない。初夜の時に出血をしなくて「処女じゃない」と言われた女性のすべてに、あらかじめ男性経験があったというわけでもない。出血しない女性もいる。SEXをしなくたって、スポーツをやって、足を大股《おおまた》に開くなんてことを日常的にしていれば、いつの間にか処女膜が破れてなくなっているなんていうことも起こる。

べつに「出血しないから処女じゃない」なんていうことはないんだけれども、「妻は夫の所有物」というような発想の生きていた時代は、女の人はそんなに活動的じゃなかったから、「初夜＝女性の出血」ということになったんだね。

さてそれでは、もしも女性が、男性とのSEX以前に、自分でヴァギナに物を入れてオナニーなんてことをしていたらどうなるんだろうか？　そういうことをしていて、「初夜」にちゃんと出血をするんだろうか？　しないんだろうか？　昔の人生相談には、そんな質問だってあった。「私はそういうオナニーをしてしまっているので、もう〝処女〟ではないのでしょうか？」という質問ね。

どうなんだろう？　この答もまた、「人による」でしょうね。あんまり大きな物を入れたら、処女膜は破れちゃうだろうし、破れない程度のものなら破れないだろうしね。でも、ここで重要なのは、「処女膜が破けちゃうか破けないか」ということじゃない。ここで一番重要なことは、「昔は、なんてへんなことを問題にして悩んでいたんだろうか」っていう、そのこと。

「処女か、処女じゃないか」あるいは、「処女膜があるか、ないか」「初体験に出血をするかどうか」――そんなことばっかりが問題になっていたから、そんな時代には、とってもヘンテコリンなことがいっぱいあった。

結婚前に整形外科へいって、「処女膜再生手術」をするという人もいた。ヴァギナの入り口をほんのちょっとだけ縫《ぬ》って、そこにペニスが入ってきたらその縫い目が破れて出血をするような手術ね。そんなものがない大昔には、花嫁が小鳥の死骸《しがい》をこっそりと隠し持って初夜のベッドに向かう――シーツに小鳥の血をちょっとくっつけて、「処女のしるし」に見せるとかね。

「結婚前にＳＥＸをして、もしもその相手が結婚をしてくれなかったら、私は〝キズ物〟になって、もうどこへもお嫁にいけなくなってしまう」という心配があるんなら、結婚を前提としてつきあっている男性とのSEXなんか、心配でできやしない。男性のほうが「いいだろう?」と言って、女性のほうが「だめ……」と言う。

その男性がウソをつくような相手じゃないだろうということがうすうすわかってはいても、でも「もしかして……」という不安はぬぐいきれないから、結婚前のふたりは、「ちょっとさわるだけ」「だめよ……」「ちょっと、ほんのちょっと入れるだけ」「だめよ……」なんていうことを繰り返していたりもした。もちろん「だめよ……」と言いながら、「あぁ……どうしよう……」と思って、イチャイチャ抱き合っていたことにかわりはないんだけれどもね。

ほとんど「性交」の一歩手前までいってイチャイチャベタベタしていて、しかし「処女だから純潔だ」という考えは、とってもバカらしいと思うだろう? 処女膜再生手術ということになっては、「なに考えてんの?」というレベルのことだろう? ところがしかし、「純潔＝処女＝処女膜」という考え方ばっかりをしちゃったもんだから、そういうことは不自然だという理性が、どっかにいっちゃったんだね。

「最終的に出血さえすれば処女なんだから、その一線を守っていさえすればなにをやってもいい」という考え方ほど「純潔」から遠い考え方はない。でも、「純潔」という思想が生きている時代には、そんな不必要で不自然な心配ばかりがまかり通っていた。

「純潔」という思想が生きて支配力を持っていた時代には、「処女が自分のヴァギナに物を入れてオナニーをする」なんていうことは、もう「想像できないような恐ろしくみだらなこと」だった。もしうっかりそんなことをしてしまったら、「私の体には淫乱《いんらん》な悪魔が住んでいて、ついつい私に恐ろしいことをさせる。そんなことをしてしまった私の体からはもう処女膜がなくなってしまって、きっと一生お嫁にいけなくなって、お父さまやお母さまのお叱《しか》りをうけるのだわ。ああ、なんて恐ろしい……」といって、震えるしかない。震えたからって、それでやめられないのが、オナニーというものだけれどもね。そういうことに、男女の差はない。

「こんなオナニーをしていると、お嫁にはいけないのかしら……、私の体には恐ろしい悪魔が住んでいるのかしら……」という恐れが生きている時代には、「なにもしないでいると、男の人とのSEXの時に苦痛を感じるだけですから、少しはオナニーをして、感じる訓練をしておきましょう」なんていうのは、いかがわしさの極みみたいなもんだった。でも、「これくらいのオナニーだったら、絶対に処女膜は破れないの。処女のままでいられるオナニーを教えてさしあげるわ」という発想は、不気味じゃないか？　そういうのが「純潔」か？

「純潔」という発想は、ある意味で重要で、ある意味でヘンだ。「純潔」と言われるような精神的な美しさを捨てていいなんてことは絶対にないはずなんだけれども、それが「処女膜」に象徴されちゃうような発想は、かなりヘンなものだと思わなければならないね。「女性の純潔」だけが一方的に強調されるのは、「女性は男性の所有物である」という考え方が強い時代のもの。そして、「結婚前の純潔」ということに意味があるのは、「結婚の年齢が早い時代」にかぎってのこと。このことをちゃんと知っておかなくちゃね。

15　思春期には「自分」をつかまえる

「結婚前の純潔」に意味があった時代には、みんな結婚する時期が早かった。女の人の場合は、特にね。「年頃になる」ということは、そろそろ結婚を考えなきゃいけないということで、「こどもの時代」が終わってしまえば、そのまんますぐに「大人」になって結婚をする——だから思春期という「こどもから大人へ変わる中間の時期」というのが、ないのとおんなじだった。

今の時代には、思春期が長い。「第二次性徴」の訪れる時期が思春期だと言ったけれども、「体の変化」ということの中に隠されている意味をうっかりと見過ごしてしまったら、それと一緒に起こるはずの「心の変化」がわからなくなってしまう。だから、「第二次性徴」が出揃ってしまった後になっても、まだまだ「自分の思春期」に出会えない人はいっぱいいるということにもなる。「体の思春期」が終わっても「心の思春期」が終わらなければ、その人はいつまでも思春期の中にいるということになってしまうでしょう。今という時代は、人それぞれが〝自分〟というものをつかまえなくちゃいけない時代だから、

「早く〝自分〟をつかまえろよ」という意味で、「思春期が長い」ということも黙認されてしまうんだね。

人間というものは、こどもの時代が終わる頃に〝自分〟と出会う。その思春期の時期に出会った〝自分〟をもとにして大人になる。思春期の時期に〝自分〟と出会えなかったら、根拠のない、平気でぐらついているだけの、頼りない大人になってしまう。体だけ大人になってもしかたがないし、心だけ大人になってもしかたがない。どっちもそろって大人にならなければ、「ちゃんとした大人」とは言えない。

今という時代は、みんなが「ちゃんとした大人になんなきゃな……」と思っている時代だから、この〝自分〟に出会う思春期の期間がずーっと長くなっているんだ。でも、「思春期が長い」なんていうのは、ごくごく最近の傾向で、昔は思春期なんか、なかった。こどもと大人の間が、ほとんど「くっついている」と言いたいぐらいに接近していて、「その中間」なんていう時期は、ないのとおんなじだったんだ。「結婚の時期が早い」というのは、そういう「思春期のない時代」のことで、こういう時代の「〝自分〟というもののありかた」は、今のそれとは、かなり違っていると思わなきゃいけない。

平安時代に書かれた『源氏物語《げんじものがたり》』の主人公は光源氏だけど、この光源氏の娘である

〝明石《あかし》の姫〟は、十二歳で結婚して、十三歳で出産をする。昔の年齢の数え方は、今とはちょっと違う「数え年」というもんだったんだけど、今の数え方でいくと、この明石の姫は、小学校の五年生で結婚をして、小学校の六年生の時に出産をしたということになる。小学校六年生でお母さんになってしまったら、思春期なんかやってるひまはない。出産というのは、女性にとっては非常に大きな負担のかかる仕事だから、この小学校六年生でこどもを生んでしまった明石の姫は、「あんなにお若いお年でたいへんなことをなさった」と、まわりの人たちからいたわられているのだけれど、べつに「小学校六年生の出産」を「異常なこと」とは、だれも思わない。小さくても、「大人になる」という儀式を終えてしまえばもう「大人」なんだ。小学校の五年生や六年生の女の子でも、結婚という「大人になる儀式」を通過してしまえば、もう「大人」としてふるまうしかなかったんだね。考えてみれば残酷なことなんだけれど、思春期という、「自分を育てる時期」をぬきにして大人になってしまった人というのは、昔はあたりまえにいたんだ。いや逆に、〝自分〟というものをちゃんとつかまえて大人になった人なんて、ほとんどいなかったと言ってもいいだろう。

自分の娘を十二歳で結婚させた光源氏なんだけど、この人も十二歳で結婚している。十二歳で四、五歳年上の〝葵《あおい》の上《うえ》〟という女性と結婚させられているのだけれど、このふたりの仲は、あんまりよくなかった。なんでよくなかったのかというと、それは光源氏がまだ若くて、べつに好きでもない女の人と結婚させられたからだね。

昔の日本には、「元服《げんぷく》」という習慣があった。この「元服」のなごりが、「二十歳になったら大人」という、成人式だね。「元服」は、昔の成人式。

今の成人式は二十歳になってからだけど、昔の元服はべつに何歳ということが決まってはいなかった。だいたい十五歳ぐらいがひとつのめやすだったけれど、身分の高い人のこどもは早めに、身分の低い人のこどもは遅めにということになっていたから、帝《みかど》の子である光源氏は、十二歳という若さで元服をして、大人になった。光源氏が、十二歳で結婚をしたのは、このため。

「もう一人前の男なんだから、そうなった以上は、年齢とは関係なく、一人前の男のすることをする」というのが、昔。「大人の男には、ちゃんとしたＳＥＸの相手がいるのが自然」という考えがあったから、光源氏は、十二歳で、べつに好きでもない年上の女の人とＳＥＸをした。それが正式の結婚相手になるかならないかはべつとして、元服をした男の子は、その元服の夜にＳＥＸ用の女の人を与えられるのが原則だった。

光源氏は帝の子で特別にだいじにされた人だから、それが、「元服と同時にりっぱな家のお姫さまとのご結婚を」という発想になって、左大臣家《さだいじんけ》の姫君である葵の上と、正式な結婚をさせられた。まわりは「よかれ」と思ってそういうことをしたんだけれど、当人は「そんなのちっともおもしろくない」と思っていたから、この光源氏と葵の上の仲はよくなかった、ということだね。

葵の上と仲の悪かった光源氏は、その後になると、目覚めてしまって、女性遍歴を繰り返すことになる。光源氏は、一生女の人に不自由しなかったと言ってもいいようなもんだけど、ということになると、どうだろう？　はたして、光源氏はオナニーをしただろうか？

答はおそらく「NO」でしょうね。光源氏には、そんな必要がないし、そんなことをしたら、「源氏の君は気がおかしくなられた」って、まわりの人は大騒ぎをしたでしょうね。だって、光源氏のそばには、彼の世話をする役割の女の人たちがいっぱいいる。光源氏が性欲を満足させたかったら、そういう女の人のひとりに、「ちょっと……」という合図を送りさえすればいいんだから、なにもオナニーなんかをする必要はない。

「幸福だなー」と思うかい？　「うらやましい……」とか？

はたして、光源氏は、うらやましい人なんだろうか？

光源氏には何人も〝妻〟と呼べる人がいたけれども、彼が一番愛して一番たいせつにしたのは〝紫《むらさき》の上《うえ》〟という女性だった。ところが、紫の上は、光源氏が五十を過ぎた頃に死んでしまうんだね。最愛の紫の上に死なれた光源氏は、なんにも考えられなくなって、ただぼんやりとしているだけ。生きる気力というものをなくしてしまって、紫の上の死んだ次の年には出家《しゅっけ》をしてお坊さんになってしまう。「出家する」というのは、「世を捨てる」ということで、「もはやこの現実にはなんの未練もない」と言って、いっさいを捨ててしまうこと。

最愛の紫の上に死なれた光源氏は、いっさいに絶望して世を捨てる——ある意味でこれは、純愛物語だけれども、しかしそうそう人間の物語は単純じゃない。光源氏は紫の上を愛していたけれども、「はたして紫の上は光源氏を愛していたのか?」という問題はあるからね。

もちろん、紫の上も光源氏を愛していた。愛していたけれども、浮気ばっかりを繰り返す光源氏に対して、紫の上は、ヘトヘトに疲れていた。疲れた紫の上は、死ぬちょっと前に、「お願いですから、私を出家させてください」と光源氏に頼む。愛する妻に「出家させてください」と言われるということは、現代では、「別居したい」と言われることです。紫の上は疲れて、「ひとりになりたい」と言ったんだ。でも、光源氏はそれを許さなかった。紫の上は疲れて、疲れたからひとりになりたいと思ったんだけれど、それを許してもらえなかった紫の上は、死んでしまうしかなかった。

ところで、紫の上という人も、すぐに〝大人〟になってしまった人だった。紫の上は、十代のほんのはじめ頃に光源氏のもとに引き取られて、そのまま妻にされてしまった。まだ「幼い少女」と言ってもいいような年頃にね。なんにも教えられず、光源氏の妻になる儀式――つまり、光源氏とのSEXをさせられた紫の上は、しばらくの間いやがって口をきかないというようなことも、作者の紫式部《むらさきしきぶ》は書いているんだけど、やがてこの紫の上も成長して、光源氏の妻であることを理解するようになる。だから紫の上は、光源氏以外の男性をほとんど知らないと言ってもいい。

夫である光源氏がそばにいない時は、ほとんど光源氏が浮気している時だから、紫の上はあんまりひとりぼっちにされたくはなくて、泣いたりもする。でも、浮気をする光源氏は、浮気の時以外は、ほとんど紫の上と一緒にいる。そんな光源氏も中年になると落ちついてきて、あんまり浮気をしなくなったのだけれど、それが、四十歳になろうとする時、紫の上よりもずっと身分の高い〝女三の宮《おんなさんのみや》〟という若い女性を新しい妻に迎えようとする。

女三の宮は、身分の高い皇族の女性だから、その人が光源氏の妻になったら、紫の上の地位はあぶなくなってしまう。でも、紫の上は、そういう状態に我慢《がまん》して、我慢しきれなくて、ついに病気になってしまう。紫の上が「出家をしたい」と言ったのは、そんな時なんだね。

好きな人と一緒にいるのは、うれしいことでもある。でも、いつもその人と一緒にいるしかないというのは、かなりつらい。いくら「なに不自由ない暮らし」と人に言われたって、それを保証してくれる人が浮気ばっかりしていたら、つらい。でも、平安時代の女性たちは、みんなそういう状態にたえていたんだね。

自分ひとりで自由に外出することもできない状態というのを、ちょっと考えてみてほしい。いくらたいせつにされていると言っても、この状態は、とてもつらい。でも、昔のお姫さまたちは、みんなそうだった。早いうちに大人になって、そのまんま人妻であり続けなければならなかった、昔の身分の高い女の人たちは、「だいじにされる」という名の下で、「生きたお人形さん」をずーっと強制されていたんだね。

「生きたお人形さん」なんだから、自分なんかないほうがいい。こどもから大人になっていく時期が長くて、うっかり〝自分〟なんていうものを育ててしまったら、その後の人生で「生きたお人形さん」をやっていづらくなる。だから、昔は、思春期なんか、ないほうがよかったんだ。

昔の女の人は、原則として「男の人の所有物」だったから、あんまり「快感」なんていうものを知らないでいるほうがよかった。味もそっけもない顔をしていられたらシラけるだけだから、夫である男の人がよろこぶ程度の反応は見せてほしい――でも、それ以上の「快感」なんていうものを女の人が知るのは、「よくないこと」だった。女性の間に、ＳＥＸの時になにも感じない不感症が多かったのは、あたりまえだね。

女の人にとって必要なのは、「自分で快感を感じること」じゃなくて、「相手の男の人のために、快感を感じているような演技をすること」だった。そういうプロの売春婦なみの演技力を持っていないと、「なんの反応もしない、身分が高いだけの、高慢で冷たい女」というレッテルをはられたのさ。

女の人の歴史というのは、けっこう痛ましい。衣装だけが豪華なお姫さまのかっこうを見て、「いいな……」と思っているだけじゃだめなんだ。「女性の純潔だけが一方的に強調されるのは、〝女性は男性の所有物である〟という考え方が強い時代」だって言っただろう？

「女性の純潔だけが一方的に強調される」から、女の人はお人形さんのようにたいせつにされて、どこにもひとりでは出かけられなくなる。ひとりになると泣いているしかなくなる。「疲れたからひとりになりたい」と言っても、許してもらえなくなる。豪華な衣装を着たお人形さんは、たいせつにされて、いつもガラスケースの中にしまっておかれるだけなんだ、ということも知らなくちゃね。

16 「性的な自分」を知る

紫の上の悲劇は、「愛する人に縛られて、自由というものを手にすることができなかった」ということだけど、それならば、光源氏の悲劇というのは、なんなんだろう？

最愛の紫の上に死なれて、いっさいに絶望して世を捨ててしまった光源氏の悲劇は、意外なことに、現代のオジサンの悲劇とおんなじなんだ。家庭のことをいっさい妻にまかせていて、自分ではなにもできない——会社ばっかりが人生だと思っていて、家庭のことなんか全然関心を持たない。でも定年になって、家にいるしかなくなって、そんなワガママでぼんやりした男と一緒にいるのはいやだと思う奥さんは「離婚をしたい」と言いだして、でていってしまう。後はただぼうぜんとするしかないオジサンの悲劇——それと、光源氏の悲劇は、おんなじ質のものなんだ。

光源氏には、〝自分〟がない。当時の男としてはめずらしいくらい〝自分〟というものを持っている男性として光源氏は描かれているんだけれども、やっぱりこの光源氏にも〝自分〟はないんだ。

四十歳になった光源氏は、身分の高い女三の宮という女性を新しく妻に迎えようとする。光源氏には、紫の上や葵の上以前に、藤壺《ふじつぼ》の女御《にょうご》という〝理想の女性〟がいた。藤壺の女御は、もう何年も前に死んでいるんだけれども、この新しく妻に迎えようとする女三の宮は、藤壺の女御の姪《めい》なんだ。光源氏は、栄華《えいが》の絶頂にあって、少し退屈している。「なにかいいことないかな……」と思っているところに、「女三の宮をもらってくれないか」という話がやって来た。女三の宮が藤壺の女御の姪だということを知っている光源氏は、だから、「ひょっとして、女三の宮は藤壺の女御とそっくりの人かもしれない」と思う。「今の自分にはなんにも不自由はないけれど、藤壺の女御がいないことだけが、つまらないといえばつまらない」と思う光源氏は、だから、紫の上という〝最愛の女性〟がいるのにもかかわらず、この女三の宮を妻に迎える。女三の宮も、まだ十三歳という若さだった。

最愛の紫の上はまだ美しくて、しかもこの人も女三の宮と同じ藤壺の女御の姪なんだけど、紫の上はもう三十歳を過ぎている。光源氏は、だからこそ若い女三の宮につまらない期待をして、そしてがっかりする。女三の宮は、藤壺の女御や紫の上とは、似ても似つかない、幼稚なだけのつまらない女性だったから。

光源氏はがっかりするんだけど、でも女三の宮は身分の高い女性だから、一ぺん妻にしたこの人をぞんざいに扱うなんてことは許されない。へんな浮気心だけでつまらない女を妻にしてしまった光源氏は、だから困ってしまう。

つまらないわがままで「ほしい」と言って手に入れたものが、手に入れた瞬間に「いらない」ということになってしまって、それをどうするか？　捨てようと思っても、それを捨てるわけにはいかない。光源氏は困って、ただ「困った……」と、ぼうぜんとしている。見るに見かねた紫の上は、「じゃ、私がなんとかします」と言って、歓迎されない妻になってしまった幼い女三の宮のめんどうをみようとする。

自分の夫が若い女に目がくらんで、「これを新しい妻にする」と、古い妻に言う。そんなことを言われりゃ、古くからいる最愛の妻はショックを受けるに決まっているんだけど、夫はさらにわがままで、その新しい妻を「やっぱりいらない」と言って、しかたがないから、古くからの妻は、「じゃ、私がかわってめんどうをみることにしますよ」と言うのは、ほとんど、わがままなマザコン息子の尻ぬぐいをしている母親なんだけれど、紫の上はそれをする。そんなことをしたら疲れてヘトヘトになってしまうのは決まっているんだけれど、紫の上はそれをして、光源氏は、ただ「あー、よかった」と思っているだけ。

それだけでもかなりのものだけど、「じゃ、私が女三の宮に直接会って、お話しをしますと」と紫の上が言うと、光源氏は、「あ、そ」とばかりに、こそこそと逃げだしちゃう。

自分のヘマの尻ぬぐいを、自分の最愛の女性にやってもらうなんていうのは、いくらなんでもバツが悪いから、光源氏は逃げだしちゃうんだけど、その逃げた光源氏がどこへいくかというと、もうひとりべつの女の人のところへいく。「ちょっとつごうが悪いから、彼女に会ってそのつごうの悪さを忘れさせてもらおう」というつもりなんだね。

こんなことをされれば、いくら紫の上だってガックリきて「ひとりになりたい」と思うのは当然なんだけど、でも、光源氏には、そういうつらい紫の上の心がよくわからない。

紫の上はつらくて疲れて、「出家をしたい」と言って、でもそれが許されなくて、女三の宮のことを一生懸命気にしながら、つらいまんまに死んでしまう。光源氏は、紫の上に「ごめんなさい」を言うわけでもない。最愛の紫の上を失って、ただぼうぜんとして、彼女が死ぬと生きたぬけがらみたいになって、やがて出家をしてしまう。

光源氏の悲劇というのは、若い男の人には、ちょっとわかりにくいかもしれない。「勝手なやつ」とは思うけれども、でも一方では、「いいなー、そんなわがままやってて」ということにもなるからね。

光源氏の悲劇は、〝自分〟がないことなんだけど、この「〝自分〟がない」は、紫の上の場合よりも、少し複雑だ。紫の上は、光源氏というわがままな夫に縛られて、「ひとりになりたい」という自由さえも与えられなかったことだけど、光源氏に関しては、誰も彼を縛ってはいないからだ。光源氏は、身分とか体面とか、そういうものに縛られているだけで、特別に誰かに縛られているというわけではないんだからね。光源氏の悲劇は、「〝自分〟をだそうと思えばだせる——でもそのことが自分で今いちよくわからないから、だしようがなかった」という、そういう複雑なものなんだ。

光源氏の悲劇は、あまりにも甘やかされてしまって、ついに〝自分〟というものをだす勇気をなくしてしまった男の悲劇なんだね。

光源氏は、いつも女の人と一緒だ。女性遍歴を繰り返す光源氏は、いつも女の人とくっついていられて、「みじめな自分」というものとは向かい合わずにすんでいる。光源氏が向かい合うのは、「みじめな自分」ではなくて、いつも「つまらない女」「わがままな女」「いやな女」「自分の思い通りにならない女」「もう飽きてしまった女」とかっていう、そういうものなんだ。言ってること、わかるかな？

光源氏は、自分のつごうが悪くなると、いつも女の人とのＳＥＸの中に逃げこんじゃうということね。

人間は、その思春期に「みじめ」ということを知る。最も典型的な「みじめ」は、ＳＥ

Xの相手がいないということ。自分の性欲を、たったひとりで処理しなければいけないということ。「オナニー」というのは、そういうものですね。「オナニーだけじゃつまんない。もう、こんな味けないことはいやだ」というのは、まだお上品な感想だね。「なんで自分はこんなあさましいことばっかりしてるんだろう？　いつまで自分にはこんなみじめな状態が続くんだろう？」というつらさが、オナニーの快感とひきかえにやってくる。「SEXの快感」とは言っても、SEXにはいいことばかりじゃない、それとはうらはらの「みじめ」ということが、いくらでもある。「光源氏はオナニーをしただろうか？」という不思議な疑問があるというのは、そういう理由があるからね。

男の子が年頃になって、元服という成人の式を迎える。その時に、男の子を「一人前の男」にする役目を持った女の人がいる。光源氏の場合は、それがたまたま身分の高い女の人で「正式の結婚」ということになったけれども、そうならなくて、ただの〝役目〟で終わってしまった女の人は、いっぱいいる。男は、SEXの快感だけを手に入れる。でも、その相手をした女の人は、快感だけを典型的に手に入れた男が引き受けなければいけない「みじめさ」を、そっと処理してくれる。はっきり言ってしまえば、女の人は「男の精液をふくだけの生きたティッシュペイパー」だね。

女性遍歴を繰り返す光源氏は、本当だったら自分のものとして引き受けなければならない「みじめさ」をみんな女の人に押しつけてしまって、それを相手のせいにした。「つまらない女」「わがままな女」「いやな女」「自分の思い通りにならない女」「もう飽きてしまった女」と、彼が言うのは、自分の責任を全部相手に押しつけた結果なんだね。

「なんてひどいわがままなんだろう」と思うかもしれない。でも、昔の男の人にとって、それはごくごくあたりまえの、「男と女の常識」だったんだ。

身分の高い男の人だけじゃない、身分の低い男の人も、女性に対しては、自分の身分に応じて、「ティッシュペイパーの役割」を要求していた。ふつうの男の人がオナニーをしなくちゃいけないというのは、よくよくの異常事態で、ふだんは、その性欲処理係の女の人がいた。女の人も、男のその状態をあたりまえのものだと思っていたから、〝自分〟というものをしっかり持っている男よりも、女になんでも押しつける男のほうがいいと思っていた。

今だと、わがままな男の人は女の人から「マザコン」と言われてしまうけれど、でも、その男のわがままを許して「マザコン」にしてしまったのは、「やっぱり男はわがままじゃないとつまらない」と言う、女の人なんだね。

「生きたティッシュペイパーにされた」と文句を言う女の人は、今やいっぱいいる。でも、長い間、女の人はそういうふうには言えなかった。それはなぜかというと、女の人が「結婚して男の妻になる」ということ以外に、あんまり生きていく方法がなかったから。「生きたティッシュペイパー」になること以外に生きていく方法がなければ、それを当然のこととして許すしかなくなる。男は「身勝手なわがまま」があたりまえになり、女は黙って「生きたティッシュペイパー」の役割を引き受けていた。

それをあたりまえにされてしまったら、男には、自分の性欲と向かい合って「みじめさ」を感じる機会がなくなってしまう。「なんかへんだなァ……」と思っても、「なにが自分をへんにしているのか」を知るきっかけがつかめなくなってしまうんだ。

女の人を相手にして、「失恋」というみじめを感じることはあっても、自分の性欲と向かい合って、「自分とは、本質的にみじめな要素を抱え持ったものでもある」ということは知らなくていいというのが、今までの男だった。

男も女も、どちらも人間なら、自分の中に性的なものを持っている。「自分というものは、とっても性的なものなんだ」ということを知る——それは、「だから自分が時としてみじめなものであってもしかたがないんだな」ということを知ることでもある。

人間のＳＥＸの基本はオナニーで、オナニーの後には、みじめさがやってくる。「自分というのは、時としてみじめで、それは、人間が自分の手で自分の人生を切り開いていくものである以上、しかたのないことなんだ」ということを認めなければいけない。

ＳＥＸというものは、いいことばかりじゃない。「女にもててれば、幸福だ」と、うっかりふつうの男の人は思ってしまうかもしれない。「女にもてないから、自分はひとりでみじめなオナニーをしてるんだ」なんていうふうに、うっかりとふつうの男の人は思ってしまうかもしれないけれど、そんなにいつもＳＥＸの相手をしてくれる女の人がそばにくっついているという事態は、異常なんだ。昔の特別な人たちだけが、そういう異常事態を、「あたりまえのもの」としてふんぞり返っていたから、それで、ふつうの男の人たちは、「そういう特別なことができない自分は、貧しいのかなァ……、男として魅力がないのかなァ……」なんていうカン違いをしていただけ。

「快感」というものを手に入れるのだったら、それと引き換えに、それに相当する「みじめさ」という代償《だいしょう》をはらわなければいけない。それをしなければ、知らない間に、その「みじめさ」を他人に押しつけていることになる。それは、どうあっても知らなければいけない〝事実〟なんだ。

「自分」というものの中には「性的な自分」というものもあって、それは自分自身で把握して、自分自身のものとして処理していかなければならない。それが、他人とＳＥＸをする人間の最低のルール。

だからこそ、今という時代には、ＳＥＸということをちゃんと知っておかなくちゃいけないようになったんだと、そう思ってくださいね。

17　恋愛と友情、純愛とＳＥＸ

ＳＥＸというのは、人とするものだから、「他人とのつきあい方」というのが、大きな問題になってくる。人とのつきあい方ということになると、だいたいこういうことが問題になるね。

ひとつは、「愛情のないＳＥＸをしてはいけないのか?」ということ。

もうひとつは、「男と女のあいだに、友情は成り立つのか?」ということ。

もうひとつは、「恋愛と友情はどう違うのか?」ということ。

さらには、「〝純愛〟というのは、どういうものなのか?」ということ。

実は、これみんな、ＳＥＸのありかたとからんでいる問題なんだね。

「愛情のないＳＥＸをしてはいけないのか?」

「そうだ」ってことになるかもしれない。でも、「〝この人間とだったらＳＥＸしてもいいな〟と思える程度の愛情」というのがあったら、どうする?　そういう愛情だって、ないわけじゃない。

やっぱり、よっぽど特別の事情でもなかったら、全然愛情のわかない人間とは、「SEXをしたい」とは思わないでしょう？　「SEXをしてもいいな」と思ってするんだとしたら、その相手に対しては、その程度の愛情はあるんだと思うね。

もうひとつべつの考え方だってある。「この人には、もうあんまり愛情ってないんだけど、もし今ここで——SEXをしてみたら、改めて愛情はわいてくるかもしれない」ということだってある、ということね。あんまり若い人には起こりそうもないけど、大人になってしまえば、こういうことだってある。

さらにはもうひとつ、こっちは若い人にとっても起こりがちのことなんだけど、「好きとか嫌いとかってことを考える前に、もう相手とSEXをしてしまっていた」ということ。「好き」とか「嫌い」とかっていう感情は、すぐにわかるもんでもあると同時に、なかなか自分ではよくわからないものでもある。世の中のすべてが、「○か、×か」にかんたんに分かれるものではない。世の中というのは、「どっちかわからない」というものが一番多くて、他人に対する感情というのは、その典型的なものだ。

こないだまで「好きだ」と思っていたのが、いつの間にか「そんな気は全然ない」になっていたりもする。「愛情のないSEXをしたくない」と思っていたって、「なんとなく気がついたら、もうＳＥＸをしてしまっていた」ということだって、起こらないわけじゃない。だから、ＳＥＸをしちゃった後になって、「あんなの全然好きじゃなかったな……」ということにだってなる。「愛情のないＳＥＸなんかしたくなかったけど、でも、しちゃったんだからしかたない」ということだってあるんだね。

さて、いったいなんだってこんな話をしているんだろう？

「愛情のないＳＥＸ」なんて、みんなそんなにもしたくはないだろうけれど、でも「愛情のないＳＥＸをしてはいけませんよ」と言ったって、人間同士の関係は、そんなにかんたんに割り切れるものじゃありませんよ、ということを言いたいためだね。

「ＳＥＸと愛情」というのは、よく問題になる。でも、こういうことがよく問題になるのは、実はみんながＳＥＸというもの、「ＳＥＸの相手」というものを、あまりにも特別に考え過ぎているからなんだ。

「男と女のあいだに友情は成り立つのか？」というのは、よく問題になる。でもこれは、よく考えたら、とっても不思議な問題の立て方なんだ。

「男と女のあいだに友情は成り立つのか？」というのは、これは裏返せば、「男と女は、ほっとけば恋愛関係におちいって、ＳＥＸをしちゃうものである」という前提がある、ということね。

ホントにそうか？　相手が異性だったら、それがどんな相手でも、ＳＥＸをしたいと思うか？　自分が「したい」と思っても、その相手のほうは、ＯＫをしてくれると思うか？

「男と女のあいだに友情は成り立つのか？」という議論は、「相手が男なら、相手が女なら、そこでは必ずＳＥＸが可能になっちゃう」という、とっても不思議な前提があってのことなんだよ。ホントにそう？

「あ、いい人だな」と思う。それが異性だとしたら、その人とは必ず「ＳＥＸをしたい」と思っちゃうもんか？　あなたは、そんなに追いつめられていますか？

「あ、いい人だな」と思えるような人に会って、ＳＥＸに関することを考えるんだとしたら、「自分はこの人をいい人だと思うんだけど、そう思う自分は、この人とＳＥＸしたいのかな？」って、そう考える。

「ＳＥＸしたい」か「ＳＥＸしたくない」かは、「好き、嫌い」とおんなじで、そうかんたんにわかることじゃない。「したいような気もするし、べつにしたいわけでもないし、〝してくれる〟って言うんなら、ちょっと考えてもいいけど、でもそうじゃないんだったら、〝したいかしたくないかはよくわからない〟というのが本当だな」って、そう思うもんじゃない？　そうでしょ？

「男と女のあいだに友情は成り立つのか？」というのは、「男と女は、うっかりＳＥＸをしちゃうもんだから、友情なんて成り立たない」という考え方があってのことなんだけど、残念ながら、ただ「男がいて、女がいる」だけじゃ、そこにＳＥＸは成り立たないの。「男と女のあいだに友情は成り立つのか？」という議論は、それを言う人の年齢によっても違ってくる。

若い人にとって「男と女のあいだに友情は成り立つのか？」という議論は、「あなたは魅力的な異性をみても平気でいられますか？」という質問と同じ意味を持つ。でも、残念ながら、「男と女のあいだに友情は成り立つのか？」という質問は、「あなたは、あんまり魅力的じゃない異性とも平気で友達になれますか？」という意味を持った質問でもあるんだね。

「あなたは、自分にとって〝あんまり魅力的じゃない〟と思えるような異性を見ても、すぐに〝ＳＥＸしたい〟と思うような人なんですか？」

違うでしょ？

もうちょっと大人になった人たちにとっては、「男と女のあいだに友情は成り立つのか？」という議論は、「あなたは、ＳＥＸをした相手を、その後もふつうの友人とおなじように、たいせつにできますか？」という意味を持つ。

あたりまえに異性とSEXをするような年頃になると、「SEXの相手は、ふだんの生活とはちょっとべつのところにいる」という考え方が定着しちゃうから、平気でその相手を「捨てる」とかっていうことができちゃうんだ。「SEXをした相手とあんまり長くつきあっていると、結婚しなきゃならなくなっちゃう」という、結婚前に特有の考え方もあるからね。

さらにもうちょっと大人になると、「男と女のあいだに友情は成り立つのか？」という議論が、「あなたに大人の男や女としての自信があるのなら、どうしてせっかく知り合った異性と、SEXをしようとは思わないんですか？」というささやきにもなる。

大人というのは、あんがいつまんない考え方をするもので、「大人同士の異性間のつきあいというものは、かならず性的なものでなければいけないのではないのだろうか？」なんていう考え方をしちゃったりもする。人間、うっかりさびつくと、すぐに自意識過剰の思春期人間に逆もどりしちゃう、ということかもしれないね。

これが、さらにさらに大人になってくると、「男と女のあいだに友情は成り立つのか？」という質問が、「ああ、そういう相手もいるよ」になる。言える人はそう言う。「人間のつきあい方には、いろんなつきあい方があるんだ」ってことを、長い時間の中で知っていくからだね。

だから、「男と女のあいだに、友情は成り立つ」。

「男と女」というだけで、すぐにSEXという方向に考えがいっちゃうだけの人は、ちょっとおかしい——それだけのことだから。

そして、それをおさえておけば、次の問題の不思議というのもわかる。


「恋愛と友情はどう違うのか?」——この問題が、実は「男と女のあいだに友情は成り立つのか?」のヴァリエーションであるんだということは、わかるでしょう?

「男と女のあいだには〝恋愛〟しかないはずだ。だとしたら、この〝恋愛〟ではない、〝友情〟に近いような自分たちの〝異性間の関係〟はなんなんだろう?」という疑問が、「恋愛と友情はどう違うのか?」なんだね。でも残念ながら、「男と女のあいだには〝恋愛〟しかないはず」ではないね。

そして、「恋愛と友情はどう違うのか?」には、べつの面もある。

「恋愛」というものがよくわからない時期に、人間は、「友情というものがあって友達がいれば十分幸福なのに、人間はなぜ〝恋愛〟なんていうわけのわかんないことをするんだろう?」と思ったりする。「恋愛と友情はどう違うのか?」というのは、こういうところからでる質問だね。

もうひとつ、「恋愛と友情はどう違うのか?」には、こんな面もある。「恋人」というものができて、「恋愛」というものを知って、胸がドキドキする——あるいは「SEX」というものを知って、「こんないいことがあったのか」と思う。そうなってくると、今までたいせつにしてた友人のことが、うっかりおろそかになっちゃう。「恋人と友人は、どっちがたいせつなんだ? 自分は、こんなうわっついた感情にばっかり振りまわされていていいものなんだろうか?」という疑問ね。

「おんなじ〝人間関係〟であるはずなのに、どうして自分は、その一方にばっかり傾いちゃうんだろうか?」と思えば、「恋愛と友情はどう違うのか?」ということだって考えちゃう。

残念ながら、恋愛というものは、うっかり友情なんてものをすっぽかすことをさせちゃうもんなんです。

さらにもうひとつ、「恋愛と友情はどう違うのか?」には、こんな面だってある。つまり、今まで「友人」だとばかり思っていた相手に、突然ドキドキした恋愛感情を発見しちゃうことがある。「自分は今までこいつを〝ただの友達〟だとばかり思っていたのに、この〝感情〟はなんだろう?」って、驚いちゃう。そうなったら、「恋愛と友情はどう違うのか?」ってことを、考えざるをえなくなるでしょう。

恋愛と友情は、どう違うんだろう？

仲のいい友達がいる。その相手が異性でも同性でもいい。「仲がいい」ということは、なんらかの形で「好き合っている」ということです。好き合っている人間同士が、「もっともっと好き合う」ということになるのは、べつに不思議なことではない。「友情がいつの間にか恋愛感情に変わっている」なんてことは、あたりまえにあることです。そしてそれ以前に、「友情というのは、恋愛感情の一種だ」なんだ。

「男と女だから」という理由だけで、そこに必ずＳＥＸがなければいけない理由はない。その相手とＳＥＸをしないからといって、それだけで、相手の魅力を否定したことにはならない。「男と女のあいだ」でも友情があって、友情が恋愛感情になることもあるし、恋愛相手がやがて深い友情を感じる相手に変わることだってある。友情と恋愛の間に、一線は引けない――なぜかといえば、それは、友情も恋愛感情の一種だから。

友情は恋愛の一種。でも、友情と恋愛は、どっかで違う。だから、こういうことにしちゃえばいい。「友情というのは、ＳＥＸぬきの恋愛である」とね。

昔は、「相手が異性だから恋愛、相手が同性だから友情」というふうに分けていた。異性間には〝性〟という垣根があって、それを越えるのはとっても大変なことだから、「男と女のあいだにSEXを越えた友情が成り立っている」なんてことは、とんでもなく特別なことだった。なにしろその昔は、「男女共学の中学」なんていうものがなかったんだから。「年頃になった男女は隔離すべし」ぐらいの距離があったんだから、気楽に〝友人〟なんてことをやってられなかった。やってられないから、SEXというものが特別視されるということにもなった。でも今や、男女の間に、友情はあたりまえにあるんです。「人間同士のつきあいは、性別なんかとは関係ない」というのが、よく考えたら、一番あたりまえの事実だった、というだけだね。

「相手が異性だから恋愛、相手が同性だから友情」という考え方は、とっても、窮屈な考え方だ。それが「友情」であるのか、「恋愛」であるのかは、感情の濃さの違いでしかない。だからこそ、おんなじ相手に対しても、ある時は「恋愛感情」を感じるし、ある時は「友情」を感じる。人間には、いろんな面があって、〝いろんなつきあい方〟があるから、おんなじものが、友情にも恋愛にもなるんだ。

SEXというものを特別視すれば、「やがてSEXをするであろう」と思われる恋愛も特別視される。特別視されて、「恋愛とかSEXは、友情とは全然違う世界のものである」なんてことになっちゃうけども、友情というのも、やはり恋愛感情の一種なんです。あんまりＳＥＸを特別視しないほうがいい。「友情というのは、ＳＥＸをあんまり期待しない恋愛である」と思ったほうが、もっと友達にやさしくなれると思うよ。

18　人はなぜ人とSEXをするのか？

前の話で、「〝純愛〟というのは、どういうものなのか？」というのが、残ってしまった。

「純愛」というのは、なんか「特別な愛情」だと思われている。「純愛」が特別視されるのは、SEXが特別視されていることの反動なんだね。

「純愛」というのは、ふつう「SEXをしない恋愛」のことだ。でも、「友情」が「SEXをあんまり期待しない恋愛」ということになってしまったら、「純愛」というのは、とってもかんたんになる。だって、「純愛」というのは「友情」のことなんだからね。「純愛」が特別視されちゃうということは、「SEXしたいな」と思う相手ばかりが特別視されて、「友情」というものの意味が軽視されているだけのことかもしれない。

SEXというのは、どうしても「特別なもの」と考えられることが多い。だから、その欲望を心の片隅にでも発見したりすると、うっかり「自分は不純なことを考えてるんじゃないか……」と思ってしまう。「SEXしたい」という欲望は、自分の中でもよくわかんないものだから、「たいせつな相手を、よくわかんない〝ＳＥＸ〟というものの中に引き込んで、自分でもしまつできない混乱を押しつけちゃうのは、いけないことなんじゃないか」と、思っちゃうんだね。だから、「ＳＥＸをしない愛情、ＳＥＸのない関係は、純粋で美しい」なんていうふうに思うんだ。

さて、それでは、人はなんだって自分以外の相手と「ＳＥＸをしたい」と思うんだろうか？

「人間のＳＥＸの基本はオナニー」って言われてしまえば、「でもなー」という気にはなる。でも、「他人とＳＥＸをする」ということになったら、メンドクサイ話ばっかりがエンエンと続く。だから、「他人とＳＥＸをするのがそんなにメンドクサイことだったら、オナニーだけでもいいや……」ということになってしまいかねない。ＳＥＸに関する話というのは、とってもメンドクサイ。そんなメンドクサイことを、人間はどうしてべつの人間と一緒にしたがるんだろうか？

人間が他人とＳＥＸをしたがる最大の理由は、ＳＥＸがメンドクサイことを全部忘れさせてくれるからだね。

ＳＥＸに関する話がメンドクサイのは、〝自分〟というものがとってもメンドクサイからだ。そのメンドクサイものを、人間というのは把握したがる。「自分のことなんだから、自分でちゃんとつかまえられるはずだ」と思ってね。でも、自分というのは、いろんな要素でできあがっているものだから、そんなにかんたんにつかまえられやしない。自分という人間は、まだ自分で考えることができるからわかりやすいとも言えるけど、他人という、自分とはべつの人間になったら、もっとわかりにくい。「他人なんてこんなもん」と決めつけることはできるけど、それは、「他人というものが、わかりにくいいろんな人間の集団」だからだね。

人間というのは、自分の頭でものを考える生き物だけど、そうであるがゆえに、時々、その自分の能力がメンドクサくなって、全部をチャラにしたくなっちゃう。「あー、わかんねー、これでいいや」ということにしちゃう。そういうことにしとかないと、多過ぎる情報が、考える頭を混乱させちゃうからだ。

どんなことにだって、休養は必要だ。SEXには、その「休養」という意味だってある。自分で自分のことを考え続ければ、そのうちにつらくなる。考え過ぎてつらくなってしまった自分の頭を休ませてくれるものはなんだろう?

それは、「もう、そんなに考えなくてもいいじゃない」と言う声だ。そう言って、撫《な》でてくれる、人の手だ。

自分ひとりで考え続けて、答が出ることもあるけれど、逆になることもある。考え過ぎて疲れちゃった頭だと、「自分はもうそんなに考えなくてもいいんだ」という「休養のすすめ」は、でてこなくなっちゃう。

人間というものは、自分で自分を把握しなくちゃいけないものだけど、そんなにいつも〝自分〟というものを意識し続けていたら、疲れてしまう。意識し続けて疲れてしまった自分を休ませてくれるのが、他人とするＳＥＸなんだね。「あ、この人は自分を許してくれる」「この人は、自分を受け入れてくれる」「この人となら、〝ＳＥＸをしたい〟と思っても傷つけることにはならないんだ」と思えるような人とＳＥＸをすれば、混乱していた頭なんかは静まっちゃう。そのために、ＳＥＸの快感はあるんだね。

自分で自分の性器を刺激するオナニーには快感があって、「快感だけだったら、オナニーでも十分だ」ということもあるんだけど、でもオナニーをするということには、いつも「自分はひとりでこういうことをしている」という意識が、つきまとってしまう。〝自分〟というものを確認するためには、やっぱりオナニーというものを体験しなければならないだろう。でも、その体験が、いつの間にか、「〝自分〟というものは、根本のところでいつもひとりだ」という孤独を生んでしまうことがある。

男の性器であるペニスというものは、いつも体の外に突きでている。そして、女の性器である、ヴァギナは、いつも自分の内側に空洞《くうどう》を抱えて、外に開いている。

男の性器は勃起《ぼっき》して、外に向かってもっと突きだそうとする。勃起して、その後に射精をして快感を得る男のSEXは、だから、外を侵略しようとする欲望の象徴だと思われている。「相手を犯したい、相手を犯して自分だけのものにしたい」という男の欲望が、「結局のところ、殺伐《さつばつ》な空虚にしか行きつかない」なんてことを言われるのは、男のペニスが、外に向かって突きだされているからだ。

一方、女のヴァギナという「内性器」は、いつも入れられることだけを待っている。女の性欲が、結局のところ「すべてを自分の中に取り込んでひとりじめにしたがるもの」と言われたりするのは、女の性器が、内側に向かっても開かれているからだ。

でも、はたして男は、そんなにいつも「犯したい、犯したい」と思っているんだろうか？　女はいつも、そんなに「入れてもらいたい、入れてもらいたい」と思っているんだろうか？

射精する男が「外に向かってでて行きたい」と思うのは、ある意味で当然だし、ヴァギナという〝穴〟を持っている女が、「入ってきてほしい」と思うのも当然だ。でも、人間の欲望というものは、そんなに一面的なものじゃない。「愛したい」という欲望があれば、その反面で「愛されたい」という欲望もある。「愛されたい」という欲望があれば、もう

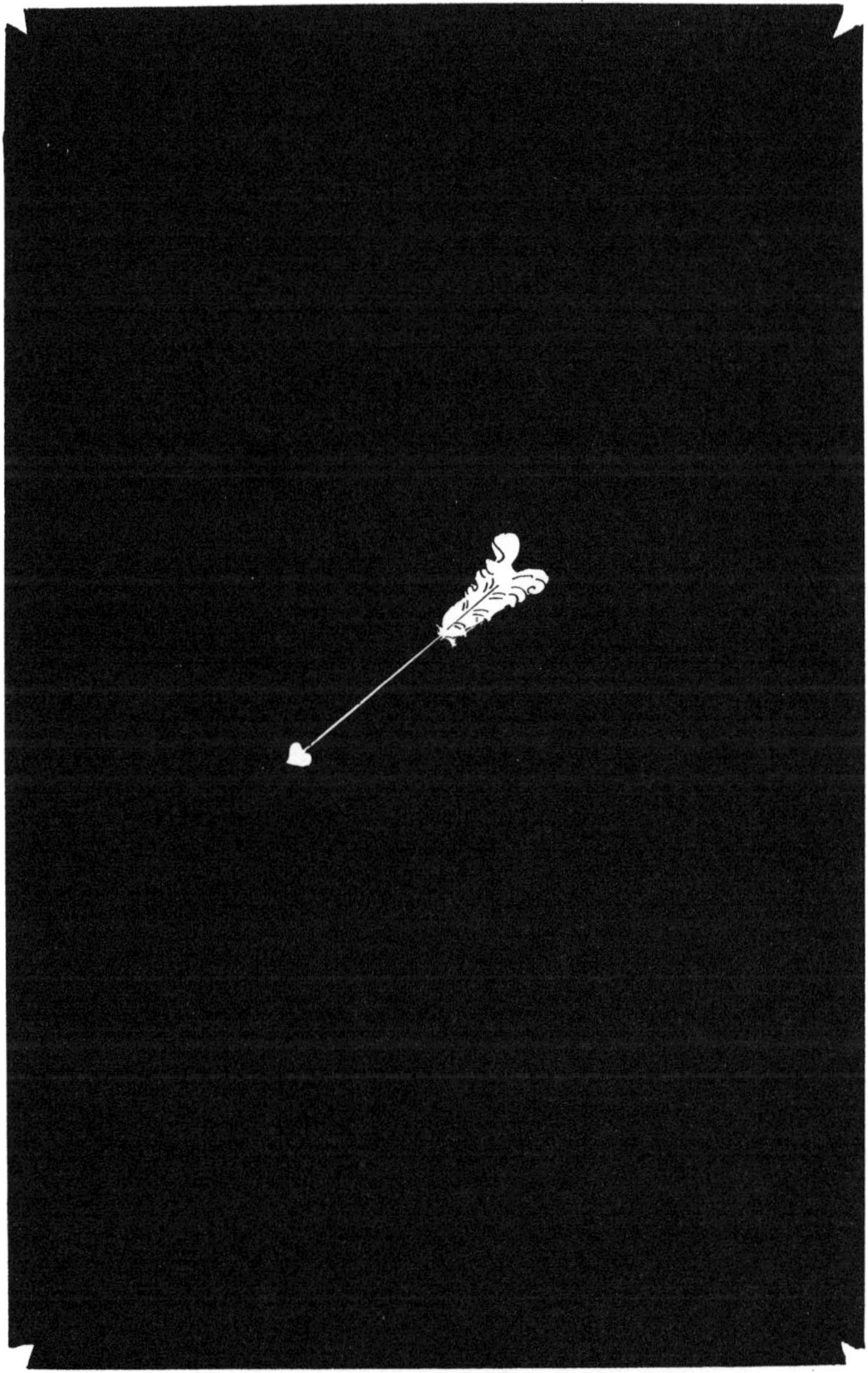

一方で「愛したい」という欲望もある。

男は、性器を自分の外に向けて誇示《こじ》したいと思い、と同時に、その誇示したものを受け入れてもらいたいと思っている。受け入れる性器を持っている女は、「入って来てもらいたい」と思うと同時に、「受け入れてあげたい」と思っている。男は、ペニスの先で、「人に包まれたい」と思って、女はヴァギナの内側で、「人を包んであげたい」と、そんなふうに思っているんだ。男だって、十分に人に愛されたいし、女だって十分に人を愛したいと思っている。そういう性器をそれぞれに持っているんだから、いつか自分は人に愛されるんだし愛せるんだって思わなくちゃ、自分の肉体の意味というものはなくなっちゃうね。

日本の神話のはじめに、イザナギの命《みこと》とイザナミの命《みこと》という、男女の神様がでてくる。「イザナギ・イザナミ」という名前には「互いに誘《いざな》い合う」という意味があるんだけど、この一組の男女の神様が、「日本という国を作りなさい」という命令を受けて、地上に降り立ってくる。神様というのは、「ひとり、ふたり」とは数えないで、「一柱《ひとはしら》、二柱《ふたはしら》」と数えるもんなんだけど、このイザナギ・イザナミの二柱の神は、SEXをして日本の国土や、さまざまな神様を生む。日本の神話における「世界の始まり」は、男女二柱の神様によるSEXなんだけれども、そのSEXを始めようとする時、男のイザナギの命は、こう言う。

「私の体は十分完成しているのですが、一ヵ所だけ、よぶんな部分がある」

それに答えて、女のイザナミの命は、こう言う。

「私の体も十分に完成しているのですが、一ヵ所だけ、足りない部分があります」

そこでイザナギの命はこう言うんだ。

「私のあまった部分で、あなたの足りない部分をふさいで、そうしてこどもを作りましょう」と。

べつに、「あまってる」から優秀でもないし、「足りない」から劣っているわけでもない。「そういうふうになっているんだから、補い合えばいいですね」ということになって、日本で最初のＳＥＸは始められる。「そういうふうになっているもの」は、そういうふうになっているだけなんだね。

そういうふうにしてＳＥＸを始めたイザナギの命とイザナミの命には、また、その後で複雑なドラマを経験しなければならない運命というのもあるんだけれど、「自分はこうだ、相手はまた違ってこうだ――だから、するべきことはこれなんじゃないか」というわかりかたは、ぞんがいかんたんにできるもんだ。

「入っていきたい」も自然なら、「迎え入れてもらいたい」も自然。「満足させてもらいたい」も自然なら、「入れてあげたい」もまた自然なこと。その「自然なこと」に身をまかせることができれば、人間というものはホッとできる。そのホッとできることが、「とってもいいことなんだよ」ということを教えるために、人間のＳＥＸには快感というものがある。

だから「自分」というやっかいでよくわからないものを抱えた人間は、自分のやすらぎを求めて、そして相手の幸福を願って、自分ひとりではない、「自分とおなじような他人とのＳＥＸ」というものをするんだ。

そして、この「全身でホッとしたい」という根源的な欲望を満足させようとする行為全体を、「恋」という言葉でも呼ぶんだね。

19 「恋」ということを知らなくちゃ

「べつに純愛は特別な愛情じゃない。純愛というのは友情のことだ」と言った。でも、「ホントにそうかな?」と思う人だっているだろう。「SEXしたいな」と思ってしまうような相手と「友情」を続けていかなければならないというのは、かなり苦しいことだからね。

「〝SEXをしたいな〟と思ってしまうような相手と友情を続けていかなければならない状態」がなぜつらいのかというと、これが「失恋」の一種だからね。永遠に片思いのままの「失恋」。

「失恋」はつらい。べつに、「SEXができないからつらい」のではない。「自分が好きだ」と思うような人に、その自分の感情全部を受け入れてもらえないから、自分の感情を満たしてもらえないから、つらい。だから「失恋」という事態は、人からは「べつにどうってことないのに」と思えるようなものなのに、耐えがたく、とんでもなくつらい。

「純愛というものが特別視されるのは、SEXが特別視された結果だ」とは言ったけれども、特別なのはＳＥＸという〝行為〟じゃない。特別なのは、「人を求めることはこんなにも切実なのだ」ということを教える、その感情が特別――つまり、「恋」というものが、とっても特別なものなんだ、ということだね。

自分がその人を「好きだ」と思う、その感情全部を受け入れてもらえなければ、満たしてもらえなければ、とんでもなくつらいのが「恋」。

だから、「失恋」というものは、あんなにもつらい。そのことがわかる人には、「恋」というものがいかに「特別なこと」かは、すぐにわかるだろう。

「恋」というものは、自分だけの特別だから、そのつらさとか幸福感というものは、他人には理解してもらえない。その他人が「恋」というものを知っていたとしたって、「自分の恋」と「他人の恋」は違うもの。だから、「恋」という〝自分だけの特別〟は、自分が好きになった、その恋の相手からしか理解してもらえない。その相手に理解してもらえないかぎり、恋というものは、ちっともうれしくなんかなれないもので、「恋」を知らなければ、本当のＳＥＸというのはできない。

ＳＥＸというのは、「肉体の交わり」だけれども、そうすることによって、お互いの感情というものが、相手の胸の中に入り込めなければ、「満足」というものは得られない。「恋」というのは、感情の交流で、それと同時に肉体の交わりでもあるようなもの。「恋」

というものの中では、感情と肉体と、どっちが重要であるのかなんてことは、言えなくなってしまう。「恋」は、それ自体がほとんどＳＥＸそのものであるような、濃厚な感情の交わりなんだからね。

「恋」というものには、豊かな感情が必要だ。それがなければ、「恋」というものはできない。感情の裏づけのない行為はウソになる。

それが人間に関する真実というもので、「恋」というのは、人間に関する〝すべての本当〟を求めたいと思う行為なんだから、しようがないよね。

だから結論はひとつ。

「みんな、恋をしてください」――これだけなんだ。

「恋とはいったいなんなんだ?」――このテーマだけで、本というのが一冊は書けてしまう。そしてたぶん、一冊の本なんかではおさまらないだろう。だから、この本では、あんまり「恋」というものに深入りができない。ちょっと触れるだけにしかならないけど、「恋」というのは、どういうものなんだ? なぜ人は恋というものをするんだろうか? ということだけは、言っておかなければならない。

人は、なんのために恋をするのか?

「SEXの相手がほしい」と、「恋の相手がほしい」は、おんなじじゃない。「SEXの相手がほしい」は、「自分の欲望を満足させてくれる相手なら誰でもいい！」というヤケッぱちにまでかんたんにいくけれども、「恋の相手」というのは、誰でもいいわけじゃない。

なぜかというと、「恋」というものは、「あなたには、こういうものが欠けていますね」ということを教えてくれる合図だからだ。だから、「恋」の前には、まず「憧《あこが》れ」というものが生まれる。「自分よりも、ずーっとその人のほうがすばらしい」と思う——この感情がなければ、「恋」というものは生まれないんだ。

「恋」というものは、「その人は自分よりもすぐれている、自分はその人よりも劣っている」という、感情のギャップを必ず引き起こす。だから、恋というものは、いくら相手を好きになっても、相手から「好きだ」と言ってもらっても、なかなかその言葉が信じられなくて、「もどかしい」という感じを捨てきれない。「自分」と「相手」との間にあるギャップが「埋まった」と思えなければ、「自分はこの人と恋をしていてもいいんだ、自分はこの人と一緒に恋の中にいてもいいんだ」とは思えない。

だから恋人たちというのは、いつだって「世界で一番すばらしい人たち」。だから人間は、「恋」をすると、見違えるほどにきれいになる。

「恋をしている」ということは、「自分は今、自分に必要な、世界で一番すばらしい人とイコールになっているんだぞ」という自信を持ってもいいということなんだから、「きれいになる」だけじゃない。ありとあらゆる面で、自信が生まれて、その人はとんでもなくグレイド・アップされてしまう。

人間というのは、意識されようとされまいと、さまざまな「欠点」というものを持っている。「欠点」を持っていて、自分では意識されないでいても、そのことをフッと照らしだしてしまうような人が、時々いる。「不思議な形で自分にスポットを当ててくれる人がいる」と思えたら、その人が、あなたにとっての「恋の相手」。

「誰かに、そっとスポットを当ててもらいたいなァ……」と思うようになったら、あなたはもう、「恋」というものを待望している。

「恋」というものは自信を生み、それと同時に、「恋」というものは、激しい失望と自信の喪失も生む。

それまでに「恋」なんていうことを全然考えなくて、平気でいろんな人とSEXをしていた人が、突然「好きだ……」と思うような人に出会ってしまった時には、行動パターンがガラッと変わってしまう。「人とSEXをすること」が「恋」なんだとばっかり思っていたから、「好きだ……」と思ってしまったその相手とも、やっぱり「SEXをしよう」

とは思うんだけれども、でも、どういうわけだか、できない。あんまり「したい」という気持ちになれない。「恋」と「SEX」とはとりあえずべつで、SEXというのは、その相手をバカにしていてもできるけど、恋というのは、その相手をバカにし始めたら終わり。それまでは、平気で人とSEXをしていたけれども、はじめて「好きだ……」と思ってしまった相手と出会ったら、「あんまりSEXがしたい」とは思わなくなってしまうのがなぜなのかというと、それは、その人が、それまでもっぱら、人をバカにするということしかしてこなかったから。

「恋」というのは、人に対する「憧れ」から生まれる。だから、「人に対する尊敬」がないと、恋というものはできないいんだ。

「自分には、絶対にその人が必要なんだ」と思えなければ、「恋」というものは始まらない。そして、「自分には、絶対にその人が必要なんだ」と思うということは、「その人は、自分には必要で、でも自分では手にすることができないものを持っている」と認めるということで、それはそのまま「あの人にくらべたら、自分はカスみたいなもんだ」と、認めてしまうことだからね。

だから、エラソーにしてる人は、恋なんかできない。エラソーにしてる人の前に、「でも、あなたにはなにかが足りないんじゃないの？」ということを暗示するように、フッとスポット・ライトを当てる人が現れる。すると、エラソーな人は、「おまえなんかいらない！」と、不思議なほどに激しく、その相手を拒絶しちゃったりする。

その人に「憧れ」を感じるのが「恋の始まり」ではあるけれど、でも、その人に「怒り」を感じるのが「恋の始まり」でもあったりするのは、そういうわけだね。だって、誰だって、いきなり不意打ちみたいな形で、「あんたは無能だ、あんたにはなにかが欠けている」なんていうことを突きつけられたくはないもの。

「自分」というものを、あんまり強いものだと思い過ぎてしまうと、「恋」ができなくなる。「恋」というのは、「他人の声に耳を傾けよう」という感情のささやきでもあるんだからね。

そして、「恋」というものは、「取り引き」だ。「その人は、自分にないものを持っている。その人から、自分の持ってないものを与えてもらいたい」と思うのは、べつにあなただけじゃない。あなたの恋の相手だって、おんなじように思う。思わなければ、「恋」というものは成り立たない。成り立たない「恋」は、「片思い」と言われるだけ。

「恋」というものは、「取り引き」だ。「自分の持っていないもの」を、〝その人〟は持っている。〝その人〟の持っていないものを、あなたが持っている。それがあるから、「お互いに恋し合う」ということが成り立つ。

そして困ったことに、あなたに〝その人〟の魅力は見えるけれども、〝その人〟に〝あなたの魅力〟が見えるかどうかは、よくわからない。「自分にはこういう魅力がある、だから相手は、絶対に自分にまいっちゃうはず」と思い込んでいられる間は、「恋」にはならない。「相手に魅力があることは、はっきりしている——それがあまりにもはっきりし過ぎちゃって、そのおかげで、今まで〝自分の魅力〟だと思っていたものがどっかにいっちゃった」というのが、「恋」の困ったところなんだから。

「自分の相手は、いったい自分のどこに魅力を感じてくれるんだろうか？」——これがわからなければ、「恋にまつわる不安」というのは消えない。もしも無事に、自分が憧れていた相手の人と「おつきあい」なんてことができたとしても、自分の胸のドキドキがおさまった時、ふっと不安というのは忍びよってくる——「〝あの人〟がすてきなのはわかっているけど、でも、自分はいったい〝あの人〟にとって、なんの意味があるんだろう？」と思ってしまうのは、その「不安」のせい。「恋」というのは、人間同士の「心の取り引き」だから、一方的に「もらう」だけじゃ不安になるんだ。

そして、それで不安になるのは当然、一方的な取り引きというものは、いつか破綻《はたん》して終わってしまうものだからね。

「恋というものが人を成長させる」というのは、この「一方的な取り引きは、いつか破綻してしまう」ということがあるから。

自分では自分のことを、「十分に満ち足りている」と思う。「魅力もあるし」とか。「愛情だけがちょっと足りなくて、それがあるから、恋という栄養が必要なんだ」と思い込んでいて、「幸福な恋」の中でぞんぶんに酔っぱらっていたりしても、その恋が破綻しちゃうことがある。まだ、そこまでいってなくて、「自分は魅力的なんだから、あいつにアタックしたって、大丈夫のはずだ」と思い込んでいたやつが、アッケなく、ふられて失恋しちゃうこともある。「あんたは、自分が今のままで十分だと思っているらしいけれども、あんたは、まだ全然そんなレベルじゃないんだよ」ということを、「失恋」というものが教えてくれるんだ。

「自分を知る」ということは、とっても大変なことだよ。「自分じゃこれだけできてる」なんて思ってたって、「そう？　だけど、そんなことこっちには全然関係ないじゃない」という冷淡な答は、いくらだって返ってくる。「自分は、〝まだ足りない〟ってことが十分わかってるんです。だからこそ、あなたが必要なんです。お願いです、私に力を与えてください」というのが、「愛の告白」の基本ではあるけれど、これが全部「はい、わかりました、ＯＫします」という答で迎えられるわけじゃない。「あなたには、まだそんなことを私に要求できるだけの資格はない」という答だって、十分に返ってくる。

「恋」というのは「取り引き」だから、「あなたは私のある部分をほしいと言うが、私はべつに、あなたの中にほしいものなんかなんにもありません」ということになったら、取り引きは成り立たない。「失恋」というのは、そういうシビアなものなんだ。

「自分に必要なものはなんだ？」と考えるのは、十分にむずかしい。でも、「相手に必要なものはなんだ？」と考えることは、もっともっとむずかしい。逆の人だっているかもしれない。「自分」というものがはっきりしてなくて、いつもいつも「相手のほしいものはなんだろう？」ばっかりを考えている。「自分はなんにも要求していないんだから、きっとこの恋は美しくて、いつまでも続くだろう」なんてことを考えているのかもしれないけれど、そんなことをされたら、相手が欲求不満になっちゃう。

「恋」というのは、「お互いに、相手のためになんかをしてあげたい」という欲望なんだから、どっちか一方が「相手のためになんでもしてあげる」は、やっぱり「恋」ではないんだね。

「恋」というのは、「大人の人間関係」だから、こどもの頭ではとってもむずかしいところがある。「自分も他人もおんなじようにエゴイストで、そのエゴイストであることが、お互いに、とっても魅力的なように見える」という状態がなければ、恋というものは成り立たないんだ。

むずかしい？ 「エゴイストであることが、他人からは魅力的に見える」というのがどういうことか、わからない？

それは、「人間はみんな自己主張をする。よぶんな自己主張は人を醜くするけれど、〝正当な自己主張〟は人を美しくする。そして、正当な自己主張のない人は美しくない」という、それだけのこと。

自分ひとりで自己主張をすることは、こどもでもできる。でも、他人というものを相手にして「正当な自己主張」をするのは、「他人とはどういうものか」がわかる大人になってからじゃないとできないんだ。

「恋」というのは、とってもミエっぱりの感情で、それは「恋」というものが、「自分とはこういうもの！」ということをはっきりさせたい感情からでているから。

誰だって、自分を「つまんないもの」とは思いたくない。だから、「自分はこんなにすばらしい！」ということを見せたい。自分にだけは言いきかせたい。だから、ついつい「すばらしい人」に憧れてしまう。「自分」のレベルと、憧れる「すばらしい人」のレベルとの間にとんでもない隔たりがあれば、「恋」という取り引きは成り立たない。

成り立たないことは重々承知して、でも「自分というのはこんなにいいものであるはずだ！」と思いたがるミエっぱり人間は、「失恋」にしかつながらない恋ばっかかりを平気でする。

「自分に必要な人」は、「自分」というものの中をきちんと見なくちゃわからないものなんだけどね。

「恋」は、人に自信を与えて、成長させる。「失恋」は、人にひとりよがりを反省させて、成長させる。でも、ミエっぱりの失恋ばっかりしていたって、なんにもならない。それは、ただ人を無意味にせわしなくさせるだけのものなんだということも、知らなくちゃね。

20　いやらしい言葉

ちょっと話を変えましょう。「どうしてSEXの話はむずかしいのか？」です。「性教育なんてべつにしなくてもいい。そんなこと、だいたい知ってるから」ということもある。「男の体の一部があまっていて、女の体の一部が足りないから、足りないところにあまっているところを入れればいい」なんてことは、ちょっと考えればわかる。イザナギの命《みこと》だってイザナミの命《みこと》だって、べつにそんなこと、誰からも教わらなくたって、自分たちで勝手にわかったんだからね。

「ほっとけばわかるようなことを、わざわざ教えなくたっていい」という考え方はあるんだけど、でも、人間というものは、なんでも学習して覚えるもんだから、「わかるものだったら、教えたっていい」ということにはなる。

SEXのことというのは、ほっとけばわかることではあるけれども、ほっといてもわからないことかもしれない。というのはなぜかというと、SEXというのは、誰でもするもんではあるけれども、そのしている状態を直接に見るということが、あんまりないから。

「SEXのことがわからなかったら、お父さんやお母さんに聞きなさい」と言われたって、だからといって、お父さんやお母さんが、自分たちのSEXしているところを、見せてくれるわけじゃない。「見る」ということは、学習するうえで一番重要なことでもあるんだけれど、ことSEXに関しては、あんまり見ることができない。SEXは「誰でもすること」ではあるけれども、「誰でもすることだから、見ればわかる」というふうにはなれない。

困ったことに、SEXというのは、うかつに見ることができない。見ようとすると、「見ちゃだめ！」と言われるもんですね。

人に見せるためのSEXというのはなんでしょう？　はい、その答は「ポルノ」ですね。「SEXは、人間なら誰でもする神聖なものだけど、ポルノというのは、興味本位で、人間のSEXをオモチャにしているいかがわしいもの」ということになっている。

じゃ、SEXの実際を知りたいやつは、どうしたらいいんだろう？

「そういうものは、自分で体験しろ」と言われて、それはその通りなんだけれども、「性教育」なんていうものがあって、一通りのことを教えてくれたりもするのに、いざ「現物を見たい」ということになったとたん、「ダメ！」というのは、あんまりムチャではないだろうか？

というわけで、おおかたの良識ある大人の人たちには悪いんだけれど、ポルノっていうのは、「ＳＥＸの教科書」なんだよ。そして、「ポルノはＳＥＸの教科書だ」という常識があんまり通用しないのはなぜかというと、それは、ポルノが「いやらしいもの」だからですね。

残念ながら、ＳＥＸは「いやらしいもの」だ。だって、「ＳＥＸしたい」と思うのは、「いやらしいことをしたい」と思うことだから。

だから性教育はむずかしい。だって、「私達のしていることはいやらしいことですから、ちゃんとマネをしてＳＥＸを学習しましょう」とは、誰にも言えないよ。「ＳＥＸはそんなにいやらしいことではない――だからしてもいいんです」とは言えるけれど、でもＳＥＸは、やっぱり歴然と、「いやらしいこと」なんだ。そこで、「性教育をしよう」と思う人は、困っちゃうんだね。「性教育をちゃんとするには、今までの意識を変えなきゃできない」なんてことが大人の間で言われるのは、こういうため。

ＳＥＸは十分にいやらしいことです。だから、「ＳＥＸとはこういうこと」という説明を、とてもいやらしくすることもできる。「ＳＥＸとは、女性のヴァギナに男性のペニスを入れること」というのを、みんなのよく知っている日本語で書くと、とってもいやらしい文章になる――「ＳＥＸとは、女のマンコに男のチンコを入れること」。ね？　とってもいやらしいだろう？

ＳＥＸのことを説明する言葉は、人にあんまりいやらしいことを感じさせないようにと思って、ふだんあんまり使っていないような言葉を使う。この本では「ＳＥＸ」と、わざわざ英語を使っているだろう？　日本語で言えば「マンコ」や「チンコ」になるのを、わざわざ「ヴァギナ」とか「ペニス」と言っている。「ヴァギナ」「ペニス」は何語かというと、これがラテン語なんだね。「キンタマ」は、俗語。「睾丸」は漢語。おなじことをラテン語で言うと「ホーデン」になる。

ＳＥＸを表現する言葉には、医学用語が多くて、しかもラテン語が多い。ラテン語は、ヨーロッパの昔の言葉で、今ではこれを日常会話に使っている人達はいない。学問用語としてだけ使われる言葉。

なんだってＳＥＸを語るのにラテン語という特別な言葉を使うのかというと、それはどうやら「オシャレだから」ではない。自分たちのふだんの言葉でＳＥＸのことを語ってしまうと、どうしても「いやらしい」という感じがして恥ずかしくなってしまう。だもんだから、誰のものでもない言葉を使って、「他人《ひと》ごと」にして語るんだね。

だから、ＳＥＸというのはよけい「特別なもの」になってしまう。特別で神秘的なニュアンスが漂う。「オマンコ」とか「オチンコ」と言ったら、ただいやらしいだけで、それは「性教育の教科書」ではない、「いやらしいだけのポルノ」になるんだね。

自分たちのしていることを、どうして人間たちは恥ずかしがるのだろうか？

それは、まずひとつに、「自分たちはあんまりＳＥＸをしていない」と思いたがるから。そして、実際問題として、人間は、そんなにＳＥＸばっかりしているもんでもないんだ。「するけど、でも、それをしている自分たちのことを、あんまりはっきりとは説明できない――だから、〝みんなしてることだから、そのうちわかる〟とかっていうふうにごまかしちゃう」――これがホントだね。

人間というのは、あんがい、自分のしていることをちゃんと把握していなくて、それだから、いざとなるととまどってしまうものでもある。人前で、「自己紹介として、自分のことをちゃんと説明してください」っていきなり言われたら、緊張したりアガっちゃったりするでしょう？　自分のことなんかちゃんとわかっているはずなんだけど、自分のことを「ちゃんと把握していないと他人には説明できなくなっちゃうな」と思っている人は、まずいない。ＳＥＸっていうのも、そういうもんなんだ。

今まで人間というものは、自分のしていることを、そんなに他人に説明しなくてもすんでいた。人とつきあうのがメンドクサイ人は、「わざわざ説明しなくてもすむような親しい人たち」とだけ、つきあっている。「説明する」というのは、あんがいむずかしいことなんだ。

だから、こういうことにもなる——。

「日本語でSEXのことを説明するのがむずかしいのは、〝SEX〟に対応する日本語が、そもそもないからだ」——これですね。

日本語で「SEXする」は、ふつう「オマンコをする」と言う。「オマンコ」は、女性の性器の名称で、そして「オマンコ」はまた、各地方の方言によって、「ボボ」だとか「オソソ」だとか「オメコ」だとかと、いろいろ違って呼ばれる。女性の性器の名称が、そのまま「SEXをする」という行為の言葉におきかえられているのは、「そこらへんの女を捕まえてやりゃー、それがSEXだ」という発想が前提にあるからだね。「女性は、根本のところで、男性の性欲の対象である」という前提があれば、「オマンコ」がそのまま「SEXをすること」とイコールになる。でも、これじゃもうだめなんだ。

人間は、ひとりでもSEXをする。女性の性器を持っていない男がひとりでするSEXを、「ひとりマンコ」と言うのは、なんだかとってもヘンだ。

(「スゲェいやらしい気がしていい」という男の人がいてもいいけどね——SEXという

のは、そういうふうに、「自分ひとりで勝手にいやらしい雰囲気を高めながらするもの」でもあるから）

「オナニー」は、旧約聖書から出てきた言葉であるというのはもう知ってるだろうけど、これを日本語で言うとどうなるか？　「センズリ」って言うんだね。「千擦《せんず》り」――男が自分の性器を握って千回もこすると快感が訪れて射精するからなんだけど、女の人のオナニーに、これはむかない表現だ。

（「そう言うと、すっごいいやらしい感じがして、いい」と思って、自分の自慰行為を「センズリ」と言いたがる女の人がいたっていいけどね）

まだ、それをあらわす言葉がない。だからなんなのかというと、「ＳＥＸというのは、本当だったら誰でもしてるはずのものなんだけど、それがどういうことなのか、まだ誰もあんまりよく理解していないもの」でもあるんだ。

それで、ＳＥＸというのは、ついうっかり、「いやらしいもの」と思われてしまう。まだ、みんなＳＥＸになれていないから、「ポルノは、ＳＥＸの教科書でもある」ということが、「とんでもないこと」というふうに響くんだ。それだけのこと。

21 あいさつのキス、SEXのキス

「キス」の話です。

「キス」は日本語で、なんと言うでしょう?

答は、「接吻《せっぷん》」ですね。でもひょっとして、「接吻」というのは、半分だけの正解かもしれない。「接吻」の「接」は「接する」だから「くっつける」。「吻《ふん》」は「口」なんだけど、あんまり「人間の口」とか「唇」を「吻」とは言わない。「吻」というのは、「貝の口の部分」とかっていう感じで、水の中に住んでるなんだかよくわからない生物の口のことを言ったりするのに使う。つまり、「接吻」という言葉の中にある意味は、あんまり日常的なものをあらわすようなもんじゃないということね。「接吻」というのは、明治時代になって作られた言葉だと思えばいい。それまで鎖国をしていた日本が〝進んだ西洋文明〟を取り入れるために、いろいろな外国の本を訳した——その時に登場してきた「KISS」という単語を翻訳するために作られた言葉です。

西洋人は、日常的にキスをする。キスはひとつのあいさつで、恋愛やSEXの世界だけに所属するものじゃない。日常的に、相手の頬《ほお》や手に自分の唇をくっつけてるということをしていて、日本にはそんな習慣がないから、そんな行為をあらわす言葉がなかった。だから、西洋の「キス」に対応する行為をあらわす言葉として、「唇を接するのだから〝接吻〟がよいであろう」と、「接吻」なる言葉が作られた。

そういう言葉が作られて、そういう言葉が登場する翻訳小説なんかを読む若い男女は、胸をときめかせたんだね。「彼は、侯爵夫人《こうしゃくふじん》の美しい手の先に接吻をした」とか、「美しい乙女《おとめ》は、接吻をされると、そっと頬をあからめた」とかっていう文章を見ただけで、ドキドキしちゃった。ほんのちょっとした「あいさつ」でしかないキスなのに、そんな習慣のない、日本の若い男女は、とってもドキドキするような、性的な感じをもって、この「接吻」の二文字を見た。

さて、「接吻」という言葉は、鎖国が終わって文明開化ということになった明治時代になって作られた言葉だけれども、それだとすると、それ以前に、日本人はキスをしなかったんだろうか？　なにしろ「握手」という習慣だってなかったんだから、あいさつのひとつとして、相手の体の一部に唇を押しつける習慣なんかは、それまでの日本にはなかった。しかしけれども、江戸時代の人間がキスをしなかったわけじゃない。人間というのは、ＳＥＸの最中に、相手の唇を激しく吸ったりしたがるものだから、人間がＳＥＸをするところなら、たいがいキスという習慣もある。

それでは、その江戸時代の日本語で、「キス」のことをなんと言ったでしょうか？「キスをする」を、江戸時代の言葉では「口を吸う」と言った。「キス」のことは、だから「口吸《くちす》い」。

とってもストレートな表現でしょう？　いやらしいと思いますか？　それとも、「すっきりしててわかりやすい」と思いますか？

「口吸い」というのは、もうそのまんまモロの言葉だから、「いやらしい」と思う人にとってはいやらしい、「すっきりしてる」と思う人にはすっきりしてる。

「SEXをする」にあたる日本語が、この「キス＝口吸い」みたいに、具体的ですっきりした表現の言葉になっていさえすれば、SEXに関することが、こうもややこしくならなかったかもしれない。だってこれは、「事実は事実」でしかない言葉で、それだからこそ、「なればあたりまえ」になる。「はじめはちょっと抵抗があるけど、よく考えたら、これはあたりまえのことなんだ」っていうことをわからせる言葉というのは、こういうものでなくちゃいけないね。

「やること」は「やること」で、隠しようもなく具体的なんだ。具体的な行為なんだから、その具体的な行為をあらわす言葉というのは、ちゃんとあったほうがいい。そのことを、

「口吸い」というストレートな言葉の存在が教えてくれているようだ。

さて、「口吸い」というキスだ。「口を吸う」はいいけれども、しかし口の中にはなんにもない。「なんにもないところを吸ってどうなるんだ？」と、知らない人は思うだろうね。口の中には舌があって、それを吸うから「口吸い」という表現が可能になるんですね。つまり、江戸時代の「キス」である「口吸い」は、今で言う「ディープ・キス」のこと。キスには、「あいさつのキス」である「接吻」と、相手の口の中に舌を入れて、それを互いにからませ合う「ＳＥＸのキス」である「ディープ・キス」とのふたつがある。

キスということをまだ経験したことがなくて、でも頭で仕入れた知識としては、「キスとは舌を入れるもの」なんていうことを知っていたりはする――そういう人間が「ついにキスをするシチュエーションがやって来た」と思って、はじめての相手の人の口の中にいきなり舌を入れて、「なんて失礼な人だろう」と嫌われちゃうことは、ある。

そんなことはなんの問題にもならなくて、いきなり「激しい情熱のキス」だけですんなりその先へいけちゃう人だっているんだけどね。キスにもいろいろあって、そのシチュエーションにマッチしたキスじゃなかったら、たかがキスだって、ちゃんとした意味を持てなくなっちゃうんだ。

「キス」というと、なんとなく「初恋の象徴」みたいな気がしちゃう。「まだ濃厚なSEXに行く前の美しい愛情」というかね。「キスだけ」だと、そういうことになる。

SEXに進む段階として、「A↓B↓C」という表現がある。Aは「キス」、Bは「ペッティング」、Cが「SEX」で、その後にDという「妊娠《にんしん》・中絶」の段階が来る。「キス＝A」だと、なんとなく、「その先に進めない臆病者《おくびょうもの》」とか「まだこども……」とかっていう気がしちゃって、「キスなんて、たいしたことないんじゃないか……」って思いそうになっちゃう。でも、キスには「口吸い」という、生々しい表現だってある。

「キスはまだSEXじゃない」なんて思う人はいるだろうし、「そこまでしちゃったんなら、さっさとその先に進みたい」と思うかもしれないけど、キスはそれだけで、十分にSEXでもあるような「いやらしいもの」なんです。

キスには、お互いの唇を合わせて、それだけで終わっちゃう「初恋のキス」あるいは「純愛のキス」と言いたいようなものがある。

唇を合わせて、相手の舌を吸って、自分の舌を押しこんで、口のまわりをツバでだらだらしちゃう、ほとんどSEXそのもののようなディープ・キスだってある。

SEXの最中に、相手の肌に直接唇を押しあてていく、「愛撫《あいぶ》としてのキス」もある。

相手の性器に直接口をつけて、ほとんど自分の口を性器に変えてしまうような、「口淫《こういん》」と呼ばれる「口のＳＥＸ」だってある。男の性器を口でくわえることを「フェラチオ」、女の性器を舌でなめまわすことを、「クンニリングス」と言う。どっちもラテン語。これをもっとわかりやすい日本語で言うと、フェラチオは「尺八」、クンニリングスは「ハーモニカ」です。

「口でSEXをする、口でSEXをしたいなんて思うのはヘンタイなんじゃないか」と思う人だっているかもしれないけど、口や唇それから舌は、それ自体が性感帯なんだから、「それをしたい」と思っても当然。そして、「それをしたくない」と思ったって、べつに「遅れてる」わけじゃない。人間は、「したい」と思ったら、どんどんする。「したい」と思って、「して」という相手がいたら、それはあたりまえのこと。だから、口を直接相手の性器にくっつけるという、ちょっと考えたら恐いような行為にも、「尺八」だとか「ハーモニカ」なんていう、あたりまえの名前がくっついている。

キスは「まだSEXじゃない」けど、キスは「それ自体でもうＳＥＸ」でもあるんだ。

22 ペッティングとネッキング

「ペッティング」とか「ネッキング」というのは、耳なれない言葉だと思う。「ネッキング」のほうは、もう完全に死語に近いんだけど、このふたつは、「A→B→C」の「B」をあらわす言葉。「ペッティング」というのは、相手の体を撫でまわす「愛撫」のこと。ネッキングというのは、そのペッティングの最中に、「首と首をこすりあわせる」というのが入る。

「純潔」という言葉が、「大きな意味」あるいは「恐ろしい意味」を持っていた時代には、やっぱり「SEXをする」というのは、ちょっと恐いことだった。

「うっかり彼にSEXをさせて、でも、それきりで終わってしまったらどうしよう？　そうなったら、自分はもう処女じゃないんだから、他の人とは結婚できなくなってしまう」とか、「うっかり彼女とSEXをしてしまって、それでいきなり彼女に〝結婚して〟なんて言われたらどうしよう？　彼女が好きなのは事実だけど、でも僕にはまだ、彼女と結婚してやれるだけの自信がない」とかね。

「ともかく、もうここまで来てしまったのだから、SEXがしたいんだけど、でも、やっぱりそれをするのにはためらいを感じちゃう」と、男も女も、思わざるをえなかった。

「そういう時代」という背景もあったけれども、そこには、「こんなに自分がSEXをしたがっていることが相手にバレちゃったら、きっと自分は嫌われてしまうだろう」という、時代を超越した「個人的なためらい」も、もちろんあった。

「結婚すれば安心してSEXはできる」と思いはするのだけれども、でも、SEXというのは、ついうっかりすると「今ここですぐしたい――〝したい〟と思ってる間に、もうやっちゃってた」ということになりがちのものでもある。人間というのは、SEXの欲求にとりつかれると、とってもセッカチになっちゃうものでもあるんだ。

「結婚前までは、とても〝本番〟まではいけない。でも、そういう欲求はある」ということになったら、そのジリジリするような欲望をまぎらわすために、いろいろと複雑な、途中のプロセスを考えだすことになる。「A↓B↓C↓（D）」というのもそれだけど、この「ABC」の原型が、「キス↓ペッティング↓ネッキング↓ヘビー・ペッティング↓SEX」というやつだった。

「ペッティング↓ネッキング↓ヘビー・ペッティング」という部分が、全部「B」です。

「ネッキング」までは、「服の上から愛撫をする」だけだけど、「ヘビー・ペッティング」

になると、「下着姿になっている」とか、「彼の指が半分私のアソコに入っている」とか、そういうことになる。「ヘビー・ペッティング」という言葉も、もちろん死語ですね。「ペッティング」という言葉だけは、どうやらまだ残っていると思う。「ペッティング＝B」という形でね。

「処女じゃなきゃ結婚ができない」なんていう発想が全然なくなっちゃっているのにでも「A→B→C」という、SEXの段階をあらわす言葉がまだ残っているというのは、SEXの門口にいる若い人の中には、「SEXへのなんとも言いようのないためらい」というものがあるからですね。

まだしてないことをするのは、やっぱり恐い。そんな気はないつもりで、みんなも「なに心配してんの?」とは言っても、でもなんか、素直に「OK」できちゃうような軽いノリが自分の中にはない、「だから……」、というようなためらい。これは、あって当然です。あるのが当然だし、こういうことはあっていい。

なぜかというと、SEXというものは、各自の成熟に応じてしていくものだから。「接吻のキス〃はいいけど、〃口吸いのキス〃はまだいやだ」と思うことがあったっていい。それが自然です。

自然なんだけど、でも、「結婚前に処女をなくしたら、もうお嫁にはいけない」というようなタブーのなくなってしまった現代では、これが「どうしようもない未熟」と思われたりもする。はっきり言って、現代ではSEXと結婚がそんなに関係がない。SEXと関係があるのは、「自分のありかた」だから。

SEXというのは、自分の中にある「まだなんだかわからない」ものでもある、「大きな要素」だ。だから、自分でちゃんとなっとくできるような形でSEXをしたい――。現代で一番重要なことは、これ。

「SEXには段階がある」。あって当然、そしてその段階は、自分が、そして自分の相手が、なっとくできるものでなければ意味はない。「SEXの段階」を「結婚までのプロセス」と考えるのではなくて、「自分がなっとくできるようになっていくためのプロセス」と考えれば、現代における「A→B→C」の意味もはっきりしてくるだろう。

ためらいは、女の子の中にだけあるものではない。男の子の中にだってある。

SEXの欲望というものは、「せっかちな欲望」であると同時に、「ジリジリとあせるような、悠長《ゆうちょう》な欲望」でもある。「自分のことだから、まず自分をなっとくさせたい」と思って、「今の男は、どうなってんだ?」と言われるようなスローテンポぶりを見せる人だってあるかもしれない。男の欲望は、いつもアップテンポのものではないんだね。

自分をひとつひとつなっとくさせていくためには、「こういう段階」というような、ひとつの目やすがあったほうが楽かもしれない。ただの「A↓B↓C」だけだと、「さっさと先にいけないのはバカだ」みたいになってしまって、その途中のプロセスというのが、おざなりになってしまうことだってあるんだからね。「キス」もまぜて、「ペッティング、ネッキング、ヘビー・ペッティング」は、全部「愛撫」の様式です。SEXにとって、「愛撫」というのは、とっても重要なこと。

SEXがただ「入れてだす」だけのものだと思っていたら、大まちがい。SEXというのは、相手の体に触れる、相手の体と触れ合うということが、実のところ一番重要なことだと言ってもいい。

相手の目を見る。相手の目に見られるのを、ちょっと恥ずかしいと思う。相手の手を握る。その手を頬によせる。相手の頬に自分の頬をよせる。相手の唇に自分の唇をつける。相手の頬に自分の唇をつける。自分の頬に相手の唇が触れる。唇を触れ合っているだけでは不安定だから、相手の体に腕をまわす。相手の腕に抱きしめられる。相手の肩にまわした腕の先に、相手の背中があることを確認する。相手の首筋の美しさが目に入る。相手の体温が自分の肌に直接感じられる。顔を撫でているのと、首筋を撫でているのとでは感じが違うということもわかる。相手の耳が目のすみに見えて、それが「なにかをささやいて」と言っているような気がする。相手の髪の毛が、自分の頬に触れる。抱き合っていて、

そのうち、自分の足が相手の足に触れているということにも気づく。自分の胸と相手の胸が服を通して触れ合って、「自分と相手とは違うんだな、同じなんだな」ということもわかる。服を通した感触と、服を脱いだ後との感触が違うということも。

相手の体には、その人特有の「匂い」だってある。まだ全部が全部好きになれるわけでもないけれど、ともかく「好きなんだ」ということもわかる。こういうことが全部、SEXへ続く門口。

「相手を知る」「自分を知る」「相手をもっと知りたい」「自分をもっと知ってもらいたい」——こういう感情が、さまざまな動きを生みだす。そういうことを、ひとつひとつ、時間をかけてやっていってもいいんだ。

その間にうっかり射精をしちゃって、なんだか中途半端《ちゅうとはんぱ》にSEXが終わっちゃうみたいなことはあるだろう。うっかりへんな声をだしちゃって、「とっても恥ずかしい」と思うことだってあるだろう。でも、それでいいんだ。そうやって、さまざまな感情が「いろんな愛撫」という形になっていって、SEXという「お互いを自由にする行為」が、豊かなものになっていくんだから。

「B」の時間は、「とまどいの時間」でもあり「ためらいの時間」でもあり、そしてそれ自体で、「十分に幸福な時間」でなくちゃいけないね。

ＳＥＸというのは、ある意味で「夜の行為」です。昼間やっちゃいけないものでもないし、朝やったってかまわない。でも、それはだいたいが「夜の行為」です。それはなぜかと言えば、裸になって、目の前にいる相手以外のことを忘れてする、とっても無防備な行為だから。

人間は注意深い生き物だから、自分の無防備な状態を人には見せないようにする。ＳＥＸが「誰でもすること」でありながら、そうそうはっきりと見ることはできないものであるというのは、ＳＥＸが、そもそも「人に見られないような状態でするもの」だから。

ふつうの日常生活は、誰に見られてもかまわないと思って、明るい昼の光りの下でする。でもその中でＳＥＸというものだけは、人の目に入らないようにする、暗い夜の領域の行為。「こどもは夜のくらがりをこわがる、でも、大人はそれをこわがらない」――ＳＥＸが大人の領域に属するものであるということは、こんなことからもわかる。

そして、ＳＥＸというものが切実なものとして登場してくる思春期の頃は、昼から夜へ移ろうとする、「たそがれ」の頃。

今まで、強い光りがフラットに照らしだしていたものが、刻々と色を変えて、不思議なニュアンスに富んだ景色を見せてくれるようになる。たそがれの光、うっすらとした夕靄《ゆうもや》――そういうものが「美しいな……」と思ったら、「なんだか、意味もなくジーンとしてしまう」と思ったら、それはもう「恋」というものに訪れられている、「たそがれ」の時。いろんなものが見えてくる、感じられてくる。「Bの時期」というのは、実はそういうもので、SEXというものに対して、あんまりせっかちにならないほうがいい。

「恋」というのは、豊かな感情がなければできないものだとは言ったけれども、「豊かな感情」というものは、そのたそがれの美しい光の中に、どれだけ豊かな美しさを発見できるかということでもあるんだからね。

23 「C」

SEXのことだね。

若い時のSEXに対して言うべきことは、たったひとつ。若い時のSEXは、「あせるもの」だということ。「あせるものだから、あせってもいい」――ただそれだけ。

この本では今まで「SEXとはこういうもの」ということを、いろいろと言ってきた。この本で知ったこともあるだろうし、もっと他のマニュアルみたいな雑誌記事を読んで知っていることだってあるだろう。きみがまだSEXをしていなくたって、きみはSEXのことに関して、けっこういろいろ知っているかもしれない。知っているのなら、その知っている通りにちゃんとやればいいんだ。人はそんなにまちがったことを言わない。それにSEXというものは、誰でもがやっていて、その現場をあんまり見ることはできないだろうけれども、誰でもやれるもんなんだから、そうそう特別なもんでもない。だからきみは、「こういうふうにやるんだ」と思う通りのことをすればいい。それが、あなたにとっての「正しいSEX」です。

そう言われりゃそうなんだけど、でも、決してそうはならない。「やるべきことをきちんと、全部をちゃんとやろう」と思って、それができるわけがない。「ちゃんとやらなくちゃ」と思っただけで、人間というものは緊張してあせって、それでかんたんに失敗なんかしちゃったりするものなんだから。

もしもSEXがひとりでやるものなんだったら、たぶん、なんの心配もいらない。でも、SEXというのは、他人と一緒にやるもんだ。自分ひとりのことなら、なんとか自分でやってのけられるだろうけど、SEXというのは「他人ぐるみの関係」だから、「自分はこれでいいと思うんだけど、これでホントにいいのかな？」という疑問だって、とうとつに生まれちゃう。終わった後なら「よかった？」って相手に聞くこともできるけど、まさかその最中に聞くわけにもいかない（と思う人は思う）。

「これでいいのかな？　ホントにいいのかな？」って、相手の存在を考えて、うっかりあせっちゃうことだってある。

「あせる」というのはクセモノでね、「自分はあせった」と思うと、もうそれだけで、「ちゃんとやれなかったんだ」って思っちゃったりもするものなんだ。

特にSEXっていうのは、真っ裸でやるものだからね、失敗を隠そうとしたって、隠しようがない。「あせったら一巻《いっかん》の終わり」っていう気がしちゃうのは、そのため。

男の子にとっては、特に大きなふたつの「失敗」というものがある。緊張しすぎて勃起しないということが、そのひとつ。うっかりして、あっという間に射精しちゃう「早漏《そうろう》」という問題がもうひとつ。もうひとつついでに、「包茎《ほうけい》」という問題もあるかもしれない。

「包茎」というのは、ペニスの先が皮に包まれていて、まだ亀頭《きとう》が露出していないことね。

こどものペニスはみんな「包茎」で、ペニスの先端である「亀頭」は、「包皮」という皮に包まれて隠れている。それが大人へ成長して行くにつれて、だんだんに露出してくる。だんだんにじゃなくて、ある時期になって「大人ってむけてるんだって……」ということを聞きつけて、自分でむいちゃうことだってある。オナニーしてペニスをいじくりまわしているうちに、ペニスの先端の皮がだんだんゆるんできて、自然に亀頭が頭をだしてくることだってある。「包茎」が気になるんだったら、ふだんから「むきぐせ」というのをつけておけばいい。でも、男のペニスというのは、伸びたりちぢんだりの度合いが激しいもんだから、「いつも完全にむけたまま」っていうことは、そんなにないよ。『自分のペニスは、男の常として、時々は包茎にもなる」って思っていればいいんだ。

それでもやっぱり「包茎」というものがすごく気になるんだったら、保険のきく「包茎手術」というのを受ければいい（でも、ホントは痛いんだってよ――だから自然が一番なんだけどさ）。

「自然」ということのうちには、「ちょっとずつ自分の手でなんとかしていく」ってことも含まれるんだけどね。

はじめてのSEXというのは、どうしてもあせる。「立たない」のも「早漏」も「包茎」も、みんな「自分ひとりのみじめな失敗だ」と思いたがるんだけどさ、そんなにきどらないほうがいい。「そんな失敗は、誰でもすることなんだ――そういう失敗をしないでいる人のほうが珍しいんだ」と思っているのが一番だね。

これはSEXにかぎらないんだけれど、「〝あせる〟ということもあるんだ」という許し方を自分にしないと、他人とつきあうのがつらくなっちゃうよ。十代の後半から二十代の前半にかけては、一番性欲の強い時期ではあるんだけど、それと同時に、他人と接しなれていなくて、自己嫌悪を起こしやすい時期でもある。ミエをはるのは、べつに悪いことじゃないし、「ミエをはる」という行為が人に美しさをもたらすということもある。でも、「あせる」ということを許さないと、そんな自分が、本当に苦しくなっちゃう。苦しくなって、「あせる」ということから逃げる余裕というものも生まれなくなっちゃう。

そう、「あせる」ということを克服する方法は、「あせってもいいんだ」という余裕を持って、その余裕の中に「あせり」をポンと捨てちゃうことなんだからね。あせりながらやってるSEXなんて、ちっともよくないんだから、「あせってもいい」って、自分に許しなさいね。

たまたま「あせる」という瞬間がある。そして、その他の瞬間には、ほとんど「あせってなんかいない」なんだからさ、「あせる」と思ったら、「あ、あせってる自分もいるんだ」と、他人ごとのように見ればいい。そう見ることができたら、後は「あせらない自分」が、なんとかしてくれるさ。

「あせる、あせらない」は、べつに体のことばっかりじゃない。SEXをするんで、相手が自分の部屋にいる。ちゃんとかたづいていればいいんだけど、「ホントにちゃんとかたづいてるんだろうか?」って、うっかり部屋の隅に落っこってるゴミをひとりで発見しちゃうことだってある。

自分の部屋をうっかり散らかしてたところに相手が来ちゃってあせるというのもあれば、相手の部屋にいって、うっかりへんなものを発見しちゃって、「この人にはこんな一面があったのか」なんてことに気がついてあせる、とかね。

トイレが汚かった。よぶんな歯ブラシがあった。オナニーの後しまつをしたティッシュらしきものを発見してしまった――発見されてしまった。汚れた洗濯物《せんたくもの》を散らかしていた――散らかしているのを発見してしまった。最近は、自分の部屋を散らかしてる女の人も多いですからね、「自分の部屋を見られた」であせる女の人だっているだろうし、彼女の意外な素顔に直面してあせる男の子だっているだろうね。

女の子の場合だったら、「うっかり感じそうになっちゃってあせった」というのだって、あるかもしれない。「あんまり〝スキな女〟だとは思われたくないから、テキトーに相手に合わせて、〝感じるふり〟をしとこう」と思ったのに、うっかり声がでそうになってあせった、とかね。

「SEXは自分の欲望をオープンにするものだ」って言ったって、それはそうそうかんたんにできるものじゃない。どうしても、「自分の欲望は控え目にしておきたい」と思ったりもする。「欲望ははっきりあるけれども、それはまだオープンにはしにくい」と思ってるはじめのうちは、あせるのもしかたがないけど、でもSEXっていうのは、相手を信頼してやるものだよ。「SEXをしてもいい」と決断するのは、「この人なら信頼してもいい、この人を信頼したい、この人なら信頼できる」という判断を自分なりに下すことなんだ。「信頼する」と決めた相手に対してガードばっかり強くなったら、もうなんにもできなくなっちゃう。「ちょっとこわいけど、やっぱり相手を信用しよう。信用して、自分はこの人とSEXするんだから」って、そう思わなくちゃね。

あせる人は、必ず「自分だけがあせっている」と思う。でも、みんなあせるんだ。そう思わなくちゃ。

はじめっからSEXの相手がいる人なんて、そうそういない。「相手がほしい」であせって、そしてSEXの相手を見つけるのがふつうなんだ。SEXというのはだから、「あせる」ということがふつうなんだと思わなくちゃね。

若い時のSEXはみんなあせる。そして、若い時には、往々《おうおう》にして、「自分はまだ若い」ということにさえ気がつけなかったりもする。

「自分は、SEXで全然あせったことなんてない」と言う人だっているだろう。でも、ひょっとしたら、そんなきみは、「まだ〝あせる〟というところにさえもいけていない若いやつ」なのかもしれないしね。

「あせる」ということは、緊張とスピードの世界を作りだすことでもある。だから、ふたりそろってあせったりしたら、〝とっても情熱的なSEX〟なんてものがやれちゃうかもしれない。「あせる」ということは、そんなに悪いことでもないんだ。


というわけで、「C」です。

あなたはSEXをすればいい。あなたのしたそれが、あなたの「正しいSEX」です。それがあんまりよくなかったら、それは、「正しいSEX」へのあなたの第一歩」です。それだけのことだね。

ＳＥＸとは「あせるもの」。そしてその「あせり」は、実践《じっせん》でしか埋められない。ＳＥＸとは実践です。だから、「正しいＳＥＸ」を知りたかったら、ＳＥＸをしなさい。それだけ。

そして、「よしわかった」と言って、ここでこの本を閉じてはいけません。まだＳＥＸに関する「かんじんなこと」が、ひとつふたつ残っているからね。

24 「C」に関するよぶんな知識（その一）

ここはまだべつに「かんじんなこと」じゃありません。「SEXに関するかんじんなこと」というのは、「C」の次にくる「D」のことです。ここで話すのは、「Cに関するよぶんな知識」――。

ひとつは「体位《たいい》」ということ、もうひとつは「場所」です。

「体位」というのは、「SEXのポーズ」です。

男と女がSEXをする。ヴァギナの中にペニスを挿入して、ふたりの体は、その部分を接点として「ひとつ」になっている。「体位」というのは、その接点をはずさずに、どのようなポーズがとれるかという可能性の問題です。

女の人があおむけになって横たわり、その上に男の人がおおいかぶさる――これがふつう「正常位《せいじょうい》」と呼ばれるもの。逆に、男の人があおむけになって横たわり、女の人がその上におおいかぶさるようになるこれが「女上位《おんなじょうい》」と呼ばれる体位。「女上位」なんていう単語は、とってもあたりまえに目にする言葉だけど、実はSEXの体位の言葉です。こどもが知らないと思って、大人はこういう言葉を平気で使っちゃったりもするから、まったく油断のならない生き物だ。

さて、「正常位」という言葉は、うっかり見ると、「これが正常の体位」だというふうに見える。「これ以外の体位はちょっとヘンタイっぽいものですから、注意しましょう」とかって言ってるみたいにね。

「変態《へんたい》」という言葉の反対語は、ふつう「正常」だと思われている。でも「変態」というのは、「ふつうとは違うスタイル」のこと。「変」は「ふつうのとは変わっている」「態」は「態度」の「態」で「スタイル」のこと。「変態」の反対が「正常」になると、どうしても「ヘンタイはいけない」になっちゃうけど、それはべつに「いけない」んじゃなくて、「少数派だから、〝ふつうとはちょっと違っている〟と言われちゃう」です。正確に言うんだったら、「変態」の反対語は「常態《じょうたい》（よくあるふつうのスタイル）」と言ったほうがいいんだけどね。

男が上になって女が下になる「正常位」は、だからホントだったら「通常位《つうじょうい》」です。これが一番やりやすいポーズだから。

ヴァギナにペニスを挿入する男と女のSEXは、ただ入れるだけじゃない。ペニスを入れた男は、それを女のヴァギナの中でだし入れをする。「亀頭」と言われる男性のペニスの先端は、その名のとおり「亀《かめ》の頭みたい」なんだけれども、この亀頭をふくむペニス全体は、「矢じるし」のような形になっている。亀頭の先端は丸く細く、亀頭の根元は太い。亀頭というのは、上から見ると、ゆるやかな円錐形《えんすいけい》を描いている。人によってそれぞれなんだけれども、亀頭の根元はちょっと外に張りだしていて、それを「エラが張っている」なんてことを言う。男性の性器がどうしてこういう形をしているのかというと、それは、ペニスを入れやすく、抜けにくくするためだね。

ペニスをヴァギナに入れるためには、中に入りやすくしたほうがいいし、その中で射精して、ヴァギナの奥にまで精子を送り込むためには、これがかんたんに抜けないほうがいいから、ただの円筒形よりも、途中にストッパーの機能のついた円錐形のほうがいい。だから男のペニスは、全体として「矢じるし」みたいな形になっている。SEXのためを言うんだったら、包茎の心配をするよりも、この「亀頭の張り」の心配をしたほうがいいんだけど、でもべつに心配をする必要はない。こういうものは、ちゃんとした刺激を与え続ければ、それなりに発達していくものだから。ペニスだって人間の体の一部だから、ちゃんと刺激を与えられて、「あ、僕も正当に自己主張をしてもいいんだな」ということをペニスが理解すれば、ちゃんとそれなりの発達をとげていきます。

男が「矢じるし」形のペニスを持っているということは、うっかりすると、このペニスが抜けてしまうということね。ヴァギナの中に入れて、その瞬間に気持ちがよかったりすると、うっかり「うっ……」と腰を引いてしまったりする。人間の体というものは、そういうふうになっている。ペニスというものは、「気持ちよかったからじっとしていたい」というようなものではなくて、「気持ちいいから、もっと気持ちよくなりたい」と思って、活発に動きだすものです。男はオナニーの時、ペニスを握って、その手を上下させる。手でペニスをこすっているうちに、自然とペニスに続く腰のほうも動いてきちゃうというのは、そういう「自然の摂理《せつり》」によるものなんだけど、要するに、SEXというのは、「腰の前後運動をともなうもの」なんです。

だから、SEXの時に男は腰を使う。女だって、気持ちがよくなってくれれば、腰を動かす。でも、どっちがもっぱら腰を使うものかと言えば、ペニスというものを持っている男のほうだ。ふたりの人間が重なりあって、一方がより激しく腰を動かすということになれば、その腰を動かす人間は、上にいたほうがいいか、下にいたほうがいいか?

答はかんたんでしょう?

「上にいたほうがいい」——下にいる男が腰を動かすよりも、上になって腰を上下させたほうが、安定がいい。だから、ふつう男と女がSEXをする時は、男が上になって女が下になる。でも、これだってべつに「ふつう」でもなんでもない。人間ひとりを体の上にのっけているというのは、けっこう疲れることだから、やせている男が上にのっているんだったらそんなでもないけど、お相撲《すもう》さんみたいに太った男にのっかられたら、死んでしまう。だから、お相撲さんのSEXは、「女上位」がふつうだって言われてるね。

「体位」というのは、男と女のどっちが上になるかということだけじゃない。男と女が、どっちも横向きになってするのもあるし、女の後ろから男がペニスを入れるのもある。四つんばいのポーズだって、立ったままのポーズだって、すわりながらするポーズだってある。日本の場合、体位というのは、俗に「四十八手」と言われるぐらいの数があることになっているんだけれど、中には、とんでもなくむちゃなポーズもあって、SEXをしてるんだかヨガをやってるんだかわからなくなっちゃうのもある。べつにそんなことを実践してやる必要もない。ただ、「体位」と呼ばれるいろんなポーズがあるんだということを知っていればいい。

SEXというのは、あんまりじーっとしているもんじゃない。SEXというのは、激しい動きです。だから、男よりもずーっときゃしゃな体つきの女の人が、平気で自分の体の上に大きな男をのっけていられる、ということにもなる。第一、「愛撫」というものは、「相手を感じさせようとする行為」なんだから、感じちゃえば、体は動く。そういうふうにいろいろと動いちゃうもんなんだから、ひとつのポーズでじーっとしていることのほうが、SEXの場合は逆に、不自然なんだ。いろんなふうに体を動かしたほうがいい。動かしていって、「あ、こんなヘンなポーズでもやれる」という発見をすればいい。それが、「あなたの発見したヘンな体位」です。

SEXというのは、すごく古い歴史があるから、たいていのことは、もう発見されている。にもかかわらず、人間はSEXの中でいろんなことを発見したがるし、その発見した事実をつかまえて「こんなことを発見しちゃった自分はヘンタイなんじゃないか?」とかって、ドキドキする。自分の性器がすごい快感を生むものだってことを発見しちゃったこどもは、うっかりすると、「自分が人類で最初にこんなことを発見しちゃった人間ではないんだろうか?」なんてことを考えて恍惚《こうこつ》としたりもしちゃうんだけど、オナニーというのには、とっても古い歴史がある。「体位」だっておんなじ、「ヘンなポーズばっかりさせたがる彼はヘンタイなんでしょうか?」という悩みもあれば、「一ぺんポルノで見たあのいやらしいポーズを、彼女にやらせてみたい」と、ワクワク興奮している男だっている。

SEXっていうのは、「運動」なんです。体育の時間が嫌いな運動神経の鈍い人もいれば、体を動かしたくてしょうがない人もいる。

「体を動かす」ということになれてなくて、極力《きょくりょく》体を動かしたくない人は、「なんにもしなくていい正常位だけでいい」と思うだろうし、ちょっとでもじっとしてたくない人は、次から次へと、わけのわかんない「自分だけの体位」を作り続けていくかもしれない。

そんなに、やたらと動きまわらなくたっていい。でも、いつもきまりきった形のまま、じっとしていなくちゃならないという理由も、ない。「正常位＝通常位」は、「それがノーマルなやりかただ」という意味ではない。「SEXの中で、人間はいろんな動き方をするけれども、結局のところ、一番楽なポーズで、ありがちなところに落ちつく」というだけのことです。

女の人がじっとあおむけに横たわったまま、その上にのっかった男がただ機械的に腰を動かして、ヴァギナに挿入したペニスを射精させる――これだけが「正常なSEXのポーズ＝やりかた」だとしたら、SEXはとっても末梢的《まっしょうてき》な動きのないものになってしまう。「〝人間のSEX〟だなんて言うけれども、結局、男は女の体を使ってオナニーをしているだけだ」という声がでてきてしまったのは、こういう怠惰《たいだ》な〝ふつう〟を、あまりに「正常なSEX」と考え過ぎた結果だね。

「SEXは、体を使ってする〝運動〟の一種」なんだということも、知っておかなくちゃいけないいね。

25 「C」に関するよぶんな知識（その二）

「場所」に関する話です。

いったいどこでSEXをするか？

ベッドの中？　フトンの中？　じゃ、それは、どこにあるベッドやフトン？

とりあえずは、「ラブホテル」の話。

SEXは、自分がするもんだから、自分の部屋でする。SEXは、相手とするもんだから、相手の部屋でもする。SEXは自分たちでするもんだから、自分たちの部屋でする。でも、外でごはんを食べることだってあるんだから、「外食」ならぬ「外SEX」だってある。ホテルとか、旅館とかね。本当に「外」ですることだってあるかもしれない。いろんな場所でする。車の中でしても、歩きながらはあんまりしない。歩きながらSEXしてると、だいたい警察に捕まるね。

話はかんたんなんだけど、でも、そんなにかんたんでもない。自分の部屋があるからって、自分の部屋でSEXできない人だっている。だから、「ラブホテル」という名の、「S

EXをするための場所」というのがあるんですね。

べつに「そこへいくな」とは言わない。でも、そこはやっぱり「特別な場所」なんだから、そうそうかんたんにいくな、とは言いたい。

SEXというのは、「メンドーなもの」なんですよ。自分たちだけだったらべつにそんなことは感じないだろうけど、SEXをしていて、ふっと自分たちのいる「外側」ということを考えてしまったら、「メンドーな感じ」を感じる人は、いっぱいいるだろう。自分たちのいる「外側」には、いろんなメンドーなことがある。だから、それを忘れるためにも、人間は時として、激しくSEXという行為に没頭《ぼっとう》する。

「人間というのは、〝自分〟というメンドーなものを忘れるためにSEXをする」というのは、前にも言ったね。そして、そのずっと前には、こういうことも言った——。「SEXというものは、エネルギーを持った人間同士がすることなんだから、SEXをすれば必ず〝なにか〟が生まれる」と。

「こどもができる」というのも、その〝なにか〟のひとつではあるけれども、SEXをすれば外に対して、「メンドーな感じ」というものも生まれる。

他人とSEXをするというのは、その相手と新しく濃厚な関係を結ぶということだ。そして、「人間関係」ということになったら、どうしても世の中に対してオープンにしていきたくなる。じゃないと、それは密室の中で窒息《ちっそく》しそうなものになっちゃうからね。

でも、だからと言って、すべての人間関係がオープンになれるものじゃない。オープンになりにくい人間関係の典型的なものは、「浮気」と言われるようなものだ。

「オープンにしたいけどオープンにはできない」――浮気の相手に対してこう考えるのは、「誠実な人」と言われる。でもこういう人は、どっちかといえば少数派。ふつうは、「はじめっからオープンにする気なんてない。そういうふうに割り切ってる」ということになる。

つまり、はじめっから秘密の密室を前提にした人間関係というのもある、ということ。

でも、困ったことに、人間というのは、とっても根が健全なものだ。秘密を前提にした人間関係だって、うっかりすれば、それが大きく育って、小さな密室の中にはおさまりきらなくなっちゃうことだってある。そして、すべての人間関係には、「そうなりそうな芽」というものがある。だから、SEXをしてしまうと、その外側に対して「なんかメンドーだな……」という感じが生まれてしまう。ラブホテルという、「独立したSEXだけを目的とする場所」は、そういう人間の、SEXにまつわる「メンドーだな……」という感じを遮断《しゃだん》するためにある。だから、「あんまり自然な顔をして、そういう特別な場所へいくな。そういう場所の〝特別〟になれて、SEXが生みだす〝自然〟というものを忘れるな」と言いたいの。

「その相手とSEXをする」ということは、「この人間と、どういう関係を結んで、この先をどう生きていったらいいかを考えろ」と言われていることです。だから、「そういうメンドクサイことは考えたくない。SEXはSEXだけでいいじゃないか」と言っていると、健全な人間関係というものを見失ってしまう。そのことを一番警戒しなさいと言っているの。

SEXというのは「自分たちだけでするもの」だけど、それはやっぱり「社会の中にあるもの」だ。「外のことを忘れたい」でSEXをするのはしかたのないことだけれども、だからと言って、その「外のこと」がSEXをして消えてなくなるわけじゃない。「自分」というものの中には「SEXをする自分」という要素も明らかにあるんだから、それを自分の生活の中でどう位置づけるかということを考えないと、ただその場その場のいいかげん人間になっちゃうだけだ。

SEXというのは、「自分の部屋」か「相手の部屋」か「自分たちの部屋」かのどこかでするもんだ。でも、SEXには、どうしたってこの三つのカテゴリーの中に入りきらないものだってある。「浮気」と呼ばれるのがその代表的なものだけれど、べつにそれだけじゃない。「親にバレたらまずいんだよー」という種類のものだってある。

親と一緒に住んでいるから、親が家にいる時は、どうしてもSEXができないという人だっている。三十過ぎで親と同居している独身の人だったら平気かもしれないけど、でも、そうとばかりは言いきれない。親と一緒に暮らしている高校生が、自分の部屋で友達とSEXするなんてことは、どうもできにくい――というわけでもない。要は、その人の根性の問題。

親と一緒に暮らしている高校生だって、親の目を盗んで、自分の部屋で友達とSEXをすることはできる。「友達なんだ」と言って、一緒にその部屋に入ってドアを閉めちゃえば、親だってそうそう中を覗《のぞ》きにくることはできない。「SEXをするつもりのない異性と一緒に部屋にいる時はドアをちょっと開けておくのがエチケットです」なんてことを言われたって、「すきま風が入って寒いから」という理由だってある。SEXをするのは、べつに異性の友達とかぎったわけでもない……。秘密というのは、「作るんだ！」という根性があれば、かんたんに作れる。でも、秘密というのは、維持し続けるのがしんどいことではあるけれども。

三十過ぎて独身で親と同居している人なんかだったら、もう高校生とは違って、〝大人〟なんだから、自分の部屋で他人とSEXをしていたって、親からはうるさく言われないかもしれない。でも、その逆のことだってある。三十過ぎて独身の人が、親しい人間を連れて来て自分の部屋でSEXをしていれば、「じゃ、あんたはその人と結婚するんだね？」

なんてことを言われてしまう。その相手とはべつに結婚する気なんかなかったりしたら、そんなふうに言われるのはつごうが悪いから、三十を過ぎてりっぱに〝大人〟と言われるような年頃の人だって、自分の部屋ではSEXをしにくくなってしまう。やっぱり、自分の部屋でSEXをするというのは、当人の根性の問題なんだ。

「SEXをすれば〝なにか〟が生まれる」——「どうも自分の部屋ではSEXがしにくい」というのは、この〝なにか〟のひとつである「メンドーな感じ」が生まれてしまっているからだね。

もちろんそれは、それは、必然性があって生まれている。「SEXというのは、ただ〝気持ちいい〟だけのものじゃない。自分というものは独立した存在で、自分というものをはっきりさせないかぎりは、いつだってメンドーな感じがつきまとうもんだ」ってことを教えるために、SEXは「メンドーな感じ」を生む。

誰かと仲よくなって、SEXなんかしちゃって、その相手がすごーく好きになっちゃったら、やっぱり一緒に旅行にいきたくなっちゃう。なぜか?

自分の人生の中に新しく登場した新鮮な人間関係をきちんと確認したいから、自分が生きてきた現実とは別のところにそれをおいて、新鮮な目で見たい——だからどこかにいくという、それだけのこと。ある意味で、それは自然な欲望。

でも、困ったことに、好き合った人間と一緒に旅行にいくと、そこでその関係が終わってしまうということがよくある。「あー、好きだとかなんとか言っていたけど、自分はただその人と、思いっきりSEXがしたかっただけだ……」ということが、旅行先という、「メンドーな感じ」から解放されたところでは、はっきりしてしまうんだ。

　次の朝になって、「したいと思っていたSEXはちゃんとしちゃった。だったらこの次に、自分はこの人となにをしたいんだろうか？　わからない……」ということは、いたってありがちのこと。「そこまで」は考えていたけど、「その先」は考えていなかった。だから、することのストックがネタ切れになってしまって、ただ「ぼんやりする」しかなくなっちゃうんだ。

　ラブホテルっていうのは、こういう「ネタ切れ感覚」を日常的に味わわされる所です。「いっちゃいけない」とは言わないけど、「そこにいくということは、ただでさえ特別なSEXを、もっと特別なものにしちゃう危険性があるんだっていうことを、覚悟《かくご》しておきなさいよ」とは言います。

26　ＳＥＸに関する「かんじんなこと」

人間の男と女がＳＥＸをするということは、「卵子と精子が出会って受精して妊娠する可能性のある行為をする」ということです。これが、男と女のＳＥＸの中では、一番「かんじんなこと」。これを忘れてＳＥＸをしてはいけません。異性とＳＥＸをするということは、いつも「人間の親になる」という覚悟をすることです。

そしてついでに、覚悟に関しては、もうひとつあります。ＳＥＸをする時には、「この人となら死んでもいいんだ」という覚悟のできる相手としなさい。いまさら言うのもなんですが、「愛はいつでも命がけ」です。

なんで「愛はいつでも命がけ」なんてことを言うのかというと、それは「ＡＩＤＳ」という病気があるからですね。

今のところ、ＡＩＤＳは、発病したらほとんど治りません。死ぬ確率も高いものです。ＡＩＤＳは、キスではうつらないと言われていますが、ＡＩＤＳは一般的にはＳＥＸの行為によって感染する「性病」です。ＡＩＤＳのことはまた後でも触れますが、ＡＩＤＳ

というものが登場してしまった現代では、SEXがいつ死と結びつくかわからないのです。愛というものが純粋なもので、それゆえに人に危険をもたらすものであるということは、べつに今になって始まったことじゃありません。愛ゆえに命を落とした人は、いくらでもいます。人を愛するということには、だからそれくらいの覚悟がいるのです。「愛はいつでも命がけ」で、「この人となら死んでもいいんだ」という覚悟のできない相手とのSEXは、考えたほうがいいでしょう。べつに「脅《おど》し」ではありません。人間が生きるということには、必ず覚悟というものが必要なのだと、そのことを言っているだけです。人生をなめれば、その人生に仕返しをされる。だから人は、生きるということに真剣にならなければならないのです。だから人は、いつも「自分の能力」というものを考えて、ためらいながら、新しいことを始めるのです。臆病になってはいけないけれども、「ためらう」ということを軽視《けいし》してもいけません。

人間は、SEXをすれば死ぬこともあるし、人の親になってしまうこともある。これだけは、揺るぎのない事実で、これが一番「かんじんなこと」です。

27　「母親になる」ということ

前にも言いましたが、人間の女性――つまりヒトのメスは、こどもを生むようにできてはいるけれども、こどもを育てるようにできてはいない。こどもを育てるようにできているのなら、こどもを生んだ女性には、そのこどもが「一人前」になるまでメンスというものはやって来ないはずだから。そういうものだから、人間は、「社会がこどもを育てる」というシステムを持つんです。人間の社会に「保育所」というものがあるのは、人間の体の構造から考えて、当然のことです。「社会がこどもを育てる」ということがあるから、「学校」というものがあるんです。

大昔の身分の高い人たちの社会では、「乳母《うば》」というものが当然のものとしてありました。「母親はこどもを生むもの、乳母はこども育てるもの」という区分があったんです。乳母というのは、「こどもに乳を与える役割の女性」なんだけど、離乳期を過ぎても、乳母という人はずっといたんです。その後もずーっと、死ぬまで一緒にいる乳母だっていた。乳母というのは、「こどもに母乳を与える役割の女性」ではないいんですね。ずーっとこどもと一緒にいてこどもを育てる役割の女性。ほとんどこれは、「母親」と同じです。

「乳母がそういう役割だとすると、いったい母親はなにをしていたんだろう？　母親の役割というのはなんだったんだろう？」と思うかもしれない。乳母というものが存在する時代に、乳母というものをやとった「母親」という人は、いったいなにをしていたんだろう？　こういう「母親」の「仕事」って、なんだったんだろう？

この時代の、乳母をやとえるほどの身分のある母親の役割は、「りっぱな女性として生きること」です。

「母親」というのは、こどもから見た関係だけのことで、その女の人の中で「母親であること」だけがすべてではなかった。母親である以上に、「ある男のりっぱな妻」とか「りっぱな女主人」とかいう役割のほうが大きかった。昔だって、「女性の人格」というものは認められていたんです。

「りっぱな女性であること」を義務としていた身分の高い女性は、「こどもを育てる」という役割を乳母にまかせて、自分は「自分の役割」をはたしていた。今だと、こどもが一人前になってくると、「もう親はいらない」ということになる。でも、昔は違った。こどもが一人前に近づいてくると、親というものの必要が改めてでてきた。こどもが一人前になって来て、世の中のことを知らなければいけなくなってきた時に、それを教えられるのは「りっぱな男性、りっぱな女性」をやっている「親」だけだったから。まだ「学校」というものがない時代には、教育というものは、親がするしかなかったんですね。

親がこどもに、人生や世の中を教える。つまり、乳母を幼稚園の保母さんだとすると、親は高校や大学の先生ということになる。まだこどもが小さい間は、こどもは乳母によって教育され、こどもが大きくなってくると、その教育が親のほうに移るという仕組。だから、今の「こどもが一人前になってくると〝もう親はいらない〟ということになる」と言われるような親は、昔の「乳母の役割をはたしている親」だということ。

こどもは乳母が育てる。乳母の監督をするのは、母親の仕事。これは、「大学の付属の幼稚園は、その大学に属していて、その幼稚園を含む大学全体の管理者は、大学の理事長である」というシステムに似ている。昔の母親は、直接教室にはやって来ないけれども、教育に関する最大の権限を持っている理事長のようなものだったんだ。

今とはだいぶ違うでしょ？ ちょっと前だと、「こどもは母親が育てなければならない」と言って、女性が職業を持つことを嫌う人が多かったけれども、「こどもは母親が育てなければならない」というわけではないんだ。どちらかと言えば、「母親は、一人前の女性として、こどもに世の中のことを教えなければいけない」なんだね。

女性はこどもを生む、でも、こどもを育てるのは、女性の義務ではない。そのように、人間の女性の体はできあがっている。

「じゃ、なぜ女には乳房があって、そこから母乳なんてものがでるんだ？」と言う人だっているかもしれない。そう、女性の体は、こどもを育てるようにできている。だからこそ、こどもに母乳を与える「乳母」は、女性の仕事だったんだ。

誤解してはならないことは、「こどもを育てること」が、女性の役割のすべてではないということね。「こどもを育てること」が、家庭の役割のすべてではないし、「こどもを育てること」が、社会の役割のすべてではない。「乳母」というものがいた昔だって、「乳母を監督し、こどもの教育をすること」は、母親の権限だった。こどもは女性が生むんだから、その後の育児も「女性のもの」であったほうが自然だろうという考え方は、ずっとある。

「こどもを育てる、こどもは誰に属するべきなのか」ということには、けっこう長い歴史もあるんだ。

「身分」というものがなくなって、「乳母」というものがなくなってしまった現代では、「こどもは母親に属する」と言ってしまったほうが正確だと思う。「乳母」の役割は保育所や学校が担当してくれるし、父親だって、育児の手伝いをしてくれる。つまり、現代では、母親が「乳母」と「りっぱな女性」の二役を演じることは可能で、あたりまえだということね。ということは、長い間、母親が「乳母」と「りっぱな女性」の二役を演じることは不可能だったということ――「不可能」というよりも、「それは身分の高い人のやることではなかった」と言ったほうがいいね。

「〝乳母〟と〝りっぱな女性〟の二役を演じる女性」というのは、長い間、「かわいそうな人」であり「貧乏な人」だった。

身分の高い人は、「乳母」の役割をはたさなくて、ただ「りっぱな女性」をやっていればよかった。身分の高い人にやとわれる「乳母」という役割は、そんなにりっぱなものではなくて、ただの「使用人」だった。乳母というものを使う余裕がなく、自分の力だけで「りっぱな女性」をやっている人は、どちらかと言えば「貧乏」という世界に属するものだったから、あんまり「りっぱな女性」をやるような余裕がなかった、ということは言える。「夫につかえ、こどもを育てて一生を終える」というだけで終わって、「りっぱな女性」になっているひまなんか全然ない人がほとんどだったと言ってもいいね。

「いや、そんなことはない。〝夫につかえ、こどもを育てて一生を終える〟というだけで、十分に〝りっぱな女性〟だ」と言う人だっているだろう。もちろんそうではある。

ただ、「〃夫につかえ、こどもを育てるだけで一生を終えてしまう女性〃が、〃りっぱな女性〃じゃなかったらとってもかわいそうだ。だから、〃夫につかえ、こどもを育てるだけで、一生を終えてしまった女性でもとてもりっぱだ〃ということにしてあげよう」という考えが登場したということも、忘れてはならないね。だからこそ、「夫につかえて、こどもを育てるだけで一生を終わりにしてしまう人生だけが女の人生だなんて、いやよね」という女性の考えもでてくるんだ。

昔の女性の多くは、「夫につかえて、こどもを育てるだけでその一生を終わらせてしまう」ということになっていた。「自分の仕事を持つ」という機会が女性にほとんど与えられていない時代には、女性は、まず「自分」である前に、「誰かの妻」であり、「誰かの母」であるしかなかった。

平安時代に『蜻蛉日記《かげろうにっき》』を書いた人は、「藤原道綱《ふじわらのみちつな》の母」と言われている人。この人には、名前がないんだ。もちろんこの人にだって名前はあったはずなんだけれども、当時の女性の多くがそうであったように、名前を知られることもなく、ただ忘れられるだけになって、「藤原道綱という人を生んだ女性」としてしか知られなくなってしまった。千年の時間がたってもその作品はりっぱに残っていて、でも、その人の名前は残っていないなんていうのは、とってもかわいそうなことだね。「〃夫につかえ、こどもを育てて一生を終える〟というだけで、十分に〝りっぱな女性〟だ」なんてことを言う前に、「息子の母親」として生きるしかなかった——しかもそうした自分の不安定な人生を『蜻蛉日記』という作品にして書き残してしまった女性の、「不幸」というものを、ちゃんと知らなきゃいけないね。

女性の中にも「自分でありたい」という願望はちゃんとあって、「その自分が社会の中でりっぱに評価されたい」というのは、いたって当然のことなんだけども、それがすごい長い間、忘れられていた。あるいはまた、「それを可能にするほど、人間は豊かじゃなくて、貧乏になることを恐れていた」と言ったほうがいいだろう。

突然「貧乏」という言葉がでてきて不思議に思うかもしれないけれど、女性の多くが「自分の仕事」を持てなくて、ただ「夫につかえ、こどもを育てるだけで一生を終えてしまう」ような時代に「自分の仕事」を持っていた女性は、多く、貧しい女性だった。

貧乏だから働かなければならない。あるいは、「夫というものがいないから、自分で世の中にでていって働かなければならない」という女性もいた。貧乏なオカミサンや、夫に先立たれた後家《ごけ》さんなんかで、まだ育児とちゅうの小さなこどもを持っていたら、「乳母」と「りっぱな女性」の二役を演じなければならなかった。そんな昔は、貧乏なオカミサンや未亡人を、あんまし「りっぱな女性」とは言わなかったかもしれない。「貧乏でたいへんな人」とか「かわいそうな人」というふうに言った。でも、女性のありかたで言ったら、こういう「貧乏なオカミサン」のほうがノーマルなんだ。「こどもは女性に属する」というのは、実はこういうことなんだね。

「乳母」というものがはやらなくなって、「りっぱな女性」というものが、「夫につかえ、こどもを育てるだけで一生を終えてしまうもの」だった時代には、実は、こどもは母親に属するものではなかった。こどもは「家」に属するもので、「家」というものは、「男のもの」だった。その時代には、「夫につかえ、こどもを育てる」ということはまだ女性の一面だけで、こどもを一人前に育てあげた女性は、そのこどもが男の子なら、夫が死んでしまった後には、「その死後の一家の長」となってしまった自分のこどもに、「つかえる」ということをしなければならなかった。

自分の生んだはずのこどもが「自分のもの」ではない。自分が嫁に来た「家のもの」で、自分のそのこどもに対して乳母のようにつかえるという、とっても矛盾したことを要求された女の人は、いっぱいいいたんだ。

「自分」というものも持たず、「自分の仕事」などという発想はまったく許されなくて、「育児」と「夫」に縛られて、しかもその自分には、「自分のこどもを育てる」という考えを持つことが許されていなかった。そういう時代には、「母親には育児の義務がある」という考え方はあっても、「母親には育児の権利がある」という発想はなかったんだ。そこのところをまちがえちゃいけないね。

「こどもが母親に属する」という考え方は、だから、とっても画期的なもんなんだよ。

そこで――、どういうことになるんだろう?

こういうことになる――。

女性が男性とSEXをすれば、「こどもができる」という事態は、どうしても起こりやすい。だから、女性が男性とSEXをするんだったら、「こどもができるかもしれないけれど、そのこどもは自分ひとりで育ててもいいんだ」という覚悟を持つように、と。

こどもを女性がひとりで育てるのは、義務じゃなくて、権利なんです。だから、社会も子育ての手伝いをしてくれる。これからの女性は、そういうふうに考えなくちゃいけないよ。

28 「父親であること」と、思いやり

避妊《ひにん》の話です。

避妊にはいろいろな方法がある。そして避妊には、百%確実な方法はない。

一番かんたんなのは、その昔にユダの息子であるオナンのやったこと——射精しても射液をヴァギナ（膣）の中に入れないで、外にだしてしまう方法。これは「膣外射精《ちつがいしゃせい》」と言われる、もっとも古い、そしてもっともかんたんな避妊法ですね。

でも、かんたんだから失敗が多い。ひとくちに射精と言ったって、精液の出かたは人によって違うし、その人のその時のコンディションによっても違う。射精の瞬間にすばやくペニスを抜き取ったとしても、既にその時に、精液はヴァギナの中に入ってしまっているかもしれないし、うっかりして、その抜き取るタイミングをまちがえたら、もうおしまい。「俺は、うまく抜くから大丈夫だ」って言われたって、それが本当に安心だという保証なんか、全然ない。

「ピル」と言われる「経口避妊薬《けいこうひにんやく》」もある。これは、女性のメンスが来るのを、薬の力で

遅れさせるもの。正確には女性の排卵の周期を遅らせるもの。卵巣から子宮に卵子が運ばれてくることを薬の力でおさえて、女性に妊娠の機会を与えないようにする。このピルは毎日飲み続けなければならない。飲み続けているかぎり妊娠の心配はないけれども、これをやめれば、また排卵活動は開始されて、メンスがやって来るようになる。しかも副作用はないと言われていた。

このピルが開発された時には、「人類史上に画期的な発明」と言われた。それまでに避妊法がないわけじゃなかったけど、女性が自分からすすんでやれる確実な方法というのはなかったからね。

ピルが開発された時期は、ちょうど「ＳＥＸ革命」と言われるような時期で、「人はもっと自由にＳＥＸを楽しむべきだ」というようなことが言われていたから、このピルは一《いっ》挙《きょ》に有名になった。ただ、今となっては、そのピルには問題がないわけじゃない。ひところは、「ピルは女性の救世主だ」というようなもてはやされ方もしたんだけれど、女性の体のメカニズムというものは、とっても微妙なものだから、「薬で直接体に働きかける」ということには、かなりの無理があるんだね。だから、「ピルは体調を崩す」と言ってやめてしまう人が多くなった。

女性のための避妊法としては、薬じゃないけど、それに近いものとして「マイルーラ」

というのがある。オブラートみたいな、すぐにとけちゃう紙状のものを、ヴァギナの中に入れる。「マイルーラ」には、精子を殺す成分が含まれているから、これでヴァギナの中を子宮に向かって行く精子を殺してしまうんだね。でもこれも、「体調を崩すからいや」と言う人が多い。個人差というものはもちろんあるんだろうけど、「こどもを作ろう」とする自然な体のメカニズムに無理な力をかけることがどういう結果になるかは、ちょっと考えればわかることだと思う。

「確実な避妊」というものは、避妊に関しては確実なのかもしれないけれど、それ以外の面——つまり、体の自然なメカニズムに関してはどうかという、大問題だってあるんだ。

女性の避妊法には、もうひとつ「オギノ式」というのがある。これは、卵巣から子宮へ卵子が送りだされる時に体温の変化があるということに着目した方法で、「毎日体温を計る」という以外には、特別なことをしない。体温の変化で、子宮に卵子がある妊娠しやすい時期——「危険日」をあらかじめ知っておいて、その日にはSEXをしないようにするという〝方法〟。方法というよりも〝知識〟なのかもしれない。

これは確かに安全な方法。でも、これは、女性のメンスの周期が一定していないと、あんまり意味がない。メンスというのは周期的なものだけど、女性の場合は突然にメンスが始まってしまうということがある。女性の生理にはかなり心理的なファクターが大きく働くということは前にも言ったけど、本人さえも意識しない「受精の機会に出会いたい」という〝体の内部の願望〟は、やっぱり根本のところでは知りにくいんだ。

これはべつに学問的な話だとは思ってもらわなくてもいいんだけれど、女性の妊娠に関して、こういうことがよくある――。つまり、女性が、それまでつきあっていた男性との関係がうまくいかなくなって、「ひょっとしたらもうおしまいなのかもしれない……」と思うような時にかぎって、妊娠をしてしまうということね。恋愛ドラマにはつきもののクサい展開だけれども、これって、実のところ、よくある話なんだ。

女性の体の中から定期的に卵子が送りだされてくるということは、本人のつごうにかかわらず、体のほうは、「こどもを作りたい」と言っているようなものです。そして、「どうせ作るのなら、優秀な遺伝子を持った精子の助けを借りて作りたい」と、体のほうは思う。それでは、なにをもって「優秀な遺伝子」ということを決めるのか？

「自分がもっとも必要とする優秀な遺伝子はこれだ」と、その時の体が決めることを、おそらくは「恋」と言うんです。

「どうせなら、この人の遺伝子がほしい。この人の遺伝子が自分にとってもっとも必要で、もっとも優秀なものだ」と思うことが、おそらくは「恋」なんですね。

べつに、はじめからそう思っているわけでもない。ただ「この人とつきあっていれば幸福だ」というふうに思っているだけかもしれない。それがいつのまにか、「もうこの幸福な状態は終わってしまうかもしれない……」という「恋の終わりの予感」だってやって来る。そしてその予感は、おそらく、本人の心より、本人の体のほうが早く察知《さっち》する。「いずれこの人との関係も終わってしまう。そうなれば、もう優秀な遺伝子を手に入れるチャンスはなくなってしまう。今がその最後のチャンスだ」と、恋の終わりの時を女性の体が察知してしまえば、さっさとその最後の受精を目的とする卵子は、卵巣から子宮へと送り込まれてくる。

恋の破局がやって来る寸前に、女性の体は妊娠しやすくなっている。だから、恋の破局には「女性の妊娠」という事態が大きく関係しているのではないかと、この本の著者は推測します。

女性の体は、それくらい微妙なもので、だからこそメンスを遅らせるピルや、精子を殺す「マイルーラ」に敏感に反応して、「体調を崩す」という事態ももたらす。ある年頃を過ぎてしまった女性の多くが、恋の終わりのその時になって、妊娠をしてしまって、「べつに結婚をしてくれなくてもいい、ただあなたのこどもは生みたい」と言うのは、「あなたの形見がほしい、あなたを愛している」というのではなく、これはそのまま、「私のお腹の中には、ついに〝私の生みたいと思うような子〟ができた。だから私は、この子を生みたい」と言っているだけなんじゃないのでしょうか。人間というものは、それくらい利《り》己的《こてき》な生き物であるし、それが生物としては正しい姿なんじゃないかと思います。

私はべつに、「女はみんなこどもを生め」と言っているんじゃなくて、「〝生みたい〟と思う欲求があったって、それはいたって自然なことだ」と言っているだけです。

すべての生き物は、みんな「自分を残したい」と思っている。自分の体の中に「子宮」というものを持っていて、自分の体の中で直接にこどもを生み育てていくことができる女性にとって、「このこどもを生みたい」という欲求は、とっても切実に「自分を残したい」ということであるはずです。

「未婚の母」というのは、昔は「ふしだら女」であり、「結婚してもらえない気の毒な女」でした。未婚の母の生んだこどもは、「私生児《しせいじ》」と呼ばれた。「家」というものが、昔は「男のもの」だったから、女はいつも「結婚してもらう」だったし、こどもは「父親のもの」だったから、「母親のものであるようなこども」は、「私生児」と呼ばれて差別された。

べつにこれはそんなに〝昔〟の話でもなくて、今でもまだ根強く残っている偏見なんですが、「こどもは、母親のものであってもいい」んです。

「こどもを生む権利」が女性にあってもいい。その昔、こどもが「家のもの」であったり、「父親のもの」であった時代には、女性に「こどもを生む義務」というものが要求されたけれども、「女だって自分を残したい」ということが自然の欲求なんだということがわかれば、「女性が、自分の権利としてこどもを生む」ということは、もう少し尊重されてもいいんだということはわかると思います。

今や死語となりつつある「適齢期《てきれいき》」という言葉は、「結婚の適齢期」という意味ですが、しかし人間は、いくつになっても結婚ができる。しかし人間の女性は、いくつになっても妊娠できるというわけではない。だから、「適齢期」という言葉は、そろそろ「出産のための適齢期」とう意味で使われたほうがいいんじゃないでしょうか。今までなら、女性は「結婚してから、妊娠・出産をする」だった。でも、ひとりの女性のありかたとしては、「妊娠・出産をした後で、結婚をするならする」というのが、自然のように思えます。

なにが〝自然〟かというのは、その人にとって、かなり違う、個人差のあるもの。だから、「妊娠・出産をしてから、結婚をすることこそが自然」だなんてことは言いません。でも、「それだって、十分に自然のありかた」なんです。つまり、「未婚の母」というのが特別なものではなくて、「未婚の母」であることは、十分にあたりまえのことなんだと、そのように思ってほしい。

女性がひとりで生きていくということは、十分にハードなことです。でも、どんな人間にとっても、ひとりで生きていくということはハードなこと。そして、そのハードなことをちゃんとクリアーしてからじゃないと、本当の意味で、他人とはうまくやっていけないんです。「ハードな選択をする」ということは、うっかりすると、「自分だけとんでもない損な選択をさせられているんじゃないか」という猜疑心《さいぎしん》になってしまうけれども、「自分だけつまらない選択をさせられているのかもしれない」というつまらない考えで、「本当のこと」を拒《こば》むのは、いたってバカげたことだということを、知っておくべきでしょう。

女性が主体的に、自分の中にあるひとつの要素として「ＳＥＸ」を把握するということは、「すべての女性が未婚の母でもありうる」ということを、当然の前提とするんです。

そのことを前提にして、女性はどう生きるべきか、男性は女性とどうつきあうべきかを、考えるべきなんじゃないでしょうか。

「避妊」ということは、どうやら今までは、男のつごうで考えられていました。

男は、女性とのＳＥＸで、快楽ばかりをほしがって、でもその結果できてしまったことをちっとも喜ばないという傾向がありました。今でも、結婚するつもりのない女性が、自分とのＳＥＸの結果妊娠してしまって、そのことを喜ぶ男は、まずいません。

ＳＥＸの結果、女は妊娠をする。それを喜ばない男は、「こどもを堕《お》ろせ」と言う。「俺の望まないこどもを妊娠してしまったのは、お前が悪いからだ」という、身勝手な論理からですね。それで女は、しかたなく、できてしまったこどもを、「中絶」する。あるいは、もうそれもできなくなっていた場合には、「私生児」として出産する。

「中絶」というのは、正確には「妊娠中絶」と言って、女性の子宮の中で成長を開始していた胎児を、殺してしまうことです。日本で「妊娠中絶」は認められていますが、アメリカでは州によって認められていない。「中絶は殺人だからやめろ」という意見もある。でも、現実には、女性が望まないのに妊娠させられてしまう、「事故としての妊娠」というものもあるんです。「妊娠中絶」というのは、決していいことじゃない。それは、「殺人だから」ということとはべつのところにある。

「妊娠中絶」というのは、子宮にしっかりくっついて育っている胎児を、「むりに引きはがす」ということをするからです。「妊娠中絶」のことを、「掻爬《そうは》」とも言います。「掻爬」とは「掻《か》き出すこと」。鋭い刃物に近い道具で、子宮の中にいる胎児を「掻き出す」んですね。まだ人間になっていない胎児は「殺されてしまう」んだけれども、それと同時に、女性の子宮という、とってもデリケートなところを傷つけてしまう、危険なことでもある。これを何度も繰り返して、こどもが生めない体になってしまう人だっているんです。「危険」というのは、「妊娠中絶をしなければならない女性にとって」という意味です。

男性が無神経なSEXをしていれば、相手の女性を、こういう危険な目にあわせることにもなる。女性が無神経なSEXをしていれば、知らない間に、取りかえしのつかない結果になってしまう。

そして、「妊娠中絶」というのは、妊娠のかなり初期の段階でしなければ、もうできなくなってしまうことです。妊娠の初期というのは、子宮の中の胎児の状態が不安定で、「流産」ということも起こりやすい。だからこそ、それを逆手《ぎゃくて》にとっての「妊娠中絶」ということだってできるんだけれど、これは、その時期は逃してしまえば、もう生むしかなくなってしまう。「べつに生みたくなかったんだけれども、〝生む〟という決断をせざるをえなくなってしまった悲劇」というのは、こうして生まれるんですね。

「俺はこどもなんかほしくない。〝生むな〟と言った、〝堕ろせ〟と言った。それなのにおまえは生んでしまった。俺は知らない！」とワガママな男が言ってしまえば、女の人は、「ふしだら」とか「私生児」という汚名をかかえながらも、その身勝手な男のこどもを、たったひとりで育てていかなければならなかった。そういう女の人たちが、実はいっぱいいたんですね。

「こどもを作る」ということは、男女ふたりの共同作業です。でも、「あなたと結婚はしたくないが、私はこどもが生みたい」という女性は、今やあたりまえにいる。だから、「女性がこどもを生む」ということの決断を、ある程度女性にまかせてもいいだろう。と同時に、「生みたくないこどもを妊娠させられてしまう悲劇」から、女性というものを守らなければならない。それこそが、「父となるべき性」である、男性の思いやりというものではないでしょうか。

つまり、よぶんな悲劇を回避するためにも、男性は「避妊」ということをちゃんと心得ておけ、ということです。それがなければ、「SEXの快感」などということを口にしてはならない、ということですね。

29　コンドームのあるＳＥＸ

さて、「避妊には百％確実な方法はない」と言いました。そして、「〝ピル〟や〝マイルーラ〟という薬品は、どうも女性の体には刺激が強すぎる」ということになったら、やっぱり「避妊」は、男性の側が心得ておかなければなりません。男性用の避妊具としては、「コンドーム」というものがあって、これだって百％確実なわけではないけれども、九十何％かの確実性はある。「コンドームをすること」に関しては、「メンドクサイからいやだ」「快感がないからいやだ」という男性側の声が今まではあったのだけれども、これが、意外なところからクローズ・アップされることになった。それがつまり、「ＡＩＤＳの予防」という目的なんですね。

ＡＩＤＳというのは、輸血や注射の回し打ち以外、ＳＥＸによって感染する「性病」です。そして今のところ、これを防ぐ方法は、「コンドーム」しかないのです。「コンドーム」というのは、薄いゴムの皮膜《ひまく》で、男性のペニス全体を包んでしまう、避妊の道具です。コンドームで覆《おお》われた男性のペニスは、そのままヴァギナの中に挿入されるけれども、射精はヴァギナの中では起こらない。ペニス全体がコンドームで覆われているのだから、射精は、コンドームのゴムの内側で起こる。だから、精子は卵子のいる子宮には届かなくて、妊娠の恐れがない。ペニスとヴァギナが直接に接触することがないので、性病の予防にもなる。だからＡＩＤＳの予防にも効果がある、ということですね。「ピル」も「マイルーラ」も「膣外射精」も「オギノ式」も、避妊の効果はあっても、ＡＩＤＳの予防にはまったく役に立たない。「コンドームはいやだ。俺は膣外射精をうまくやるから平気だよ」と、コンドームをつけるのをいやがって膣外射精だけで逃げていた男性も、ＡＩＤＳの恐怖から、コンドームをつけることをＯＫせざるをえなくなってきた、というのが実情ですね。

「膣外射精」にくらべれば、コンドームはずっと避妊の確率が高い。でも、それでも今までコンドームに人気がなかったのは、これをつけてするＳＥＸというのが、コンドームの皮膜を通してする「間接的なＳＥＸ」だったから。

ペニスの先端である亀頭は、むきだしの粘膜《ねんまく》です。ヴァギナの内部もおなじ、唇と口の中と、それと肛門の内側もおなじです。粘膜は、皮膚と違って傷つきやすいし、感じやすい。だから、性器と口と肛門は「性感帯」になる。

ＡＩＤＳは、唾液《だえき》ではうつらないけれども、血液と精液、そして俗に「先走り《さきばし》」とか「愛液《あいえき》」と呼ばれる、性器からの分泌液《ぶんぴつえき》に多く含まれる。男と女のＳＥＸというのは、ヴァギナの粘膜の中で、ペニスの粘膜が激しい前後運動を繰り返すことでもあるから、この摩擦《まさつ》によって、細かい傷が粘膜にできてしまう。ＡＩＤＳウィルスはそこから侵入するというわけね。だからＡＩＤＳは、男性よりも女性のほうがずっとかかりやすい。

ＡＩＤＳははじめ「男の同性愛者のかかる病気」として登場してきたのだけれども、それは、男の同性愛者のうちで「肛門性交」をやる人たちが、特にかかりやすかったから。

俗に「Ａセックス」とか「バック」、あるいは「オカマを掘る」と言われる肛門性交は、肛門を女性のヴァギナと同じようにあつかうＳＥＸです。肛門の中にペニスを入れる。肛門の粘膜は、女性のヴァギナの粘膜よりもずっと傷つきやすいもので、「そこになにかを入れる」という目的で作られてはいない。「入れちゃいけないというわけじゃないけれど、ここはそんなにじょうぶな粘膜じゃないですよ」というところが肛門の内側だから、ここで激しい前後運動なんかをされたら、細かい傷がいっぱいついてしまう。だから、まずはじめに、ＡＩＤＳはここから火の手をあげるというようなことになってしまった。肛門での性交は妊娠の心配なんてないから、コンドームのことなんか考えないしね。

「ＡＩＤＳが男の同性愛者の病気」と言われていた時代は、「女性のヴァギナの粘膜はじょうぶだから平気」と思われていた。でも、実はそんなことはなかった。だから、「異性間性交でもＡＩＤＳはうつる」ということになったんですね。

粘膜と粘膜の触れ合い、摩擦というのは、気持ちがいいという前に、ちょっと痛い。だから、その粘膜と粘膜の触れ合いの間に、「潤滑油《じゅんかつゆ》」のようなものが必要になる。舌と舌という、ふたつの粘膜が触れ合うキスが痛くないのは、ここに「唾液」という潤滑油があるからです。性器から「先走り」と言われる分泌液が出るのも、粘膜同士がすれ合って痛くならないための、潤滑油としてです。人間の体というのは、そういう仕組になっている。だから人間は、「愛液」とも呼ばれる潤滑油を分泌しながら、性器と性器の粘膜を触れ合わせて、ＳＥＸの快感を得る。ところが、精子と卵子の接触や、ＡＩＤＳウィルスの接触をさまたげるコンドームは、この快感も同時にさまたげちゃう。

男性がコンドームをいやがっていたのは、「いちいちSEXの前につけるのは、メンドクサイし、ムードがなくなるから」という理由だけからじゃなくて、このヴァギナの粘膜と直接に触れ合って、「温かくやさしく包まれる」という快感がなくなるのを、いやがってのことなんですね。コンドームをつければ、そこにあるのは、人工的なゴムの感触だけですから。いくらコンドームが薄くなって、「コンドームをつけている」という感じがしないものになったとはいっても、やっぱり、そこにあるものが、〝人間〟じゃなくてゴムであるという事実は大きい。人間というものは、それほど「人間であること」にたいして敏感なんだと思ったほうがいいでしょう。

男は、相手が「人間の女」であることに敏感で、そしてエゴイストだ。だから、自分の得ることのできる快感を、失いたくない。それで男は、平気で「避妊」を考えないＳＥＸを、これまで公然としていたんですけれどもね。

でも、今はもう違う。ＡＩＤＳという「死の危険」がある。その相手が「死んでもいい」と思える相手じゃなかったら、ＳＥＸの時には必ずコンドームをつけましょう。

ＳＥＸというのは、これまでとかく「愛」というオブラートに包まれすぎていた。「愛」という言葉を使ってしまえば、「性交」という生々しい事実に触れなくてすむと思っていた。ＳＥＸを「愛の行為」と呼ぶのは、べつにまちがいじゃないけれど、でも、ＳＥＸにはそんな「愛」とは無縁の部分が、いくらでもある。「いちいちＳＥＸの前にコンドームをつけるのは、ムードをそがれるし、メンドクサイ」というのも、実のところおなじです。

ＳＥＸというのが「愛の行為」で、「神秘的なもの」あるいは「神聖なもの」にしてしまえば、それがひとつの「運動行為」であったり「生理学的な事実にもとづく生々しい行為」であったりすることを、直視しなくてすむ。「せっかく愛のムードがたかまったところで、そそくさとペニスにコンドームをはめるなんて、まるでいつでも妊娠してしまうようで、ムードがなくなる、味けない」というのが、男性がコンドームの装着《そうちゃく》をいやがった最大の理由ですが、男と女のSEXは、いつでも妊娠に結びつく行為なんです。自分のすることを直視しないで「ムード」などという言葉に逃げていてもしかたがありません。

SEXは、「大人のする行為」なんです。一人前の大人が、つまらないことを言っていてはいけませんね。

だから、どんな相手とSEXをするにしろ、ひとつだけ条件がある。「コンドームして」と平気で言える相手、それを言って「愛情」なるものが壊れない相手とSEXをしなさい。

ふつうの人間は、AIDS感染者とSEXをしなければ、まずAIDSにはならないはずのものです。だから、AIDSの予防法は、たったひとつしかない。「AIDS感染者とはSEXをしないこと」です。

AIDSの感染に関しては、まだ「個人の秘密」という部分が多過ぎる。だから、「AIDS感染者とはSEXをしないこと」と言われても、「そんなのかんたんにはわからない」という答が返ってきます。だから、結論はひとつなんです。「SEXというのは、そんなにかんたんにしていいものじゃない」と。

「この人だったらいい」という見きわめがつくまでは、つまらない他人とSEXをしないほうがいい。「この人はAIDS感染者じゃないはず」という見きわめがつけられる力をこそ、「愛」と思いなさい。それは、「この人とだったら死んでもいい」と思うことと、おなじことなのですから。

ＡＩＤＳという病気は、さまざまのことを人間に教えました。その中には、こういうものもあります――。

「ＳＥＸは、そんなにかんたんにしていいものじゃない」

「ＳＥＸにとって、〝愛〟はとっても重要だ」

「人間がＳＥＸをする目的は〝快感〟かもしれないけれど、自分の責任で自分の快感を手に入れることは、そんなにかんたんなことじゃない」

「人間のＳＥＸが〝こどもを作る〟ということからかなり離れたものでもあるということがはっきりしてしまったら、人間は、今まで単純に享受《きょうじゅ》していた快感のかなりの部分を犠《ぎ》牲《せい》にしなければならなくなってしまった」

性器の粘膜が直接享受できる快感とか、「愛のムード」とかいう心理的なものがもたらす「単純な快感」が、その「犠牲にされるもの」ですが、しかしそのかわりに、人間は、「自分をちゃんと直視して、ちゃんと愛してくれる人間を得る」という、もっと大きな幸福を得ることができるはずなんです。

ＡＩＤＳを無意味に恐がらないように。そして、「慎重すぎる自分が〝恋〟を失うこと」を、恐がらないように。

そしてついでですが、ゴムでできたコンドームは、「燃えないゴミ」です。

黙って、自分の精液の入ったコンドームを、「燃えないゴミ」の中に捨てられるようにならなきゃ、「一人前の男」とは言えませんね。

30　結婚したっていいんだよ

「女性はいつでも未婚の母になりうる」「女性にとって未婚の母であるということはとても自然なことなんだから、そのことを女性の前提にしてしまったほうがいい」なんてことを言うと、「じゃ、女性は未婚の母であらねばならないんでしょうか？」なんてトンチンカンなことを言う人が、必ずでてくる。「未婚の母が正しいんだから、結婚するということは、まちがいなんですね」とか。

そんなことはないでしょう。

べつに結婚することは、全然まちがいじゃない。結婚する人も結婚しない人もいる。それだけのことですね。

「家庭の崩壊」ということが言われている。「結婚の無意味」とか。べつに、すべての家庭が崩壊しなければならないわけじゃないし、すべての結婚が無意味だというわけじゃない。崩壊してしまうような家庭は、崩壊するし、無意味な結婚は無意味なものでしかない。それだけの話ですね。

結婚するかしないかは個々人の問題。そして家庭とか家族というものは、べつに結婚からしか生まれないものじゃない。アカの他人が家族同然の暮らしをしていることだって、あたりまえのようにある。

「個人の尊厳《そんげん》」とか「自立」なんていうことが言われ始めると、どうしても、「だったら、人はひとりで生きなければならないんですね？」という、早とちりの意見がでてくる。「ちゃんとした人間になる」ということと、「孤独になる」ということは、べつにおなじことじゃない。「ちゃんとした人間になっていく過程で、人間は孤独というものをしっかりと引き受けなければならない」――ただそれだけのことです。

「自分」というものを持ってしまった人間にとって、今の世の中は、かなり生きにくいし、矛盾に満ちたものでもある。でも、「自分を持っている」ということはとっても強いことなんだから、その「自分」をもとにして、世の中というものをもっと自分の暮らしやすいものに変えていけばいい。そのためにこそ、「自分」というしっかりしたものがあるんです。

でも、人間というものは、そうそうかんたんなものじゃない。「自分を持て」と言われたって、そうそうかんたんに「自分」なんていうものを持てるものじゃない。

「自分」というものがどういうものか、なかなかよくわからない人間だって、いくらでもいる。

「自分を持つ」「自分を見つめる」ということは、やっぱり自分ひとりでしなければならないことです。でもだからって、それでひとりぼっちになってしまうと、かえって逆に「自分」というものが見えなくなってしまうことがある。「寂しさ」というものが自分を委《い》縮《しゅく》させてしまって、見ようとしたって見えないものになってしまうことがあるからです。

「自分を知るためには他人が必要だ」というのは、そういう理由があるからですね。

「自分」という言葉に引きずられて、あんまり「自分ひとり」ということを考え過ぎないほうがいい。「あなたはこういう人だね」ということを、そっと教えてくれる人だっている。

「〝自分〟というものがしっかりしていなければ、他人とだってうまくやれない」というのは本当だけれども、「〝自分〟というものを意識し過ぎると、他人とうまくやれなくなってしまう」という人だっている。

「他人とうまくやれるようになるために、〝自分〟というものをつかまえるために、ひとりになって自分を見つめる」ことは、必要なこと。でも、「〝自分〟というものがよくわからないから、他人と一緒になって、その他人の中で〝自分〟というものをはっきりさせていく」という方法だってある。

「自分」がしっかりしていなければ、他人との共同作業である「結婚」だってちゃんとできない。でも、さいわいなことに、世の中には、「個人」よりも先に「結婚」という制度のほうがある。会社に就職して、そこで「自分」というものをつかまえていく方法があたりまえにあるように、「結婚」ということをしてしまって、その中で、他人との関係によって、「自分」というものをつかまえていく方法だって、ちゃんとある。

誤解してはならないのは、結婚が「ゴール」ではない、ということね。「愛のゴール・イン」とは言うけれども、そこでは、「恋愛が終わって、人間ふたりの〝大人の生活〟が始まる」だけ。結婚は「ゴール」ではなくて、「スタート・ライン」。そこで「自分」というものをつかまえ、「相手」という他人を把握していく。

「結婚したら〝愛情〟というものがさっぱり実感できなくなってしまった」と言う人は、よくいます。その人たちの言う「愛情」とは、「他人との共同生活という〝実質〟を始めるのに必要だった〝休養〟」のことなんですね。

「幸福」というものがあれば、その先の困難だって引き受けることができる――それだけの力を与えるものが「幸福」というもので、だから、「幸福」はいつまでも続くものじゃない。「幸福」がある以上、その次には「困難」というものがやって来て、でも、「それでも平気だ」と言えるのが、「幸福」のもたらす力というものです。

「家庭」というものが崩壊したり、「結婚」ということが無意味と言われている。でも、崩壊すべきものは崩壊するし、無意味なものは無意味になる。べつに、それが「今まであったから」という理由だけで、この先も存在し続けるかどうかはわからない、ということです。

人類の歴史で「結婚」に意味があったのは、「家族」というものに意味があったからです。今では、人間の欲望が「自分を残すこと」というふうにはっきりしてしまったけれど、その前は「自分の家を残す」だった。「個人」よりも、「家」のほうが優先した。それは、「家」というのが、生活の場であり労働の場でもある、ひとつの社会のようなものだったから。

「家庭の崩壊」が言われるのは、その「家」の中で、することがなんにもなくなってしまったからです。会社に通う多くの人にとって、「仕事」というものは「家の外」にある。友達というものをたくさん持っている人にとって、「人間関係」というものも「家の外」にある。かつては、そういうものの全部が「家の中」にあった。だから「家」というものの存在は大きかったんだけれども、多くのものが「家の外」にあるようになってしまったら、「家」というものは、「なんだかわからないけど、不思議な強制力を持つだけの無意味な空間」のようにもなってしまう。「崩壊してしまうような家庭は崩壊する」と言われてしまうのは、こういう家庭なんですよね。

でも、世の中には、そうじゃない「家」だってある。家族労働というものを中心にして動いている、農業や商業や工業の家というものも、ちゃんとあるんですね。

農業は「会社」になれないで、今のところほとんどが「農家」という、家の単位でやっている。小さな商店、小さな町工場も、家族労働が中心です。そういうものはなくならないだろうし、そういう「小さいもの」も、やっぱり世の中には必要なんです。

べつに、労働を「家族」という単位にかぎる必要はない。でもそれを「家族」でやってたっていい。人のありかたはいろいろで、「愛情のある家庭を作りたい」――つまり「愛情だけでできあがっている家庭を作りたい」などと、夢みたいなことを言う人たちにとっては、「労働のある家庭」なんていうものは、うるさくてわずらわしいだけのものだろうけれども、「労働のある家庭」を、とっても羨《うらや》ましいものだと思う人だって、いっぱいいるでしょう。というのは、「何人かの人間がおんなじことをやる」という共同作業は、一番かんたんに、「それをやっている人たちの間に愛情を生むから」です。

家庭が「労働の場」になれない人たちにとって、家庭は「休息の場」です。「家の外」で仕事をして、疲れた体を「家の中」でほっとさせる。そういう役割が、やはり家庭にはある。でもそうなってくると、「家庭」というところには、みんなの協力によって「休息の場」であることを成り立たせる努力というのが必要になってくる。「専業主婦」というものがいて、夫だけが「仕事」を持って、「夫ひとりのための休息の場」ということになってしまっているから、「家庭」がもっぱら「家族全員の協力によって、家庭を休息の場として成り立たせる」ということができなくなっている。「家庭が休息の場」ということが、なんだかウソっぽく聞こえるのは、こういうことがあるからです。「家族全員の協力によって、家庭を休息の場として成り立たせる」ということが必要になったら、「家庭」というものは、そういうことを成り立たせる努力――つまり「家事」というものを共同でおこなう「労働の場」にもなりうるからです。

「誰がどの程度〝家の外〟で働いていて、だから、誰がどの程度〝家の中〟で働くか」――この分担が自然にできているという状態がなければ、家族という愛情のシステムだって、いたってかんたんに壊れてしまうのです。この「自然にできている」分担の度合いが、それぞれの家庭の「性格」というものでしょうね。

あんまりむずかしく考えず、「結婚したい」と思う人は、すなおに結婚をしましょう。「する」か「しない」かの決断というものは、そんなにむずかしいことじゃないんです。むずかしいのは、「決断したその後を、どうやっていくか」です。それを考えるのがいやだからこそ、「する」か「しない」かの決断を、いつまでもぐずぐずしていて、そのぐずぐずの理由を、「社会」や「他人」のせいにしてしまうんですね。

「社会」というものは、「変えるべきだ」と思ったら、そう思った人間がまず率先して変えていくべきものだし、「他人」と「自分」との関係だって、お互いに影響し合うもの。そうそうかんたんに、「社会が悪い」「他人が悪い」なんてことは、言わないほうがいいでしょう。あなただって、十分に「悪い」のかもしれないのだから。

31　いけないSEXたち

これから先しばらくは、「いけないSEX」の話です。「浮気」とかね、「ヘンタイ」とかね、そういう話。

「ヘンタイ」が「変わったスタイル」という意味の言葉だというのは、前にも言った。SEXというのは、「人間のありかた」です。その人のSEXが、その人の「人間のありかた」。人はそれぞれにみんな違うんだから、「SEXのありかた」だってみんな違う。だから、極端なことを言ってしまえば、人はみんなちょっとずつ「ヘンタイ」です。だから人は、「自分のSEXのありかたが、人とはちょっと違うんじゃないか？」と悩む。ただまァ、そうは言っても、「ヘンタイ」と言われるのは、やっぱり「ふつうのSEX」とはちょっと違いますけどね。

それでは、「ふつうのSEX」というのはなにか？

「ふつうのSEX」というのは、「そのまんまにしておけばこどもができてしまう男と女のSEX」ですね。「ふつうのSEX」には、だから「避妊」ということが必要になる。

でも、SEXの中には、避妊が必要じゃないSEXもある。

男と男がSEXしたって、こどもはできない。女と女がSEXしたって、おんなじ。このふたつは、「同性愛《どうせいあい》」と言われる「ヘンタイのSEX」ですね。

男と女でも、こどもを作るのとはまったく関係のないSEXをすることもある。

「ふつうのSEX」が、女のヴァギナの中に男のペニスを入れる「性交」ということだけをもっぱらの目的とするのに対して、「相手が異性じゃなければいやだけど、べつに〝性交〟がなくてもかまわない」というSEXだってある。

代表的なのは、「SM」というやつ。「S」は「サディズム＝サド」の略、「M」は「マゾヒズム＝マゾ」の略。「サディズム」というのは、相手をいじめることに性的な快感を感じて満足しちゃうこと。「マゾヒズム」というのは、相手にいじめられることに性的な快感を得て満足しちゃうこと。

「人間のSEXは、他人と一緒にオナニーをすることだ」と、ずーっと言っているけれど、「相手をいじめながらするオナニー」がサディズム、「相手にいじめられながらするオナニー」がマゾヒズムだと思ってもらってもいい。

「オナニー」と言ったって、それはべつに、自分の手で性器を刺激することだけじゃない。人間というものは、頭で「これが自分の快感につながるものだ、これが自分の求めていた〝自分を刺激してくれる欲望〟だ」と理解して興奮するものだから、直接性器に触れることがなくても、十分に「快感」というものが得られちゃうことはある。人間は、頭でＳＥＸをするものなのである。だから「ＳＥＸは人間のありかた」ということにもなるし、「ＳＭ」という「ヘンタイのＳＥＸ」もある。

「ＳＭ」というのは、だから、「相手の種類」はあまり問題にならない。「いじめる、いじめられる」という、「手段」のほうが問題になる。「ＳＭ」というのはだから、「男と女」にかぎったものじゃない。「男同士のＳＭ」だってあるし、「女同士のＳＭ」だってある。「同性愛」というのは、相手が問題になるものですね。「自分は男だから、相手も男じゃなきゃいやだ」「自分は男だけど〝女〟のつもりだから、自分のＳＥＸの相手は男の人じゃなきゃやだ」「自分は女だから、相手も女じゃなきゃいやだ」「自分は女だけど〝男〟のつもりだから、自分のＳＥＸの相手は女の人じゃなきゃやだ」というようにね。

「ＳＭ」のように「手段」を重要視するヘンタイを、「方法倒錯《ほうほうとうさく》」と言います。「同性愛」のように、「相手」を重要視するヘンタイは、「対象倒錯《たいしょうとうさく》」と言います。「方法倒錯」というのは、「方法が違っている」ということ。「対象倒錯」は、「対象が違っている」ということです。

「〝ふつう〟とは違う相手とＳＥＸをしたがる」「〝ふつう〟とは違う特別の相手じゃない

とSEXをしたくない」という「対象倒錯」のSEXには、いろいろあります。人間にはいろんな種類の人がいて、いろんな人とのつきあいがあるということを考えれば、その「いろんな人」が、全部SEXの対象になるからです。

「対象倒錯」で一番有名なのは、やはり「ロリコン」でしょう。「幼い女の子とだけSEXをしたがる男」が「ロリコン」と言われていますが、「ロリコン」は「ロリータ・コンプレックス」の略です。

「ロリータ」というのは、小説の主人公の名前です。ロリータという十四歳の女の子がいて、その女の子に中年の男の人が恋をしちゃう話で、その物語が「異常なSEXの典型」のように思われたものだから、幼い女の子にばかりひかれてSEXをしたがる人のことを、「ロリータ・コンプレックス」と言うようになったんですね。

ところで、十四歳というのは、「幼い女の子」と言われるような年頃でしょうか？　十四歳の女の子に「さっさとSEXをしなさい」と言うのは、ちょっと問題が多過ぎますが、十四歳なら、べつに「SEXができない年」ではない。「できない年ではないけど、でもSEXをするのは少し考えたほうがいいよ」というような年です。

ホントはあんまりしないほうがいいんだけど、でも中学生の女の子がSEXをしないわけじゃない。「こどもはSEXができない」ということは、この本のはじめのほうで言ったけれども、中学生の年頃は、そういうふうに「こども」ではない。自分で「しよう」と思って、自分からすすんでＳＥＸができちゃうような年頃でもある。

「『源氏物語』の中では、明石の姫君が十三歳でこどもを生んでしまった」ということは、前に言ったけれど、十代のはじめは、もう半分「大人」でもあるような年なんだね。

でも、今から三十年以上前に「ロリータ」という女の子を主人公にする小説が書かれた時は、そうじゃなかった。ふつうの中年男が、自分の年齢の半分以下の女の子に夢中になっちゃう話なんて、「とんでもなく異常だ」と言われた。「とんでもなく異常だからおもしろい」と言って、この本はベストセラーになってしまった。人間というのは、そういうものですね。「ロリータというのは、まだ幼い女の子の年頃なんだけれども、その中身はけっこう大人で、〝可愛い小悪魔〟とでもいうところだ」と、「ちょっと危険な新しいヒロイン」のようにもなった。

今でも、こんなことはたまにある。「よくある」かもしれない。ただのオジサンが女子中学生に夢中になっちゃうという話ね。「事件」かもしれないけど。

はたして、「十四歳の幼い女の子」に夢中になっちゃう「ロリータ・コンプレックス」は、「異常」なんだろうか？

「ヘンタイのＳＥＸ」で問題になるのは、それが「異常だからよくない」とされることだけど——。

「私はべつに、へんなオジサンとSEXしたいとは思わないけど、そういうのって、よくあることなんじゃないの?」と、当の女子中学生が言いそうだね。「ヘンタイのSEX」が問題になるのは、実は「異常だからよくない」ということではないんだ。

「対象倒錯」ということでは、もうひとつ「ロリコン」の反対がある。「ジェロントフィー」って言うんだけど、これは「老人」とばかりSEXをしたがるヘンタイ。日本語にすれば「老人愛」だね。若い男の人が、オバーサンばっかりを熱烈に恋する。若い女の人が、オジーサンばっかりを熱烈に愛する。これって、「異常愛」なんだろうか?

オジーサンは怒るかもしれない。「ワシが若い女の子にもてると〝異常〟なのかッ!」って。オバーサンだって怒るかもしれない。あるいは、「世間にはそういうこともあるの? 羨ましいわね」って言うかもしれない。

人間にはいろんな人がいて、いろんな人とのつきあいがあって、いろんな愛情がある。だから、オジーサンが若い女の人に恋されたって不思議はないし、オバーサンが若い男の人に恋されたって不思議はない。「自分には人に好かれるような魅力なんてあるはずがない」と思い込んでいた人が、思いがけない相手に恋されて、「そんな魅力があるの? そんな魅力を発見してもらえるのか?」って思うことは、とっても幸福なことだろうとは思うからね。

「老人愛」というものは、そういうものかもしれないんだ。だって、ふつう「老人には魅力がない」と思われている。もしも「老人にも魅力がある」ということなら、老人が恋愛の対象になったっていいはずなんだ。「老人」は「こども」じゃないんだから、「ＳＥＸを知らない」でもないし「ＳＥＸをしちゃいけない」でもない。「もうＳＥＸなんかしなくてもいい」と思っているかもしれないけど、でも「老人」は、「老人と言われたら怒るかもしれない、りっぱな大人」なんだから。

じゃどうして「老人愛」が「異常愛」のひとつになっちゃったんだろう？

それは、「老人というものはＳＥＸなんかしないものだ」っていう「思い込み」があったからだね。若い娘と老人が結婚していたって、「絶対そこには愛情なんてない、あの娘は、むりやり老人の言うことをきかされているんだ」なんていうふうな「思い込み」があったからだね。誰が誰を好きになるかは、そんなにかんたんに決められない。

「若い女の人には、ちょっと年上の若い男の人がお似合いだ」なんていうのは、たんなる「思い込み」でしかない。人が誰を好きになるかは、正直なところ、その当人にだってわからない。老人だってＳＥＸをするし、若い人が「老人」と呼ばれる人に恋をしてしまうことだってある。

「老人愛」と「ロリータ・コンプレックス」のふたつを合わせて考えてみると、なにがわかるだろう？

それは、それが「異常愛」と言われた当時、「老人」とか「十四歳の女の子」はSEXをしないもんだと思われていた――ただそれだけの話なんだ。

誰だって、SEXができるようになれば、SEXをする。その相手としてどんな人を選ぶかは、その当人の「必要性」しだいだ。「恋というものは、〝その人が自分には必要なんだ〟ということを無意識的に発見してしまうことだ」と、前のほうで言っただろう？ べつにそれは、「異常」ではないんだ。ホントのことを言ってしまえば、「ヘンタイ」でさえない。「ふつうの若い人は、老人に恋なんかしないよ」と言われたって、「だってしょうがないじゃないか」ですんじゃうようなことだ。

「ふつうの男は、女子中学生に恋なんかしないよ」と言われたって、「でも俺は本気なんだ。彼女だって十分大人だし、俺の気持ちをよくわかってくれる。俺だって、彼女をオモチャにするつもりなんか全然ないんだ」と言い返されたら、もう反対できない。

「ふつうの男は、男に恋なんかしないよ」とか、「ふつうの女は、女に恋なんかしないよ」と言われたって、「だって僕にはあの人が必要なんだ」「だって私にはあの人が必要なの」と言い返されたら、もうなんにも言えない。それに対して「ヘンタイ！」という言葉をぶつけるのは、「愛情」というものがまったく理解できないでいる人間だけなんだからね。

「ヘンタイのＳＥＸ」で問題になることは、たったひとつしかない。それは、「異常だからよくない」ではなくて、「うっかりすると相手の気持ちを確かめないで、欲望だけが先行してムチャをしてしまう」ということ。

「ヘンタイ＝異常＝よくない」という考えは、実に長い間あって、それがあるから、人間は、「自分は本当は、誰が好き」とか、「自分は人と、どんなふうにＳＥＸがしたいのか」ということを、あんまりはっきりと言わなかった。だから、「ヘンタイ」と呼ばれるＳＥＸたちは、長い間こっそりと秘密におこなわれてきた。

こっそりしなくちゃいけなくて、秘密にしなくちゃいけないから、どうしてもやりかたが「へんなふう」になった。「いきなり電車の中で、ヘンなオジサンにお尻を撫《な》でられた男子中学生とか、女子中学生」というようにね。

「痴漢《ちかん》」は、相手の気持ちを無視した犯罪行為。自分のしていることが「あんまりオープンにはできないこと」と思い込んでいる人は、こそこそといやらしいことをする。「セクハラ（セクシャル・ハラスメントの略で〝性的いやがらせ〟）」をする人っていうのも、実はそういう人。「ホントは、自分にとってはあんまりオープンにできない〝ドキドキすること〟なんだけれども、どうも他人はあたりまえにやってるらしいから、こんなことやってもいいんだろう」という、つまんないノリで、人にいやらしいことをする。

つまんない「秘密」は、人というものをいやしくする。そのことだけを忘れなければ、「ヘンタイ」というのは、べつになんでもない「あたりまえのこと」でしかなくなるんだ。

そのことを、今ここで覚えておいてほしい。

32 「欲望」というもの

人間の体の中には「欲望」というものがある。そしてこれを、人間は「頭脳」で理解する。だから、時として人間には、自分の欲望がわからないことがある。

ふつうは、お腹がすいたら、「お腹がすいた」ということがわかる。勉強をしなくちゃいけなくて、でもその勉強があんまりしたくないときは、なんとか口実《こうじつ》をつけて、勉強をしないでいいほうにもっていこうとする――だからそんな時には、「なんとなくお腹がすいたな……」とかってなことを言いだして、ものを食べたりしちゃう。食べるまではお腹がそんなにすいてるとも思えなかったんだけど、食べはじめたら突然、「あ、やっぱり自分はお腹がすいてたんだ」と思って、すごくお腹がへっちゃうなんてことはよくある。でも、なんかのことに熱中している時は、なんにも食べなくて、しかもお腹がすいているなんてことがまったく気にならないということだってある。「なんかへんだ？　なにがへんなんだろ？」と考えて、「あ、そうか、自分はなんにも食べてないんだから、お腹がすいてるんだ」ってわかる、とかね。

生存という本能をささえる「食欲」だってそうです。人間というものは、自分の中にちゃんと「欲望」というものがありながら、それがなかなか理解できず把握できないという、トンチンカンな生き物でもあるんだね。

ふつうは「ロリコン」と言われちゃうけど、実はそれと違うものに「幼児姦《ようじかん》」というのがある。まだ十歳にもならないような小さい子を犯しちゃう犯罪行為です。まだSEXのできないこどもをむりやりSEXの対象にしちゃうんだから、これは「ヘンタイ」ではない。「犯罪」です。

どうしてこういうことが起こるのか？　どうしてそういうことをしたがるヘンな人がいるのか？　それは、人間が「科学をしたがる生き物」だからです。

人間の欲望は、頭で理解される。人間は、性器でSEXをするのと同時に、頭でSEXをする生き物でもある。だから、「科学する心」がSEXと結びつくことだってある。だから、こういうことだって起こるということですね。

三十歳の男は、三十歳の男。老けて三十五や三十六に見えたり、若く見えて二十二とか二十三に見えることだってあるけど、でもどうしたって三十歳の男が七つか八つの男の子には見えない。見えないけど、でも三十歳の男に、「自分は三十歳という年齢なんだ」という自覚がないことだってある。

「自分は三十歳なんだけど、三十歳という年齢がどういう年齢なのかっていうのは、実のところよくわからないんだ」というのは、ザラにある。「十七になったんなら、〝もう十七だ〟っていう自覚を持て」と言われたって、「十七って、どういう自覚を持てばいいのッ！」って口をとんがらかしちゃうことがザラにあるように、三十のくせに「三十がどういう年齢かわからない」なんていうのは、ザラにある。

でもふつうは、「三十がどういう年齢かはわからないけど、でも自分がもう〝こども〟とか〝十代〟と言われるような年齢じゃないな」ということぐらいはわかる。ということはどういうことかというと、「自分の年齢」と、「自分の意識」との間には、かなりのギャップがあるということね。

三十歳の男と七つの女の子（あるいは男の子）との間には、親子ほどの年齢のへだたりがある。「二十三」も違うんだからね。でも、その三十歳の男が、自分のことを「少年」のように思っていたらどうだろう？　自分のことを「中学生の男の子」ぐらいに思っていたら、この年齢の差は、あんまり意識されない。「僕とこの女の子の間にはなにか違うものがあるんだけど、なにが違うのかわからない」ということにもなってしまう。七つの女の子は、十四歳の中学生の年齢の半分だけど、でもその年齢の差は「七」しかない。ちょっとぼんやりしてると、「二十三」の違いが「七」にちぢまってしまう。

三十歳の男が、自分を「中学生の男の子みたい」と思ってしまえば、「じゃ自分はどんな中学生なんだろう？」と思ったりもする。「どんな中学生？」ということになれば、「あ、自分はかなりぼんやりした中学生だった」なんていう答だってでてきちゃう。ホントは「三十歳」のくせに、「自分は中学生みたいだ」なんて思うんだから、そいつの中学生時代は、かなりぼんやりした中学生だったんだろう。ぼんやりした中学生なら、七つのかわいい女の子を見て、「自分はこの女の子よりもちょっと年上だけど、でも、自分とこの女の子は、そんなにふつりあいじゃないな」と思うことだってある。

どう考えたって〝全然へんな組み合わせ〟であるはずの「三十歳の男と小さな女の子」というカップルは、こうしてその男の頭の中で「全然へんじゃない」というふうに組み立てられてしまう。「幼児姦」というものが成り立つ人は、こういう頭の構造を持った人なんだ。

人間というのは、たとえムチャをやったとしても、その行為がその人間の中ではそんなに「ムチャなこと」とは思われていない。「十分なっとくのいく行為だ、十分あたりまえ

の行為だ」というふうに思っているから、人からは「ムチャなこと」と思われるようなことを、平気でやってしまったりする。「人間は頭で考えて行動をする生き物である」というのは、こういうことなんだね。

つまり、「幼児姦」ということをやってしまう人は、「それはあたりまえのことだ。なぜならば、自分とあの子はそんなに不似合いなカップルじゃない」というふうに、あらかじめ年齢の差をないことにしてしまうんだ。

それではどうしてその人は、「年齢の差」をないことにしてしまうんだろう？　そういうふうにして、どうしてその人は、自分とは全然不似合いの、年の離れた小さなこどもとカップルになりたがるんだろう？

それは、「こどもの中にもＳＥＸの要素は十分にある」ということを、その人が知っているからだね。

「人間は、うっかりしていると、自分の欲望に気がつかない」と言った。小さなこどもとカップルになりたい人は、典型的にそういう人なんだ。

三十歳の男なら、自分のこどもの時を振り返って、「こどもの中にもＳＥＸの要素は十分にある」ということを知っていたりもする。でも、だからって、その男の目の前にいる七つの女の子がそれを知っているかどうかはわからない。だって、「こどもの中にSEXの要素はある」にしたって、それをこどもが「いくつの時」に知るかは、そのこどもによって違うんだからね。そして、それは、その三十の男にだって言える。『こどもの中にもSEXの要素は十分にある」ということを、その三十の男が知っていたとしたって、その男がいったい「いくつの時」にそれを知ったのかということは、またべつのことだから。

たとえば、その三十の男の人が九つぐらいの年に「なんだか自分の中には〝ムズムズするような感じ〟がある」と思ったとする。「なんだか〝ムズムズするような感じ〟はあるんだけど、それがまだなんだかわからない」と思っていた男の子が、たとえば十五歳になってオナニーを覚えたとする。「こんなすごいことが、〝自分の中〟にはあったんだ」と十五になって気がついた男の子は、その時になって、「あ、昔、自分が〝ムズムズするような感じ〟と思っていたものの正体はこれだったんだ」ということがわかるだろう。だから、その十五の男の子は、「自分は昔から、これを知っていたのになァ……」と考えるかもしれない。

なんでそんなことを考えるのかというと、十五の年になってオナニーを知るというのは、ふつうよりもちょっと遅いからだ。「自分はオクテだから、こんなすごいことを知るのに、ふつうの子よりも遅くなってしまった。自分はとっても損をした」と思ったらどうなるだろう？　「損をした」と思ったって、べつにそれで損が取り返せるわけでもない。でも、人間というのは、ほっとけばつまらないことを気にし始めるものでもあるんだ。

「自分は今までこんなすごいことを知らなかった。だから損をした。でもだからといって、自分は人より遅れているわけじゃないんだぞ。だって、自分はこのもとである〝ムズムズするような感じ〟なら、ずーっと前から知っていた」というふうに思うことだってある。「損」は取り返しがつかないけど、「自分は人より遅れてる」という事実なら、打ち消せるかもしれないね。

人間というのは、自分の頭でものを考える生き物ではあるけれども、その、考える時に、「自分の外側」というものを十分に気にしながら考える。「人より損した」とか「人より劣っている」とか、そういうことが意識されちゃうと、人間というのは、それを埋め合わせるために、必死になってつまんないことを考えちゃう生き物でもあるんだね。

「自分は遅れてなんかいない。自分はもっと前からSEXを知っている」と、あせった人間は、べつに知ってなんかいないはずなのに、「自分はSEXを知ってた」というウソの過去をでっちあげようとする。

彼が知っていたことは、「自分の中に〝ムズムズするような感じ〟がある」ということだけで、べつに「SEXをする」ということがどういうことかを、具体的に知っていたわけじゃない。「〝ムズムズするような感じ〟がある」ということを知っていただけで、それが「SEX」と結びつくものだということさえも知っていなかったのに、十五で「オナニー」という具体的なSEXを知ってしまった彼は、「自分は昔からSEXを知っていた」というウソに変えてしまう。

彼は昔から「ムズムズするような感じ」だけは知っていた。それだけなら、九つよりも前から知っていたような気がする。人間のこどもの中に「SEXの要素」だけならばずーっとあるんだから、このことはべつにウソじゃない。だから、「自分の中には〝ムズムズするような感じ〟だけなら昔からあったぞ」と思う彼は、「それならば――」と、ウソの過去を改めて作ろうとする。

「自分の中には昔から〝ムズムズするような感じ〟だけはあって、それがSEXに結びつくようなものであるのなら、自分は昔からSEXができるはずだった」と。彼は、昔に帰って、改めてSEXだけをしようとするんだね。

自分の目の前に小さい女の子がいて、その子と一緒になってSEXをしちゃえば、その時に自分は「ほら、ちゃんと小さなこどもの時からSEXができていただろう」と、自分に証明することができるからね。そんなふうに考える人間だっている。人間というのは、そういうふうにやっかいなことを考える生き物なんだ。

「今の自分」がつらくって、「自分はそうじゃない。自分は昔っからちゃんとしてるんだ」って言いたければ、それは、自分ひとりでやればいい。「自分は昔っから、ちゃんとオナニーのSEXを知っているんだ」と思うんだったら、自分ひとりで、「昔の自分」になってオナニーをしてみればいい。「小さな女の子がいれば〝昔の自分〟になれる」というんなら、自分ひとりでだって「昔の自分」になれるはずなんだから、それをやってみればいい。でも、そんなことをしたって、なんの意味もないということはわかるはず。

ひとりのオナニーには相手がいないんだから、「あーあ、自分はひとりでつまらないことをしているんだな」ということはわかる。だからこそ、「いつまでもつまんない強がりを言って、〝自分はべつに遅れてない〟〝自分は昔からSEXを知っている〟なんてことを考えたりするのはやめよう」という、マトモな発想だって生まれるんだ。

「人間は、メンドクサイことを忘れるためにSEXをする」と言った。それは、「あんまりメンドクサイことばっかり考え続けてへんな方向にいったりしないように」ということで、「忘れる」ということには、そうじゃない逆の方向だってある。あんまりムチャなことばっかりを考え続けて、そのムチャが大きくなりすぎてしまった人間は、「それがムチャだ」ということだけを忘れようとして、SEXの中に入っていっちゃうことだってある。そういう人は、忘れちゃいけないことを忘れて、バカになるんだね。バカになって、

SEXができない女の子をむりやり犯しちゃうという、犯罪行為をしでかしてしまう。

SEXの欲望は、その人の思い込みによって作られる。だからSEXは、「その人のありかた」。思い込みが正しい方向にいくこともあるし、まちがった方向にいくことだってある。それがまちがった方向にいかないようにするために、人間には、欲望とは無縁の「理性」という判断力が備わっている。

人間の中には、「ちゃんと判断しよう」という理性と、「メンドクサイことは忘れよう」というSEXの欲望と、両方が同居《どうきょ》している。それはちょうど、自分の頭の中だけで考えようとする人間の外側に、「ホントにそれだけでいいの?」って問いかけて来る「他人」とか「現実」とかがあるのと同じこと。

SEXという「すごいもの」を自分の中に発見すると、ついうっかり、そればかりに目を奪われて、他のことが考えられなくなっちゃうこともある。自分の頭の中がある時期そうなっちゃうのはしかたがないけど、でも、そんな時期の外側には、SEXだけじゃない「べつのこと」だっていっぱいあるんだっていうことを知らなくちゃね。

人間は、自分に自信がなくなると、ついうっかり「自分ひとりの中」に逃げ込んでしまう。逃げ込んで、その「逃げ込んだ」という事実を忘れるために、SEXにばっかり没頭《ぼっとう》しちゃうこともある。それは「逃げ」なんだということを認めなくちゃね。そんなことばっかりしていると、せっかくの「欲望」というエネルギーが、つまらない形でだけ浪費されて、なんの意味もないものになっちゃうからね。

「欲望」というものは、人間のありかたを決めるもの。その「欲望」をちゃんと使えるのが、その人間の義務。だから、それを正しく使うためにも、ＳＥＸ以外の現実から目をそらせちゃいけませんよ——ということです。

33 「教えてやるッ！」のサディズムと「ごめんなさい……」のマゾヒズム

「人間の体の中には〝欲望〟というものがあって、人間はこれを〝頭脳〟で理解する。だから、時として人間には、自分の欲望がわからないということがある」と言った。つまり人間には、「自分と欲望とのあいだにズレがある」ということね。そしてこのズレでいえば、人間には、「自分と他人とのあいだのズレ」というものだってある。SEXというものは「他人」とするものだから、このズレというものがSEXでは大きな意味を持つ。ズレがそのまんまSEXの形になってしまうということだってあるということね。「ズレがそのまんま形になってしまうSEX」というのがなにかというと「SM」がそれ。「SM」というのは、自分と他人のギャップに悩む人たちのSEXの形です。

人間は、いつかどこかでSEXというものの存在を知る。知ったことをそのまんま自分の前提にして成長していけばいいけども、知るということは、往々《おうおう》にして「自分ひとりで知る」ということだから、その「知った後」で、他人とのズレだってでてくる。

ＳＥＸを知った後で、「こんなこと知っちゃっていいのかな……」と悩むことがあるのは、自分ひとりで「いいこと知っちゃった……」とは思っても、その後で、「でも、こんなことを自分が知っているってわかったら、他人はどう思うかな……」という心配がでてくるからだね。

これがもしも、友達に「ＳＥＸしちゃったよー」って自慢できるような年頃で、その相手が自慢できる相手だったらなんにも問題がない。でも、それがまだ幼過ぎるような年頃だったら、「ちょっとした心配」だってでてくる。

「もしも、自分がこんなこと知ってるなんていうことが、お父さんやお母さんに知れちゃったら、きっと怒られるな……」ということだってある。逆に、「自分はちゃんとこういうことを知ってるのに、自分のまわりにいる友達はまだこどもで、こんなこと全然知らないから、つまんないな」ということもある。

前の人がマゾヒスト、後の人がサディストになる人だね。

自分は知ってる。でも他人は知らない。だからつまんないから、それを他人に教えてやろうとする。相手が「そんなこと知りたくない」と言ったって、それを知ってるのが自分ひとりじゃつまんないから、むりをしてでも「教えてやるッ！」ということになる。つまり、すごくかんたんなことを言ってしまえば、「他人にムチャな性教育をしたがる人間」

は、サディストなんだね。だから、『ぼくらのＳＥＸ』なんていう本を書いてしまう人は、十分にサディストの資格はある、ということだ（笑――べつにサディストの笑いではない、と思う……）。

「私はＳＥＸのことを知っている。だからエライんだぞ！　私の言うことをきけ！」ということになって他人をいじめ始めたら、これは立派なサディストです。「サディスト」というのは、「サドの人」ということだけど、「サド」というのは、人の名前。フランス革命当時にいたフランスの貴族である「サド侯爵《こうしゃく》」が、「サディズム」の元祖。残酷に人をいじめるＳＥＸの話ばっかり書いた人。「人をいじめる」よりも、「結局は人を殺しちゃう話」になっちゃうんだけど、それでも、この人の書いたものは、今じゃひとつの「哲学」になってしまっている。なぜかというと、サド侯爵は、自分の書いた小説の中で、「どうしてこういうことをするのか。こういうことにどういう意味があるか」を、一生懸命書いているから。サド侯爵は、一生懸命に自分の意見を言っているんだ。

だから、サディズムは「人をいじめること」じゃない。サディズムは、「人にエラソーに教えること」なんだ。

「そんなメチャクチャな話ってあるのか？」って思う人はいるかもしれないけど、でも残念ながら、ＳＥＸというのは、そういうものでもあるんだ。「ＳＭのサド」というと、どうしても「女王さまとお呼びッ！」になっちゃうと思う人もいっぱいいるだろうけど、「サド」というのは、どっちかというと「先生とお呼びッ！」なんだね。

サディストは、だから当然いばっている。そして同時にまじめな「ＳＥＸと人間に関する研究者」でもある。だからといって、サディストの言ってることが全部本当だとはかぎらない。サディストというのはまた、いともかんたんにマゾヒストにもなっちゃう人だ。だって、「私はこんなに知っている。だから教えてやるッ！」といばっている人の前に、「私はもっと知っている」と言う人が現れたらどうなるだろう？　それを考えれば、すぐにわかるでしょう？　さっきまで「教えてやるッ！」といばっていた人は、一転して、「すいません、教えてください」になっちゃう。エラソーな人は、自分よりもっとエラソーな人の前にでると、「すいません……」になっちゃうんだね。

サディストが「教えてやるッ！」の人だとすると、マゾヒストは「ごめんなさい……」の人。

自分じゃ「ＳＥＸはべつに悪いことじゃない」とわかっているんだけど、でもそれをきちんと言いだしたり、ちゃんと自分に言い聞かせることができなくて、「ＳＥＸなんか知ってたら、きっと誰かに怒られちゃう……」と思い込んでいるんだ。だから、「怒られる」

ということがないと、どうもSEXをした気がしなくなっちゃう。

「マゾヒスト」は「マゾの人」で、「マゾ」というのは、オーストリアの作家であるマゾッホの名前から来ている。この人は『毛皮を着たビーナス』という小説を書いたんだけど、マゾッホはサド侯爵のように「このことにはこういう意味がある！」と説明する人じゃない。マゾッホは「自分はこういう人間です」と、一生懸命「自分のことを説明する人」。いいわけばっかりしている人間を見ると、「なんとなくマゾっぽい」という感じがしちゃう時があるけども、「マゾヒズム」というのは、そもそも「自分はホントにこれでいいんだろうか？」と悩むところからでてくるんだから、どうしても「くどい自己告白」ということになってしまう。「自分はこうこうこういう人間です。すいません、ブッてください」というのがマゾヒストだというのは、そういうわけ。

でも、それが「マゾヒスト」だということになると、こんな疑問てでてこないか？

つまり、「そんなにSEXが悪いことだと思っているのに、どうしてその人はSEXをするんですか？」という疑問。

マゾヒストはべつに、「SEXが悪いことだ」とは思ってないんだ。「それは、自分の中にあるんだからしょうがないじゃないか」とか、「べつに自分じゃSEXが悪いなんて全然思ってない」なんだ。「SEXが悪いことだ」とは思ってないんだけど、でも「体の中に〝SEX〟という要素がある人間が、社会の中でどう位置づけられるのか」っていうことが、全然わかってないの。わかってないか、そういうことを自分からすすんで位置づけようとはしないの。だから、マゾヒストには、SEXと自分の実生活とを、全然べつなふうに切り離してしまっている人が多い。「秘密」というものを持っていれば、どうしたって、「いけないことをしている……」っていう意識が強くなるから、マゾヒストは「秘密」が好きなんだ。

ふつうにまじめに生きている男の人が、うっかりマゾヒズムというものに目覚めちゃうことがある。まじめな人というのは、どうしても「SEXと現実生活はべつ」というような思いかたをしていて、うっかりすると「SEXはいけないことなんじゃないか……」って思っちゃったりしがちだから、そんなことにもなっちゃう。

でもSEXは、人間の中にあたりまえにあるものなんだ。なにもわざわざ、自分の中にあたりまえにあるものを、「自分とはべつ」というふうに切り離す必要はないんだけど、世の中には、「あんまり自分を持っちゃいけない。自分というものをあんまり強く主張すると、人に迷惑をかけることになっちゃう。それで怒られちゃう」と思う、「自分を持つことになれていない人」だっているんだね。「自分というものを、実はしっかり握りしめているくせに、〝でもそんなことはない〟と思ってシラばっくれているずるい人」がマゾヒストであったりもする。

サディストは人に「教えてやるッ！」を言いたがる人なんだけど、現実に「あんまりものを知らない先生」だっているんだから、サディストにだって、「人にいばっていたいんだけど、あんまりものを知らないからいばれない」という人だっている。そういう〝先生〟に対して、「先生、それはこうですよ」って教えたがる〝生徒〟だっている。サディストよりももっとSEXのことをいっぱい知っているマゾヒストは、「先生にものを教えちゃう生徒」なんだね。

これで先生をいじめちゃえば、「先生にものを教えちゃう生徒」はサディストになるんだけど、でもこの生徒が臆病でずるい生徒だったら、こういうことだって考える──。つまり、「私は先生よりもずっとSEXのことを知っているが、それでうっかり先生になってしまったら〝責任〟というものがやって来てしまうから、先生ほどに責任をとらなくてすむ〝生徒〟のまんまでいよう」と思うことだってある、ということ。

サドとマゾというのは、実は世の中の「力関係」というものをそのまんま反映してしまっている影なんだ。「世の中の力関係そのまんま」だったりすることもあるし、「世の中の力関係と正反対」だったりもする。

会社でいばっている社長さんが、実は「すいません、すいません」と言いたがるマゾヒストだったり、会社でおとなしくしているＯＬが、実は「むかつくんだよー、オメーはよー、礼儀教えてやるぜー、裸になんなッ！」って言うサディストだったりすることもある。会社でおとなしくしているオジサンが、すっごくエラソーなマゾヒストだったり、ただエラソーにしているやつが、エラソーだけですむのが好きなサディストだったりすることもある。

サディズムというのは、とってもかんたんに言えば、「わがままな王さまや女王さまでいたいこと」で、マゾヒズムをもっとかんたんに言ってしまえば、「わがままで無責任な家来でいたいこと」です。

つまり、「人間の中には〝ＳＥＸ〟というものがあたりまえにあって、それを自分の前提のひとつにするのが自然な姿なんだ」ということがわからないかぎり、人間というものは、ＳＥＸという要素を使って、いびつな人間関係の物語を演じるしかなくなってしまうということね。

「ＳＭ」というのは、「ＳＥＸが自然なものだ」ってことがちゃんとわかる前にはどうしても起こってしまう、人間のひとつのドラマなんですね。

「ひとつのドラマ」だから、べつにすべての人間が「ＳＭ」を経験する必要はない。サドの要素である「知る、知らない」、マゾの要素である「認める、認めない」は、日常生活の中にあたりまえにある要素なんだから、わざわざ特別な「ＳＭプレイ」なんてのをやらなくたって、人間は自然に「知る」や「認める」を理解できたりもするんだからね。

人間の社会には、いつだって「ＳＭ」の要素がちょっとはある。そのことだけを知っておけばいいんだ。

34　ファザコンとマザコン――誰の中にも「大人」と「こども」はいる

「ヘンタイのSEX」とか「犯罪のSEX」の話になってくると、どうしても、「人間て、そんなに複雑なのか……、いやだな……」という感じになってくる。それと同時に、「なんかそれって、すごくこどもっぽくない？」という気もするかもしれない。そう、実は、「ヘンタイのSEX」とか「犯罪のSEX」っていうのは、かなりこどもっぽいものなんだ。というよりも、「こどもの時のこと」がかなり影響している。「まともなSEX」というのは「まともな大人のすること」で、「ヘンタイのSEX」は「こどもっぽい大人のすること」ということになるのかもしれない。

でも、ちょっと待って、ということもある。SEXというのは、「人間の要素」として、こどもの中にもちゃんとあるものだ。だから、「こどもの時」というのが、その人のSEXの中にも反映される。SEXは「その人のありかた」でもあるんだから、「その人のありかた」の中に「こどもの時の自分」というものが全然ないのは、かえって不自然なことなんだ。

ＳＥＸというのは大人のすることだし、大人になってからするもの。ＳＥＸをしてしまえば、もういやおうなしにその人は「大人」としての前提に立たなきゃいけないんだけれども、そうなってむずかしいのが、その人の中にある「こどもの要素」だ。「自分はもう大人だ」とある時に思ったって、それでその人が百％完全な大人になっているかどうかはわからない。「おまえはもう大人にならなきゃいけない」と言われて、「はい」と言ったとしたって、その瞬間からすぐにその人が百％完全な大人にはなれないというのと、それはおんなじだね。

そして、「大人」ということになると誤解してしまうのだけれども、「人人」というのは、自分の中の「こどもの要素」を追いだしてしまったものではない。自分の中にある「こどもの要素」を追いだしたって、それは、「もうこどもじゃなくて、〝大人〟になるぞ」と、自分に宣言しただけの段階。本当の大人というものは、自分の中にある「こどもの要素」を素直に受け入れて、そして仲よくしていられる人のこと。「〝こどもの要素〟が受け入れられている」ということは、「余裕がある」ということなんだから。

ひとりの人間の中には、「大人の要素」と「こどもの要素」がまじり合っている。人間とは、そういうもの。そういうものでなければ、大人になることに、あんまり意味がない。だって、「こどもの要素」を切り捨てるだけが大人だったら、大人にとって「こどもであった」ということは、なんの意味もないことになってしまうから。

「マザコン」という言葉がある。「ファザコン」という言葉もある。男の人が女の人に「マザコン」と言われたら、「あんたは甘ったれで、ちゃんとした大人になれていない」ということだけど、でもそんなに「マザコン」というのは、悪いことなんだろうか？

男の人が女の人に「ファザコン」と言われたら、それはどういう意味なんだろう？　男の人に「ファザコン」と言う人は、やっぱり、「あんたは甘ったれで、ちゃんとした大人になれていない」という意味で言うんだろうね。「マザコン」なら、「あんたは甘ったれで、お母さんに甘ったれてばかりいるから、ちゃんとした大人になれていない」という意味なんだろうし、「ファザコン」なら、「あんたは甘ったれで、お父さんに甘ったれてばかりいるから、ちゃんとした大人になれていない」という意味になるんだろうね。

でも、大人が「ちゃんとした大人になれていない」と言われるのは困るけど、大人が人に甘えるのは、いけないことなんだろうか？　「大人だから甘えちゃいけない」ということになったら、大人は困ってしまう。大人というのは、けっこう大変な「義務」とか「仕事」とか「役目」というものを持っているから、「甘える」ということが禁止されたら、疲れてしまう。

好きな相手とSEXをしたことがある人ならわかるだろうけど、SEXの中には、ちゃんと「相手に甘える」という行為も含まれている。大人は、SEXをして、その中で「甘えたい」という感情を、満足させているんだね。つまり、大人の中には、「人に甘えたい」と思う「こどもっぽい感情」も、ちゃんと残されているということね。だから、「愛し合う」ということは、「甘え合う」ということでもあるんだ。

さて、「マザコン」という言葉、「ファザコン」という言葉だ。これは正確には、「マザー・コンプレックス」「ファーザー・コンプレックス」と言う。ところで「コンプレックス」というのはなんの意味なんだろう？　「ロリータ・コンプレックス」という言葉もあったけれど、この「コンプレックス」というのは、べつに「劣等感《れっとうかん》」のことじゃない。「劣等感」を英語で言うと「インフェリオリティ・コンプレックス」になる。この「インフェリオリティ・コンプレックス」をただ「コンプレックス」と省略して言うくせが日本人についちゃったもんだから、ただの「コンプレックス」が「劣等感」の意味になっちゃったんだね。

それでは、「コンプレックス」というのはなんなんだろう？

「コンプレックス」というのは「いろんなものがゴチャゴチャとひとつになっている」ということなんだ。「インフェリオリティ・コンプレックス」の「インフェリオリティ」は、

「劣っている」ということ。だから、「インフェリオリティ・コンプレックス」は「〝劣っている〟ということで頭の中がゴチャゴチャになっていること」なんだ。「自分は人より劣っている、劣っている……」と思い込んで、それで頭の中をゴチャゴチャにしているやつが、「劣っていることでゴチャゴチャ」なの、わかった？

「ロリータ・コンプレックス」というのは、「〝ロリータ〟みたいな女の子のことで頭の中がゴチャゴチャになっていること」。「マザー・コンプレックス」というのは、「お母さんのことで、頭の中がゴチャゴチャ」になっていること。「ファーザー・コンプレックス」というのは、「お父さんのことで、頭の中がゴチャゴチャ」になっていること。

頭の中がゴチャゴチャになっているから、他のいろんなことがちゃんと考えられない。「どうしてでしょう？」「どうして自分はちゃんと物事が考えられないようになっちゃったんだろう？」と思って、「どうしてでしょう？」と、心の専門家に相談する。カウンセラーとか精神科のお医者さんなんかがその人の話を聞いて、「うん、それはマザー・コンプレックスですね」と言ったとすると、「あなたは〝お母さん〟に関することで頭の中がゴチャゴチャになっているから、それでいろんな物事がきちんと考えられないんですよ」と言ったんだということになる。

わかった？

「どうやらあいつは、〇〇のことで頭ん中をゴチャゴチャにさせてるらしいな」という見当がついたら、「あいつは〇〇で頭ん中がゴチャゴチャ状態だ＝あいつは〇〇コンプレックスだ」というふうに言うの。だから、ファミコンのことだけで頭ん中をゴチャゴチャにしてるやつがいたら、「ファミコン・コンプレックス」と言えばいい。女のことだけで頭ん中をゴチャゴチャにしてる男の子なら「女コンプレックス」、SEXのことで頭ん中をゴチャゴチャにしてるんなら「SEXコンプレックス」と言うの。頭ん中がただ「やりたい！　やりたい！」のやつは「SEXコンプレックス」とは言わないよ。それはただの「スケベ」と言う。

「コンプレックス」という言葉がどういうことかわかった？　ただの「コンプレックス」は、正確には「劣等感」のことじゃないんだよ。

ところがみんな、「コンプレックス」という言葉を「インフェリオリティ・コンプレックス」の「劣等感」と一緒にしている。「コンプレックス」は「ゴチャゴチャ状態」のことで、べつに「劣っている」とか「よくない」とかとは関係がないんだ。

「マザコン」と言われても、それはべつに「あなたのお母さんはえらくて、それであなたはお母さんに頭があがらなくて、それでちゃんと大人になれなくて、いつも甘ったれているんでしょう」という意味にはならない。そういう「お母さんのことでゴチャゴチャ」状態の人もいるけど、そういうのは、「マザー・コンプレックス」のある一面。「ファザコン」と言われても、それはべつに「あなたのお父さんはえらくて、それであなたはお父さんに頭があがらなくて、それでちゃんと大人になれなくて、いつも甘ったれているんでしょう」という意味にはならない。そういう「お父さんのことでゴチャゴチャ」状態の人もいるけど、そういうのは、「ファーザー・コンプレックス」のある一面でしかない。「マザコン、ファザコン」は、「お母さんのこと」や「お父さんのこと」で、注意力が散漫になっているというだけのことだよ。

「頭のピントがうっかりずれてしまうのは、自分の母親のことがちょっと気になりすぎているからなんだ」というようなことね。

でも、ホントは自分も甘えたいんだけど、ついつい甘えるのが下手で、いつも甘えそびれている女の人は、自分を甘えさせてくれるのが下手なボーイフレンドや旦那《だんな》さんに、ついつい「マザコン」だの「ファザコン」だのと言ってしまったりする。この「マザコン、ファザコン」は、「あんたは甘ったれで、お母さんやお父さんに甘ったれてばかりいるから、ちゃんとした大人になれていない」という意味ね。

ふつうの男の人は、こんなふうに言われると、ついうっかり自分の両親のことなんか思い出して、「自分がこどもだった時に見た両親は、今の自分より、もうちょっとしっかりしていたかもしれないなァ……」なんていうふうに思ってしまうんだけど、これももちろんまちがいだね。誰だって、こどもの時には、自分の両親が「大人」に見えるし、そんなのはあたりまえのこと。「こども」にくらべれば「大人」はいつだって「大人」なんだから、「こどもの時の両親」と「こどもの時の自分」をくらべて、「自分がこどもだった時、自分の両親は自分よりもずっと大人だった」なんていう結論をだしたってしょうがない。それから、「昔の両親は、今の自分よりもりっぱだった」とか思っても。でも、「マザコン、ファザコン」の中に隠された「コンプレックス」という言葉は、うっかりとそんなまちがいを導《みちび》きだしてしまう。

重要なことは、「あなたはこどもだ！」じゃないの。「あなたは、私を甘えさせてくれない。私だって甘えたいということを、あなたはちっとも理解してくれない」ということなんだ。「マザコン！」だの「ファザコン！」だのと言う女の人は、往々にして、そんなことしか言っていない。「マザコン、ファザコン」の本当の意味に立ち返れば、そんなふうに遠回しにしか「甘えさせてくれない」を言えない女の人こそが、「マザー・コンプレックス」であり、「ファーザー・コンプレックス」であるのかもしれない。

日本の大人は、昔はエラソーな顔をしていた（べつにこれは、日本にかぎらないかもしれない）。「大人とはそういうもんだ」とうっかり思い過ぎちゃった人は、「大人であること」が「ただまともな顔をしていること」「なにが起こっても平気な顔をしているマジメな人」というふうに誤解しちゃう。

「私のお母さんはりっぱな人だったから、私もりっぱな人にならなきゃいけないと思うけど、でも私はお母さんがあんまり好きじゃないからあんまりお母さんのようにはなりたくないんだけど、でも私はどっかで〝お母さんみたいなりっぱな人にならなきゃいけない〟と思ってて、でもそれがつらくて、そんなふうにウジウジしてる自分がいやで、そんなふうになっちゃってる今の自分を見たら、きっとりっぱなお母さんは〝だらしない〟と言って怒るだろうけど、でも私はそんなお母さんがやっぱり好きじゃなくて……（ゴチャゴチャゴチャ）」——というのは、りっぱな「お母さんのことでゴチャゴチャ状態＝マザー・コンプレックス」ですね。

「平気で人に甘ったれて、でも自分がそんなふうになっちゃってることに気がつかなくて、自分も他人を甘えさせてあげなくちゃいけないことに気がつかない人」は、よくいる。そういう人が、今の日本では「マザコン」とか「ファザコン」とか言われてしまうけれども、実は、そういう人たちを平気で「マザコン、ファザコン」呼ばわりしちゃう人たちは、自分が「マザー・コンプレックス」や「ファーザー・コンプレックス」に由来する「大人コンプレックス」になっちゃってることがわからないんだ。

人間の中には、「大人の要素」と「こどもの要素」と、どっちもが一緒にある。だから、「人に甘えたい」と思うし、他人を甘えさせてあげることもできる。つまり、人間は誰でも、「マザコン」であり「ファザコン」なんだ。そういうことをちゃんと認めあったほうが楽になるよ――というのは、たぶん、若い人にはあんまり関係がない。これは、「大人」になっちゃった人に向けての言葉でしょうね。

35　同性愛は「ヘンなこと」じゃない

同性愛はべつに「ヘンなこと」じゃないです。ただ、「同性愛はヘンなことだ」と思い込んでる人は、他人にどう言われたって、「同性愛はヘンなことだ」と思い続けるでしょうね。

同性愛ほど時代によって評価の変わるものはない。ある時代のある国では「すばらしいことだ」と言うし、べつの時代のべつの国では「死刑にあたいする」と言ったりもする。同性愛に関する評価がこんなに違うのは、それを「必要とする人」と「必要としないと思い込んでいる人」とがいるからです。

フロイトという、精神分析を始めた人は、人間の成長の段階を「自己愛→同性愛→異性愛」というふうに言っていて、だから精神分析の世界では、昔は「思春期という時期が同性愛の段階にあたる」なんていうふうにしていた。「思春期にありがちなこと」とかね。だから、思春期を過ぎて同性愛に走っちゃったりすると、「遅れてる人」「異常」とかっていうふうに言われたりもした。

　どうして人間の成長の段階が「自己愛↓同性愛↓異性愛」というふうになるのかというと、人間はまず「自分」を発見して、次にその「自分」をもとにして「自分と似たもの」を発見して、最後に「自分とは違うもの」を発見するから。「自分」を発見することが「自己愛」、「自分と似たもの」を発見するのが「同性愛」、「自分とは違うもの」を発見するのが「異性愛」だということね。

　それはそうなんだけど、でも、実際はそんなにかんたんじゃない。

　というのは、「発見する」ということと「愛する」ということは、おんなじことじゃないから。

　人間は「自分」という器の中にいるもんだから、「自分」というものを発見するのは、そんなにむずかしいことじゃない。ものを食べて「ああ、おいしい」と思い、「もっと食べたい」と思えば、「食欲」という欲望を持っている「自分」がそこにいることを発見することができる。トイレに行って「うん……！」と力んでウンコをすれば、そこに「体の中から排泄物《はいせつぶつ》をだしている自分」を発見することができる。「自分を意識すること」が自分を「発見すること」になるんだね。

「自分」を発見してしまえば、どうしたって人間は、これを愛してしまう。「自分がだいじ」と思うのは、人間の本能のようなものだからね。

ところが、「自殺」を考えたり、「自己嫌悪」という複雑な感情を持ってしまう人間は、その「自分」が時々嫌いになって愛せなくなってしまう。思春期になって太り始めた子が、「ものを食べる自分」を憎み始めたり、他人にカッコつけたくなった子が、「ウンコする自分」という一番カッコ悪いものを人に知られたくないと思うのは、べつに不思議なことじゃないでしょう。つまり人間は、一番かんたんに発見することができて一番愛しやすい「自分」というものでさえ、かんたんに認められなくなる。「自己愛」の時期は、だからそのまんま「自己嫌悪」の時期につながるようなもんですね。

だから、どうなるのか?

自分を愛したいと思って、でも自分をなかなか愛せなくなってしまった人間は、「自分を愛してくれるもの」を探そうとする。

「自分」というものを素直に受け入れられなくなっちゃった人間が、「神」というものに救いを求めるのは、そういう心の働きの結果ですね。「神」というのは、それを信じるものならば全部愛そうとする、「人を愛することの専門家」だもの。

でもふつう、「自分を愛したいと思って、自分をなかなか愛せない人間」が探すのは、「神」じゃない。ふつうは、「自分を愛してくれる人」を探す。世の中は、「男を愛するものは女、女を愛するものは男」というふうにかんたんに決めてしまっているから、「自分を認めたいな」と思っている男は、「自分を愛してくれる女」を探すし、「自分を認めたいな」と思っている女は、「自分を愛してくれる男」を探す。

「自己愛」は、そうそうかんたんに「同性愛」や「異性愛」には進まない。それができる人は、「不幸」というものを知らない、かなり義務感の強い人です。ふつうの人間は、「自己愛」の後には「自己嫌悪」にしか進まないものだから。

「自己愛」ということができて、そのことに十分満足してしまった人間は、「他人」なんていうメンドクサイものと関係を持って、自分を愛する時間が奪われちゃうことを、いやがるものです。

「自己愛」にはまった人は、ずっと「自己愛」の中にいる。「自己愛」から「同性愛」「異性愛」にすすむことができるのは「もう十分に自分を愛したんだからいいだろう？　お前にはもう十分に人を愛する力があるよ。人を愛しなさい。自分とは全然違う人をいきなり愛そうとしたって無理だから、まず自分とよく似た人を愛しなさい。お前には〝友達〟というものだっているんだろう？　まずその友達を愛しなさい」というふうな教育がなければ、無理。むずかしく言えば、「義務というものの必然を説くのが教育」で、そういうふうにプッシュしてやらなければ、人間はいつまでも「そのまんまの状態」の中にいて、おかしくなっちゃうだけ。

「自分を愛したいと思って、自分をなかなか愛せない人間」は、「自分を愛してくれる人間」を探す。世の中は、「自分を愛してくれる人は〝異性〟という存在だよ」というふうに決めているもんだから、「自分を愛してもらいたいと思う人間」は、「そうか」と思って異性を探す。つまり、世間の一般は、「自己愛→同性愛→異性愛」じゃなくて、「自己愛→自己嫌悪→異性愛」なんですね。これがふつうの「人間の成長パターン」。

べつに、これで悪いわけじゃ全然ない。でもこれは、「いつのまにか自分というものを愛せなくなってしまった人が、自分のことを愛してくれる異性とめぐり合って、その後はしあわせに暮らしました」っていう、オトギ話みたいなもんでしかない。男も女も、「王子さまに出会えたフシアワセなお姫さま」みたいになっちゃうんで、中にはそういう不幸な人もいるんだろうけど、「ホントにそれだけでいいのか？」っていうことにもなる。

人間にはみんなそれぞれの限界があって、それぞれの体力の差だってあるから、力のない人が力のないままでいることをいちがいに「悪い」とは言えないんだけど、こんな「愛する人だけど、ひっそり愛し合って生きていきました」なんていう生き方がいやだっていう人だっているだろう。「自己愛→自己嫌悪→異性愛」の欠点はそこにある。

「自己愛→自己嫌悪→異性愛」は、やっぱりまだ未熟な成長で、これだけだとなにが起こるかというと、「同性嫌悪」というのが起こる。「自己愛→自己嫌悪→異性愛」で、やっと

「自分を愛してくれる異性」とめぐり合えた人は、この異性を人にとられまいと思う。「自分を愛してくれる異性」を奪うのは、自分とおんなじ同性だから、同性が愛せなくなっちゃうんだね。「友達がほしい」と思っても友達ができない人には、この傾向がある。「友達がほしい、もっと友達と親しくなりたい」と思っても、「どうしてもこれ以上友達に接近することはできない」という状態になって、しかたがないから「愛する異性」とだけひっそり暮らすということになってしまう。

自分のことがなんにもできなくて、奥さんから「マザコン」と言われちゃう「濡《ぬ》れ落ち葉亭主」とか、いつまでもこどもみたいに落ちつかない「ロリコン妻」というのは、こういう人たちなんだけどね。

メンドクサイことを言ってしまえば、人間の成長というものは、「自己愛→自己嫌悪→自己愛→同性愛→同性嫌悪→同性愛→異性愛→異性嫌悪→異性愛→自己愛」というふうになるものだけどね。

「自分が嫌いになったものは、自分で愛せるようになる」

「愛する対象をちょっとずつ広げていって、自分の世界を広くしていく」

このふたつのことがあって、やっと最終的に、「ああ、生きててよかったな」というふうに自分を愛することができる。それが人間の成長というものなんだと思いますけどね。

問題があるとしたら、「同性愛はヘンなことだ」と思い過ぎて、「人間の成長は、かんたんに言えば〝自己愛→同性愛→異性愛〟という段階をたどる」ということを、あまりにもイージーに聞きながしているということだね。

人間は、いろいろな成長パターンを持つ。だから、「自己愛→異性愛→同性愛」というパターンをたどる人だっている。「自分は恋愛よりも友情のほうが好きで、恋愛というのはホントはにがてなんだけど、でも正直に言っちゃえば、すごくHがしたいという気が強いから、まずHしたい」というのは、「自己愛→異性愛→同性愛」ですね。

「自己愛」から「同性愛」や「異性愛」にすすむことができるのは「もう十分に自分を愛したんだからいいだろう？　お前にはもう十分に人を愛する力があるよ。人を愛しなさい。自分とは全然違う人をいきなり愛そうとしたって無理だから、まず自分とよく似た人を愛しなさい。お前には〝友達〟というものだっているんだろう？　まずその友達を愛しなさい」あるいは、「人を愛しなさい。自分とは全然違う人をいきなり愛そうとしたって無理だから、まず愛しやすい〝異性〟から愛しなさい。世間には〝男女交際〟というものだってあるじゃないか。まずそれをしないと、お前には〝知らない他人とのつきあい方〟がわからなくなるぞ」というふうな教育がなければ、無理なんだけど、でも、あんまりそんなふうな教育がない。だから、「SEXはいけないこと」と思ったり、「同性愛はヘンなこと」と思ったりする。

同性愛はべつに「ヘンなこと」じゃないし、ＳＥＸはべつに「いけないこと」じゃない。この本に書いてある「ＳＥＸのこと」は、特別に「男と女のＳＥＸ」という書き方をしていないかぎりは、「男と男のＳＥＸ」のことでもあるし「女と女のＳＥＸ」のことでもある。ＳＥＸはＳＥＸで、相手によって少しやりかたが違うことはあっても、それ以上の差はあんまりないいんだということを、ちゃんと理解しておいたほうがいいね。

36 「男であること・女であること」の混乱

「同性愛」ということになるとどうしてもでてくるのが、「性の混乱」ということと、「呼び名」の問題ですね。

男の同性愛を「ホモ」、女の同性愛を「レズ」と言う。「ホモ」は「ホモセクシュアル」の略。「レズ」は「レスビアン」の略。「ホモセクシュアル」というのは、「性別が同じ」ということ。「ホモ」は「同じもの同士」ということで、「ホモ」の反対は「ヘテロ」。

遺伝子の話になると、この「ホモ」と「ヘテロ」はよくでてくる言葉になる。「性別が同じもの同士」が「ホモセクシュアル」なんだから、べつにこれは「男の同性愛」にかぎってのことじゃない。「女の同性愛」だって「ホモセクシュアル」なんだ。

最近では「ホモ」のことを「ゲイ」とも言う。やっぱりこれも日本では「男の同性愛」のことだから、「ゲイとレズ」っていう言い方をするけど、英語では、「ゲイ」と言ったら、「男の同性愛」も「女の同性愛」も一緒です。どっちもおんなじように「ゲイ」と言う。「同性愛であることではおんなじだから、そこで男と女を区別してもしょうがない」

ということでしょう。

「レスビアン」は、「レスボスの人たち」という意味。古代のギリシアのサッフォーという女性がもっぱら同性を愛して、彼女が「レスボス島」というところに住んでいたから、「レスボス島の女はみんな同性愛だ」という意味で「レスビアン」と言う。

一般的に、ただ、「同性愛」を表す言葉は「男の同性愛」のことにかぎって使われがちで、「女の同性愛」をあらわす言葉は「女の同性愛」だけに使われる。つまり、ただ「同性愛」と言うと、それはそのまんま「男の同性愛」のことになるから、「ホモ」や「ゲイ」は「男の同性愛」をあらわす言葉になっちゃうということね。「同性愛」という言葉の中にさえ男女差別はあるということだけど、それはどうしても、今までは男のほうが目立ったというだけね。

男は家の外に出てくるし、女はもっぱら家の中にいるというのが、今までの歴史の傾向だった。男が家の外で同性愛をしてしまえばどうしても目立つし、女が家の中で同性愛をやってれば目立たないということね。

ちょっと前まで、イギリスでは男の同性愛が死刑だったんだ。女の同性愛はそんなことないのに、男だけが死刑。それはなぜかというと、歴史に名高い十九世紀のヴィクトリア女王が、ある時自分の宮殿の片隅で、男同士がキスしているのを見ちゃったから。

「まァ、不潔！」と思ったヴィクトリア女王は、「死刑にしておしまい！」と言った。ヴィクトリア女王は、ルイス・キャロルの書いた『不思議の国のアリス』に出てくる「ハートの女王」のモデルになった人。「ハートの女王」が、すぐに「首をはねておしまい！」と言うのは、だから、それがヴィクトリア女王だからなんだけどね。

男同士がキスしてるのをヴィクトリア女王が見たから、イギリスで男の同性愛は「死刑」になったけど、ヴィクトリア女王は「女の同性愛」の現場を見たことがなかったから、そういうものがあるのを知らなかった。だから、女の同性愛はべつに「死刑」でもなんでもなかった。

ついでに、ヴィクトリア女王のエピソードをもう一つ――。

ヴィクトリア女王の旦那さんは「アルバート公」と言う。ヴィクトリア女王と結婚することになったアルバート公は、その「初夜」の前日に、自分のお祖母さんに手紙を書いた。なんと書いたかというと、「神よ、助けたまえ！」と書いた。もちろんヴィクトリア女王はそんなことを知らない。一夜明けた次の朝、ベッドからお起きになったヴィクトリア女王は、満足そうにこうおっしゃられた――「なんとすばらしい愛の一夜だったのかしら」と。

男と女の間では、同じことでも、これだけ感じ方が違うということだとでも思ってください。

「男は世の中を生き物だから目立つけれども、女は家の中で生きる生き物だからそんなにも目立たない」という話にもどしましょう。

日本の戦前にも、学生たちの間に同性愛というのはあったんだ。女学生のそれは「エス」と言ったんだね。「エス」は英語の「シスター」の頭文字——要するに「お姉さま」という感覚。「エス」が、「少女趣味」という名の女の子文化を育てたと言ってもいいかもしれない。じゃ、男の子たちはどうだったのか？

「ナンパ」という言葉がある。「彼女ォ、お茶しない？」と、町角で男の子が女の子に声をかけること。女の子が男の子に声をかけることも「ナンパ」と言う。「ナンパ」というのを漢字で書けば「軟派《なんぱ》」。なんで「ナンパ」が「女の子に声をかけること」になっちゃったのかというと、「軟派＝やわらか派」が「女の子派」のことだったから。

じゃ「硬派《こうは》」は「男の子派」なのか？　ということになったら、「そうだよ」と言う。「硬派」というのは、「女なんかに見向きもしないマジメなカタブツ」という意味だけど、べつに「恋愛をしない人間」じゃない。「女はグニャグニャした生き物で、女なんかと恋愛したら自分もグニャグニャ人間になっちゃうからやだ！」という人は、恋愛の相手に下級生の男の子を選んだ。「軟派」と「硬派」というのは、そういう対立した一対《いっつい》の言葉だったんだ。明治の文豪森鷗外《ぶんごうもりおうがい》の書いた『ヰタ・セクスアリス』（〝私の性生活〟という意味で〝ヰタ〟は〝いた〟と読む）という小説を読めば、当時の男の子たちはそういう意味で「軟派」と「硬派」という言葉を使っていたんだなということが、ちゃんとわかる。ついでに、森鷗外は「硬派」でした。さらについでに、『ヰタ・セクスアリス』が「私の性生活」という意味だと言ったって、ここに「SEX描写」なんて、全然でてこないからね。この当時は、「恋愛感情を燃やすこと」が、ほとんどそのまま「性生活」であるような時代だったんだから。

男の子が恋愛をする時に、「自分の相手は美少年だ」「美少女だ」と争うのは、べつにめずらしいことじゃない。日本語には「男色《だんしょく》・女色《にょしょく》」という区別が、江戸時代以前からある。「一人前の男というものは、えらいSEXの主役だから、その相手を美少年にしても美女にしてもいい。その選択の権利が男にはある」という発想があるから、こういう一対の言葉が生まれる。この発想はほとんど、「私は中華が好き」「いや、私は和食が好きです」という感覚と同じ。

「同性愛」をあらわす言葉が、そのまんま「男の同性愛」をあらわす言葉になっちゃったのには、「男は世の中を生きる生き物だから目立つけども、女は家の中で生きる生き物だからそんなにも目立たない」という理由だけじゃなくて、「男には、SEXの時に相手を選択する権利がある」という発想があったということとも関係している。

「男がSEXの主役で、女はしょせんその相手役――だから、男がいない時に女が同性愛してってもまァいいじゃないか、許してやる」という発想が、「女の同性愛は〝レズ〟という形で別にする」という発想につながる。

さて、ここからが本題――。

「女の同性愛はいいけど、男の同性愛は気味が悪い」「同性愛の男はヘンタイで、気味が悪い」という発想は、ある。どうしてそういう発想が生まれるのかというと、「同性愛の男は、男のくせに女だ」という発想になるから。

同性愛というのは、ほとんど人類の歴史とおなじくらいに古くからあるもんだけど、この「同性愛」は、正確には「少年愛」と言われるようなもの。「美少年を恋愛の対象にする、SEXの対象にする」というのは、ほとんど「私は中華料理が好きです」とおんなじくらいにヘンじゃないんだけど、でも、おんなじ「男の同性愛」でも、「逞《たくま》しい男の人に抱かれたい」になると、どうしても「ヘンタイ！」になっちゃう。「男のくせに女みたい」というのは、これまた同性愛の歴史とおんなじくらいに古い「タブー」なんだ。

「女より美しい美少年」は、えらくて崇高《すうこう》でりっぱ。でも、その美少年がそのまんま年をとって、「いつまでも男に抱かれてる、トウのたった元美少年」になっちゃうと、テキメンにばかにされる。「お前なんか男じゃねーやッ！」と、男たちからいじめられる。だから、フロイトの「自己愛→同性愛→異性愛」という〝成長の段階〟には、「さっさとそこから抜けださないといじめられますよ」という〝警告〟も含まれていたのかもしれない。

「男のくせに女みたい」と言われるのが男の世界では絶対のタブーであったというのは、「男がえらくないと、世界の秩序がぶっ壊れちゃう。なにしろ世の中というものは、〝男がえらい〟という前提でできあがっているものなのだから」という考えがあったから。そして、こういう考えは、当然のことながら、「女性差別」というものを生む。「女はバカなんだから、〝男のくせに女みたい〟なやつはバカだ」ということなんだからね。

だから、「男の同性愛は気持ち悪い。男のくせに女みたいになっちゃったやつはヘンタイだ」と言う人は、「いくら私は女性を尊敬しています」って言ったって、「女性差別主義者」なんだ。「男女平等」という新しい前提では、どうしてもそういうことになる。

だから、「男女平等は性の混乱を生む」ということにもなるんだね。

「性の混乱」には、実のところ、ふたつの側面がある。「今までみたいに、窮屈な男女の区別があるのは不自然だ」という考えでいけば、「もっと性は混乱すべきだ」になる。でも、「男は男だし、女は女だし。男と女で、あきらかに〝違い〟というものはあるんだから、その〝違い〟というものをはっきりさせないと、なんか不自然で落ちつかないな」という考えになれば、「やっぱり性別が混乱しているのって困るんじゃないの?」になる。

「性の混乱」は、「性別の混乱」のことです。

今の世の中は、「男女差別を生む古い区別なんか捨ててしまえ」という声と、「自分は自分でありたいんだから、ちゃんと区別をしろ」という声がゴッチャになっている時代で、そういう意味では「性別に関する混乱の時代」ですね。これがどう落ちつくかは、もう少し時間がたってみなくちゃわからないんだけど、ここではっきりさせなくちゃいけないことは、「男女それぞれの体の違いはある。でもだからといって、今までの〝男であること・女であること〟の違いが、その〝体の違い〟をきちんと踏まえた〝区別〟であるかどうかはわからない」ということね。「考えて変えたほうがいい〝差別〟もある」し、「〝差別〟という考えから自由になった、本当の意味での〝違い〟を考えるのは、けっこうむずかしい」ということもある。

「男と女とではどっちが自由か?」という問題は、あんまり意味がない。昔なら明らかに「男女差別」というものがあったのだから、こういうことを考えることにも意味はあった

——というのは、これが「差別の形」を考えることでもあったから。

でも今は、「男女差別」をなくしたほうがいいんだ。だから、「男と女とではどっちが自由か?」は意味がない。この答は、「男と女は、それぞれに自由だ」じゃなくちゃいけないんだから。でも、こういうことって、なかなかよくわからない。「男のほうが自由だ」と女の人が思えば、この女の人は、「だらしなくてわがままな、古い男のまね」をそのまんまして、「これが女の自由だ」って言っちゃう。「女のほうが自由だ」って男の人が思えば、「男女平等なんだから、べつに男が女のまねをしちゃいけないわけじゃないだろう」と言って、そのまんま女のかっこうをしちゃうということだってある。

「男のくせに女みたい」というタブーは、ずいぶん崩れて意味がなくなってしまった(少なくとも日本では)。だから、「女装《じょそう》」とか「ニューハーフ」というのがはやる。「ニューハーフは、女よりもずっと〝女らしい〟」とか、「女装しているといっても、私たちはホモじゃないんです」とか、ここでも「男女の混乱」はある。

「私は、体は男だけど、意識は女なんです」と言う人はいて、それで女装したり性転換したりすることはある。女の人でも、「私は、体は女だけど、意識は男なんです」という人がいる。そうかもしれないけど、これもあんまり正確じゃない。正確に言えばこれは、「私は、体は男だけど、意識は〝昔の女〟なんです」「私は、体は女だけど、意識は〝昔の男〟なんです」が正しい。

だから、「ニューハーフは女よりも〝女らしい〟」だし、「レズの男役の人は、ふつうの男よりもずっと男らしい」になるんだね。

ひとつの時代が終わって、また新しいひとつの時代がはじまる。時代から時代への転換というのは、そうそうスムースにはいかない。「自分の頭は新しい」と思っても、その新しさは、古い衣装の中で古いままの動きをしていることだってある。「今まで」ということを、人間はそうそうかんたんに捨てられはしないんだから、古いものと新しいものが同じものの中に同居してしまうのは、しかたがない。

昔ふうの「女らしさ」だけが頭に残っていて、「自分は男だけど、男ってつまんない。女の人のほうが自分の好きなことができるからいい」と思って、「昔の女」になっている人は、「新しい女」じゃなくて、「昔の女が好きな男」なんだ。

「男ってなんだ?」「女ってなんだ?」という疑問は、自分がまだ自分を十分に発見できていなくて、自分が自分になれていない段階では、十分に起こりうる。

人間の体がお母さんのお腹の中で、はじめは「どっちかと言えば〝女〟」という段階から、徐々に変わっていく。「XY」の遺伝子を持つものなら「男の性器」を持つもの、「XX」の遺伝子を持つものなら「女の性器」を持つものへと徐々に変わっていく。「性器のくもの。

区別」という「第一次性徴」だって徐々にできていく。その後の「第二次性徴」は、もちろん徐々に登場してくる。「男であること」「女であること」も、だから、徐々になれていくもの。

なれていく段階で「混乱」があるのは当然で、人間はそういう「混乱」の中で「いろいろな経験」を積んでいく。「いろいろな経験」がもとになって、自分なりの「自分」ができていくんだから、「混乱の時期」に混乱があるのはしょうがない。でも、「混乱」という自覚がないままに混乱を野放しにしちゃうと、「なんかヘンだな?」という不快感が生まれちゃう。混乱の中でも、「自分にとっての〝自然〟というのはどういうことなんだろう?」って考えることを忘れないようにしないとね。

男は「男」だし、女は「女」。それは、ずーっと昔からわかっているんだけど、人間は、「でもその〝男〟ってどんなことなんだ?」「でもその〝女〟ってどんなことなんだ?」と考え続けている。

そして、その答は「世の中」が出すものじゃない。「その答は、あなたがだすものだ」というのが、「ひとつの時代が終わって、べつの新しいひとつの時代へ移ろうとする現在」なんです。

どうぞ、あなたが自分で答をだしてください。

37 いろんな「混乱」

ＳＥＸというのはむずかしい。「男であること」とか「女であること」さえも、かんたんに混乱しちゃう。どうしてそういうことになるのかといえば、人間には、「事実は事実だけど、でも私はこうしたい！」という「欲望」があるからだね。「欲望」があって、しかも人間は、その自分の「欲望」を、なかなか正確に理解しない。なかなかそこまでの頭がなくて、「ああかな？　こうかな？」と、試行錯誤を繰り返している。混乱があるのは、しょうがないことでもあるんだね。混乱があって、でも「自分だけはまともだ」と思っている人間は、その「混乱」の存在さえも認めなくて、「ヘン」なのかどうなのかさえもわからないまんまだったりもする。

たとえば、女の人はいやがるけど、男の人は「ポルノ」が好きだ。「ポルノビデオばっかり見てると、人とマトモなＳＥＸができなくなる」とか言って、女の人は、この件に関しては全員一致で教育ママみたいな口をきいて、男をポルノから引き離そうとする。でもそれは、やっぱり無理だ。「あんなエゲツないもの」とか「女性を冒涜《ぼうとく》している」とか言われても、男がポルノから離れられないのは、男がどうしても「科学をしたがる生き物」である以上、しかたがない。

女の人の「女としての始まり」は、「初潮」だ。男の人の「男としての始まり」は、「射精」だ。「メンス」に快感はないけれども、「射精」には快感がある。「メンス」は生理的な事実だけれど、「射精」はどうしても、快感的な事実だ。「快感」ばっかりで、今ひとつ「肉体の生理」ということがピンとこない男は、その「生理的事実」が知りたいんだ。「女体《にょたい》の神秘」とかって言うのは、べつに女性差別じゃない。これは、「男女差」の問題なんだ。男は、どうしても、定期的にメンスが訪れるという事実が、体で理解できない。だから、「グロテスクなだけの医学書みたいなポルノ」と言われたって、それを見たがる人は見たがる。そういうふうに「科学したい」んだから、しようがない。

一方、女の人は、「生理的事実」というのが好きじゃない。「男の腕とか足とかが毛むくじゃらなのって、なんか生々しくって気持ち悪い」なんて、毛深い男の子が聞いたらうなだれちゃうようなことを、平気で言う。

女の人にとって、「生理的事実」なんてのは、「もううんざり」なんだね。女の人は、肉体から離れた「快感」というシュールなもののほうが、ずっと好きだ。だから、「えげつないポルノ」と言う女の人は、「つまんない恋愛ドラマ」を平気で見てる。「あんなリアリティのない現実離れしたもの」と男の人に言われても、平気で涙なんか流しちゃうのは、「つまんない恋愛ドラマ」ほど、女の人にとっては「ポルノ」になるからだ。

女の人と「快感」の間には距離がある。それは、男の人と「肉体生理」の間に距離があるのと同じこと。

そういう男と女の差が、いろいろなSEXの形を生む。

「ポルノばっかり見て、現実の女があんなふうだと思われちゃったらたまんないわよね」と女の人が言うのは、正しい。

女の人にとっては、「自由に演技できる快感」というのもあるから。

ビデオの中でAV女優が快感を感じて悶《もだ》えるのは、「自分はSEXの中で快感を感じている」と思えることが最大の快感だから。

ふつう、男の人は、自分が快感を感じていることを、人に見せる必要を感じていない。「気持ちよければ感じる」し、「気持ちよくなければ感じない」。言いかえればこれは、「SEXの時、他人に対する思いやりがあんまりない」ということだ。女の人には「自分が感じているように見せれば、相手の人も嬉《うれ》しいと思って感じてくれるだろう」という思いやりも、ちゃんとある。だから、「他人への思いやり」ばっかりで、自分はそんなに感じない人だっている。AV女優の「快感演技」には、そういうものがいっぱいあると思ったほうがいいよ。

男の人の「ヘンタイ」と言われるものの中に、「スカトロ」とか「パンティ泥棒」とかいうのがある。

「スカトロ」というのは、ウンコとかオシッコという、「排泄物に対する興味」ですね。男というものは、どうしても、「男の子」から「男」に変わっていく間に、「肉体生理的人間」から「観念生理の人間」に変わってしまうから、「他人もやっぱり自分とおんなじように人間なんだ」ということが知りたくなるんだね。「あ、ウンコする」とか、「あ、オシッコする」とか、「あ、この人もちゃんとパンツはいてる」とか、そういうことがとっても気になる。

そしてその一方で、男の人は、とっても「人間の生理的事実」というのに弱い。両親が寝たきり老人になっちゃって、その看護というのをしなくちゃいけなくなった時、「どうしてそれが妻の役割になってしまうのでしょう?」と、男が全然手伝わないことに怒った女の人は言うけども、男には、そういう「生理的な免疫《めんえき》」というのがないから、「寝たきり老人のオムツの世話」というのがこわいんです。「スカトロやパンツ泥棒ばっかりしてないで、これからの男は、ちゃんと、そういう〝生理的事実〟にもなれなさい」というのは、必要でしょうね。

もちろん、女の人だって、「生理的」ばっかりじゃない。ちゃんと「快感」だって知る。そしてやっぱり、女の人にとって「快感を知った」ということは、特別なことなんでしょうね。快感を知ったとたん、女の人はとっても「自己表現」が好きになる。「そんなもの、まだ人に見せるレベルじゃありませんよ」ということを言われても、やっぱり「自分の表現したものだから……」と、ウズウズ人に見せたくてしょうがなくなる。

女の人の「自己表現」の典型は、やはり「ヌードになる」ですね。「自分というものをさらけだしたい」と言って、「なんでこの人は裸の写真集をださなきゃいけないのかなー？」と時々首をひねりたくなるけども、「自分が快感を感じている」ということに対して、女の人は、どうしても黙っていられないというところはあるんだね。べつに、快感を感じることに「罪悪感」を持たなくたっていいんですよ。

38　ＡＩＤＳと浮気

これはたぶん「ＳＥＸの混乱」じゃないね。どっちかと言えば「ＳＥＸの神秘」に属する。つまり、「人はなぜ浮気をするか？」です。

でもこれは、べつに「神秘」じゃない。あたりまえのことです。「ＳＥＸをしたことがある人」、しかも、「やっとＳＥＸができた！」というような感じでＳＥＸをしたことがある人は、自分の胸に手をあてて考えてみればいい。

なかなかＳＥＸをする機会にめぐり合えなくて、「したいなー。してみたいなー。でもひょっとして、自分はＳＥＸなんかできないのかなー、相手だっていないしなー」と思ってるところで、「やっとＳＥＸができた！」になったら、「あー、よかった。自分もちゃんとＳＥＸができるんだ」と思うでしょ？　自分に関する自信だって生まれるでしょ？　そういう時に町を歩いてごらんなさい。いろんな人がいて、そういう人を見ても、それまでは「自分とは関係ない人たち」と思っていたけど、ＳＥＸをした後というのは、「そうか、人間て、思いがけない形で、人と関係を持てちゃうもんなんだな」と思うもんです。そして、「自分はちゃんとＳＥＸができた」と思う自信は、「そうか、自分は、もしかすると、あそこを歩いてる人ともＳＥＸができるんだ」という、「新しい可能性」を胸に描かせるもんです。

浮気というのは、「したいか、したくないか」の前に、「してもいいんだ……」という、可能性の形で、胸に訪れてくるもんなんです。

「心に姦淫《かんいん》をしたものは、既に姦淫をしたのとおなじである」というのは、聖書に出てくることだけど、人間はすぐに、「この人とも、できないわけじゃないんだ……」という、「浮気の可能性」を思い描いちゃうもんです。

「姦淫」というのは、「ＳＥＸをすること」に「すごく悪いこと」の意味をこめて言った言葉ですね。

人間は、「心に姦淫をする」――つまり、「する、しない」はべつとして、「他人とのＳＥＸの可能性」を、考えちゃう生き物なんだ。

なぜだろう？

それは、ＳＥＸが、「ＳＥＸという行為を通じて、人と知りあう行為」だからだね。「この人のことをもっと知りたい」と思うことのひとつに、「この人とＳＥＸをしてみたい」がある。自分の知っている他人の数が、その人の世界観の広さや狭さをあらわすんだということもある。

いつもいつもＳＥＸの相手を変えて、「愛する」なんていうのとは関係なく、ただ「ＳＥＸをしたい」だけでＳＥＸをしている人は、やっぱりビョーキでしょう。でも、「愛はとうといから、自分の愛したその人以外とＳＥＸをしてはならない」というのは、ちょっと異常だよ。人間は、自分が「必要だ」と思う数だけ人を好きになる――そう思っておいたほうがいいよ。「ＡＩＤＳ」というものがある時代だから、特にね。

「ＡＩＤＳはキスではうつりません。ふつうの生活をしていれば、ＡＩＤＳはうつりません」と言う。それはホント。でも、この「ふつうの生活」ってなんだろ？　これは、「よけいな他人とよけいなＳＥＸをしない」――つまり「浮気をしなければ」ということね。「ＡＩＤＳ」というものがあって、「愛のあるＳＥＸ」というのが言われて、「ふつうの生活」というのがでてくる。これが「他の人とＳＥＸしちゃだめだよ」になったら、恐いことになる。

人間は、本当に「いろんな人が知りたい」んだ。その「知る」ということの中には、「ＳＥＸで知る」ということも含まれている。ＡＩＤＳの感染者が増えても、ＡＩＤＳに感染していない人間のほうがずっと多い。「よけいな他人とＳＥＸするとＡＩＤＳになって死んじゃうんだから、他人とのＳＥＸなんて考えないほうがいいな――だから、他人が存在するなんてことは考えるのをやめよう。さいわいに、自分にはちゃんと〝愛する人〟がいるんだから」というふうに、「他人の存在」に目をつぶらないほうがいい。

「コンドームをしていれば、まずＡＩＤＳには感染しません」というのは、「ＡＩＤＳがはやっているからといって、それでべつに〝ＳＥＸをしちゃいけない〟ということではないんですよ」という意味なんだからね。

「ＡＩＤＳ」というものが登場したことで重要になってきたのは、「自分が必要とする人のことをちゃんと考えろ」ということなんだから。

「ＡＩＤＳ」というのは、英語の「後天性《こうてんせい》免疫《めんえき》不全《ふぜん》症候群《しょうこうぐん》」の略です。

人間の体の中には、外からへんなものがやって来たのを追い払う「免疫機構」というものがある。血液の中の白血球とか、あるいはリンパ液というものが、そういう役割を演ずることになっている。体の中に細菌が入って来ても、こういうものが撃退してしまうから、人間の体は安全ということだね。

ところが「ＡＩＤＳ」の場合は、困ったことに、これができなくなってしまう。「ＡＩＤＳ」を起こすＡＩＤＳウィルスだって、「体の中に入って来た細菌」のひとつなんだけど、このウィルスは、免疫機構にはたらきかけて、「ねェ、追い出さないでよ」と言ってしまう。免疫機構で働いている警察官を誘惑して、泥棒をどんどん体の中に入れちゃう悪いやつが、ＡＩＤＳウィルスなんだ。

人間はちゃんと「自分」というものを持っている。だからこそ、その「自分」というものを守るために「免疫機構」というものがある。「自分」と「他人」という区別があるからこそ免疫機構というものがある。それなのにＡＩＤＳウィルスは、「そんな区別なんか無意味だ」って言っちゃうんだね。

「自分と他人の区別をして、どういう意味があるの？　みんな仲間に入りたがってるから、ここに入れてあげようよ」って、とんでもないことを言って、体の中に、入れなくていい細菌を入れて、その人を死なせてしまう。「抵抗力をなくす」というのは、そういうこと。人間の体に「免疫機構」があるということは、「入れてもいいもの」と「入れてはいけないもの」を区別するということ。これはだから、「誰とでも無差別に仲よくなってしまうと、自分というものがなくなって混乱してしまう」ということでもあるんだ。

「ＡＩＤＳ」は、「他人とつきあってはいけません」という病気ではない。

「ＡＩＤＳ」は、「必要な他人と、ちゃんと、勇気をもってつきあいなさい」ということを、人間に告げる病気なんだ。

「勇気」というのは、心の抵抗力です。なんでもかんでも受け入れて自分をゴチャゴチャにしちゃうのは、「勇気」がないから。

「〝自分はこうだ！〟ということを、勇気をもって示しなさい」というのが、「ＡＩＤＳ」というものが人間の前に登場してしまったことの意味です。

いつのまにか人間は、「抵抗力」ということを考えなくなってしまった。「平和だからといって、ただぼんやりしていればいいというものではない、そんなことをしていると、そのまんま腐っちゃうよ」という警告が、「ＡＩＤＳ」というものの存在だと思いなさい。「ＡＩＤＳ」というものが登場する前、あなたは「抵抗力」という自分のありかたについて考えたことがありますか？　人と自分との関係についてては？

「ＡＩＤＳ」というと、ふつう誰でも恐がる。なぜ恐いのかというと、これは治療法がなくて、かかるとまず百％死んでしまうからなんだけど、でも、「ＡＩＤＳ」に対する恐怖というのは、それだけじゃない。みんな、自分の中にある「ＳＥＸ」というものがよくわからなくて、それで恐がっているんだ。

「ふつうの生活をしていればＡＩＤＳにかかりません」と言われて、『そうか、つまんない浮気心を起こさなければ大丈夫なんだな」ってことはわかっても、でもそう思う心の中には、「自分は、でも、いつ浮気したくなっちゃうかわからないな……。前にした浮気のＳＥＸだって、〝ついうっかりやっちゃっただけ〟だものな……」というのだってぽっかりと浮かんでくる。ＳＥＸをしてＳＥＸになれている大人ほど「ＡＩＤＳ」に対する恐怖心が高いというのは、これがあるから。

「人間の心は、いつ得体《えたい》の知れない〝浮気心〟というものがぽっかりと顔をだすのかわからないものである。その得体の知れない浮気心につられてＳＥＸをすると、罰《ばち》が当たって死んでしまうかもしれない。ＡＩＤＳは、そういう天罰だ」と、無意識のうちに思い込んでいる人は、いっぱいいる。

「ＳＥＸは得体の知れないもの。だから、ＡＩＤＳウィルスも得体が知れない」――こんなふうに考えるのは、迷信深い人だけ。

「ＳＥＸというものは、どういうものなのか？　どうして自分はこういうＳＥＸをするんだろう？　こういう自分て、いったいなんなんだろう？　あるいは、ＳＥＸをする人間とは？」っていうようなことを全然考えなくて、ただ「みんながするから自分もする。気持ちがいいから、それだけでする」という考えの人が、改めて「ＳＥＸってわからない……、ＡＩＤＳってこわい……」と思っているだけです。

「ＡＩＤＳ」はけっして安全な病気ではない。でも、ＡＩＤＳウィルスは、よっぽどムチャクチャなことをしないと感染しない、とても弱い病原菌なんです。

その昔、「癩病《らいびょう》」というものが、不治の病気とされていた。

「癩病」というのは、人間の体がそのまんま腐っていく病気です。それがとっても恐ろしいし、治療法が発見されなかったから、とっても恐れられていた。でも「癩病」を起こす「癩菌」は、とっても弱いバイ菌なんだ。ふつうにしてれば、まずうつらない。それがなぜうつったか？　昔は、今とは違って、想像を絶するような不衛生状態が「ふつう」とされていたということが、まず考えられる。人間の体が「とても弱っている」ということが、そんなにかんたんにはわからなかったから、かんたんに「癩菌」に冒《おか》されるということになってしまった。そういうことだって、十分に考えられるんですね。

ＡＩＤＳウィルスは、とっても弱い病原菌だ。だから、ふつうにしていればＡＩＤＳにはかからない。なぜかといえば、人にうつる前に、ふつうだったらＡＩＤＳウィルスのほうが死んでしまうから。だから、よっぽどのムチャをやらないかぎり、ＡＩＤＳには感染しない——ここまではいい。そして、この先が重要。

「ＡＩＤＳ」の大多数のケースは、ＳＥＸでうつります。だから、ＳＥＸというものは、その「よほどのムチャ」のひとつなんだ。それでも人間は、そのムチャをする。「火が火事を起こす」と言われても人間が「火」というものを捨てないように、人間はＳＥＸを捨てない。人間にとってＳＥＸは必要だから、人間はＳＥＸを捨てないんです。それが「危険なものだ」ということを、人間は、重々《じゅうじゅう》承知しているはずだったんだけれど、人間というのはバカだから、それをうっかり忘れてしまった。

SEXというのは、それをすれば「AIDS」がうつるかも知れないような、「危険なもの」ではある。でも人間は、刃物を使う、火を使う。それと同じように、SEXをする。「危険なもの」を使いこなすためには、それを「知る」ということが不可欠だ。

だから、「それを知りなさい」という意味で、今の時代には、ちゃんとした性教育が必要なんです。

それを恐れてはいけない。それは、ちゃんと必要なことなんだから。

なにを恐れて、なにを恐れなくていいかということは、今までこの本の中でエンエンと書いて来たつもりですから、どうか、そういう意味で、この本をちゃんと読んでください。

そして、「人とのつきあいかた」というものを、ちゃんと考えてほしいんです。

「近親相姦《きんしんそうかん》」というものがあります。うっかりこういう言葉をだすと、とっても恐い。なぜかというと、「近親相姦はなぜいけないか」ってことが、はっきり言えないからです。

親と子、姉と弟、兄と妹、これがどうしてSEXをしちゃいけないのか?

べつにいけなくないのなら、どうしてそれが「ちょっとこわい」というような気持ちを起こさせるんだろうか？

ＳＥＸというのは、「仲よくなりたい」という願望でもあります。「親と子、姉と弟、兄と妹」だったら、十分に仲がよくて当然の関係です。「それ以上仲がよくならなくてもいいんじゃないの？」という関係の中で、「よぶんなこと」をしている。「よぶんなことをしている」という自覚がないままに「よぶんなこと」をしているのは、ちょっと恐いことかもしれない——近親相姦が恐いのは、このためです。「そういう自覚がなくなるのは危険だ」だから、近親相姦はやめたほうがいいんです。「誰とどう仲よくなるか、そのことをちゃんと考えたほうがいいんじゃないのか？」と言っているのは、「よほどのムチャ」をしないかぎりはうつらない、ＡＩＤＳウィルスでしょうね。

ＳＥＸというのは、ちゃんと考えてしなきゃいけないもんなんです。

39 「もうそんなにSEXをしたくないな」と思う年頃

SEXは成長した人間なら誰でもするし、誰でもしたいと思う。だから、オジーサンだってオバーサンだって、オジサンだってオバサンだってする。

「SEXがいけないことだ」と思われていた時期には、「そんなことはない」ということを言うために、「SEXは美しいものだ」なんてことも言われたけれども、だからといって、SEXは美男美女のやるものではない。若くなくたって、SEXをする。ただ、若くなくなってくると、「もうそんなにSEXをしたくないな」と思うことも多くなってくる（ことがある）。

この本の一番はじめて言った「昇華」ということとも関係してくるんだけど、「SEX」というのは、かなりメンドクサイことで、かなり体力のいることなんだ。体力のありあまってる若い時は、まず「体力がありあまっている」ということもピンとこないぐらいのもんなんだけど、体力というものは、年齢とともに落ちます。落ちてそのまんま老け込んじゃう人もいるけど、そうじゃない人もいる。

体力は落ちても、でも人間にはそのかわり「熟練《じゅくれん》」ということが生まれてくるから。おなじことをするんでも、なれてしまえば、「よぶんな苦労」をしなくていいから、そんなに体力を使わなくてもすむ。だから、体力が落ちても、人はそんなに苦労しない――「熟練」ということが体に宿ってしまった人は。

そして、人間の体には「体力」のかわりに「熟練」が宿るというのは、やっぱり、人間のやることにはある「一定」というワクがあるからでしょう。

体力が落ちて、でも熟練というものがあるからそんなに困らなくても、そんなことがわかるようになった年頃の人は、「自分も、もうそんなにムチャはできないな」と思う。「自分のやれることも、そろそろかぎられて来たからな」とか。

「おなじやるんなら、もうちょっと自分でなっとくできるようなことがしたいな」と思ったりするのは、こんな年頃です。

だから、若い頃にはマジメで、あんまりSEXに熱中するなんてことをしなかった人が、「やるぜ！」でSEXばっかりしちゃうこともある。たぶん、それは少数派だけどね。多くの人は、「そんなにSEXに熱中できないな。おんなじするのなら、もうちょっと自分の熱中できることがしたいな」と思っちゃう。

SEXは、「〝自分〟というメンドクサイものを忘れたい衝動《しょうどう》」でもあるんだけど、年をとってくると、「自分を忘れたくない」になってくる。「この自分のやりかけのことをちゃんとやりたいから、SEXして時間を取られるのがいやだ」という、若い時とは逆の発想だってでてくる。若い時にSEXに熱中しちゃうというのは、体力があまっているということの他に、「SEX以外にあんまりすることがない」ということだってある。

若い時は、あんまり外側に「自分の役割」というのがないから、「いいもん」とすねて、「自分の内側」に逃げ込んでしまう。だからそれで「SEXにばっかり熱中する」ということも起きるんだけど、世の中に「自分の役割」というのがはっきりできちゃうと、そうそう逃げてばっかりもいられない。

「やだな」と思って、それでSEXばっかりしてる「浮気な中年男」だっている。自分の立場は確保できたんだけど、でもその役割があんまりたいしたもんじゃないから、それでヤケを起こして浮気ばかりしている中年女というのもいるけど、でも「義務なんだから、ちゃんとやんなきゃな」という理性が生まれてきちゃうのも、中年からですね。

「他にすることがあるから、あんまりSEXしなくてもいいや」という状態は、若い人にはわかりにくいかもしれないけど、そういうこともあるんだ。だから逆に、たまーに、「すごくSEXしたい」という時も来る。すごくうれしいことや、すごく悲しいことがあった時は、やっぱり、人を感じたい。人の肉体を感じてSEXしたいと思うのが、「もうそんなにＳＥＸをしたくないな」と思う年頃のＳＥＸ。

そういうもんだから、そういうもんでいいんです。

ＳＥＸには「若さ信仰」というのがある。肌がたるんできたとか、シワが増えた。ゼイ肉がついたという、「肉体の美醜」に関するもの。男性だったら、「勃起力が弱くなった」という悩み。女性だったら、メンスが止まる「閉経《へいけい》」という現象もやって来る。

人によって違うけど、だいたい四十代の後半ぐらいになると、女の人には「更年《こうねん》期《き》障《しょう》害《がい》」というのがやって来る。「もうすぐメンスが止まりますよ。もう、卵巣から子宮に卵子を送るのをやめますよ。それに合わせて体の調子もいろいろ変わりますから、気をつけてください」というのが、女性の「更年期障害」。

昔は「メンスがあがる」というのを、「女として終わりになる」というふうに解釈もしていた。だから、女の人はこの時期に気落ちをすることが多かった。「自分はもう女として〝終わり〟なんだ……。いったい自分は、今まで〝女〟としてなにをやってたんだろう？　意味のある〝女〟をやってたのかな？」とかね。卒業式の感慨に近いね。

そして「卒業式の感慨」だから、反対にこういうのもあった。「ああ、これでやっと、あの生理というメンドクサイものから解放される！　私は自由だ！」というのもね。「私は、ＳＥＸなんか好きじゃなかった。〝女〟だからしょうがなくて、夫のＳＥＸにつきあってきたけど、これでもう〝女〟じゃなくなるんだから、そんなメンドクサイことにつきあわなくてすむ。うれしい！」という人も。

でもべつに、メンスが止まったから、そこですぐ女の人が「男の人」になるわけじゃない。メンスが止まっても、人間の女は人間の女のままですね。ただそれが、ある種のピリオドとなるだけ。

女の人は、そういうふうにピリオドがはっきりしてるから、「楽だ」とも言えるかもしれない。男の人は、自分で自分のコンディションを見ながら、「自分は若いのか？　若くないのか？」を判断しなきゃならないからね。


SEXへの欲望が、若い時ほど強いのは、当然です。「これから先、大人になってかなきゃいけない。大人になるためのストックをいっぱい作っとかなきゃいけない」というのが若い時期なんだから、それは当然です。だから、「べつにSEXは、いつまでも若い時とおなじままでいなきゃいけないわけでもないんだ」と、そういうふうに思ったほうがいいんです。

「中年からのSEX」「老人になってからのSEX」は、「若い時からの延長」でもあるけれど、それとは全然違ったものでもある。「老い」というのは、その人の人生の結果を教

Love
me
you

える通信簿みたいなもんで、人によってそれぞれ違う。それぞれの都合に合わせてSEXをする。その中にはもちろん「私は、どっちかというと〝しない〟を選択する」というのだってある。必要なことは、「年をとったらSEXをしちゃいけない。年をとってのSEXは見苦しい」なんていう考え方を捨てることです。

べつにSEXは「美しいもの」じゃない。SEXは人生で、人生は「それぞれの人生に、それなりの美しさが、あるんだったらある」というだけのことですからね。「美しくないからしない」「美しくないからしちゃいけないんでしょ?」なんていう、つまんないヤセ我慢《がまん》はしないほうがいいですよ。

あ、そうだ。ひょっとするとSEXというものは、「人間の我慢が、すべて表現されるようなもの」なのかもしれない。

エピローグ　なぜ死ぬことを恐がるのか？

最後です。「人間は、なぜ死ぬことを恐がるのか？」という話をします。

「老いが恐い」というのと「死が恐い」というのは、ちょっと似て、ちょっと違います。人間が死ぬのを恐がるのは、「今自分がここで死んじゃったら、結局、自分はなんにもしないまんまで死んじゃった、ということになるんだな……」と、そう思うから恐いんです。

「自分はまだなんにもしてないな……、自分はなにかを、し残してるな……」と、それを思えば、「このまんま死んじゃうのなんてやだな……、恐いな……」という気になる。

人間はやっぱり、なんかを「残したい」んですね。

だからなんなのかというと、そんなに「死ぬのが恐いんだったら、さっさとなんでもいいから、なっとくのいくことをやれば？」というだけです。

ＳＥＸというのは、今まで「秘密のヴェール」におおわれていて、「なんだかよくわからない」部分が多かった。だから、「その、なんだかよくわからないものに、ひょっとしたら未練がある、のかもしれない……」になったんですが、SEXというものは、そういう未練を残さないための、充実した人生を送るためのエネルギーです。

そのことをもう一ぺん頭において、あるいは胸に刻んで、生きてみましょうね。

バイバイ。

解説　欲望をもつことに罪悪感を抱かなくていい

二村ヒトシ

性教育には二種類あります。

ひとつは、恋愛やセックスやオナニーをするとき、人と生活するとき、他人とすれちがうときに知ってなきゃいけない性の知識、マナーや思いやりをきちんと教える教育。

もうひとつは、自分で考えるための教育。何について考えるのか？　あなた自身がやりたいこと、あなたが好きになった相手がやりたいこと、それから、あなたの身近な誰かや、どこかの知らない誰かが、やりたいことについてです。なぜ、そういう恋愛やセックスがしたくなってしまうのか？　あるいは、なぜ（それが世の中で〈まとも〉とされているような恋愛やセックスであっても）したくないのか？　みんなが自分の性の欲望について、悩むのではなく、ちゃんと考えられるようになるための教育です。

この二種類の性教育は、両方とも必要なんです。子どもや若者たちだけではなく、「自分は性について、わかっている」と思いこんでいる大人たちにとっても。

現在の日本では、学校の性教育のカリキュラムが不十分です。

この『ぼくらのＳＥＸ』が最初に出版されたのは今から30年くらい前のこと。その時代は日本でも性教育をちゃんとやろうという機運がいっとき高まりました。でも当時の政府やお役人が「そんなエッチなことは、学校の授業ではしなくていい」と言ったため、どんどん下火になっていって現在にいたるのです。

このままではいかんと、近年やっと〈正しい知識やマナーや思いやり〉についての書籍やインターネット記事が増えてきています。

けれど、正しい思いやりの方向性は、その時々の社会のありかたによって変わっていきます。さっき教わった最新の〈正しさ〉が5年後に通用するとは限りません。人間は意外と長生きなものです。他人への思いやりの問題は死ぬまでついてまわるわけですから、そこで大切なのは〈正しさ〉を教えられたまま飲み込むのではなく、「この〈正しさ〉は自分自身にとって、自分が愛する人にとって、どういう意味をもつんだろう?」って考える習慣をつけることです。

正しいマナーや知識は必要ですが、それを一方的に〈教えられている〉だけだと、それがどんなに正しいことであっても、いや、正しければ正しいほど、人は「めんどくさいな……」と感じるようになってしまう。「めんどくさいから、もうセックスも恋愛もしなくてもいいかな……」という気分の人も増えています（そう感じることは、それぞれの人の自由ですが）。

また、自分の考えだけが正しいと思い込んでしまった人は、正しくない（ように見える）人を攻撃しがちです。攻撃された人は、自分を否定された気持ちになって怒る人もいるから対立も深まるし、罪悪感まみれになって苦しむ人や自暴自棄になっちゃう人もでてくるでしょう。

けんかをすることに性のエネルギーを使ってしまっていると、せっかくの知識やマナーや思いやりが、むだになってしまいます。

『ぼくらのSEX』は、セックスや性について読者に考えさせるための本です。読む人はいちいち立ち止まって考えなければいけない。ちなみに同じく橋本治さんの著書である『恋愛論 完全版』も〈恋愛について〉のそういう本です。橋本さんは、ほかにもさまざまなジャンルの〈読者が考えざるをえなくなる本〉をたくさん書いています。

あなたが、この本を最後まで〈自分ごと〉として考えながら読んで、もしもあなたにとって抵抗があることや、読んでいて「おかしいな」と感じることが書いてあったら、「自分とは考えがちがう」とあきらめてしまうんじゃなく、「なぜこういう書きかたをしているんだろう?」と考えながら、橋本さんに質問をするように(といっても橋本さんは亡くなってしまったから、あなたの頭の中で橋本さんと話をするように)1ページ1ページじゅっくり読んでみてほしいのです。そういうことができる、そういう読みかたをしなければならない、めんどくさい本だけど、とても読者の近くにあって真剣な本です。

たとえば。「セックスは人間が生きていくためのエネルギーだ」と橋本さんは書いている。この本の最初のところです[まえがき]。

もちろん、いわゆるLGBTの人たちの恋愛や結婚やセックスが尊重されるべきなのと同じように、恋愛もセックスも結婚もしたくないという個人の感情も〈しない権利〉も、尊重されるべきです。また「恋愛も結婚もしたくないけどセックスはしたい」とか、「結婚する相手とセックスはしたくないけど結婚はしたい」とか、そういう欲望のありかたも尊重される社会であるべきだと僕は思います。

橋本さんは「セックスをしたくない人たちは、生きていくためのエネルギーがない人たちだ」って書いてるんだろうか?

そうではないだろう、と僕は考えました。あなたはどう考えますか？

もしかしたら橋本さんは「他人と関わることは、すべてがセックスの一種なんだ」って書いているんじゃないのか、と僕は考えました。

他人と関わることのすべてが、性のエネルギー。でも人間はそのエネルギーすべてを、セックス行為そのものや恋愛にだけ使うわけではないというのが橋本さんの考え［まえがき］。だとすると「なるほど、つまり他人と関わるということは多かれ少なかれ性的なことであり、だから自分は他人と一切関わりたくないんだ」と納得する人もいるかもしれない。そして「やっぱり他人との関わりは最小限にして生きていくのが、自分にとっては幸せだ」と思うかもしれない。それもそれで別にかまわないと僕は思いました。他人と関係したい気持ちの量も人それぞれ、個人によってちがうものだから。

だけど、ずっと恋愛もセックスもしたくないと本気で思っていた人が、ある日とつぜん恋に落ちてしまうということだって、不思議なことだけど、ありえる。

この本を読んで僕が考えたのは、いまセックスをしたくないと感じている人が将来どうしてもセックスしたくなってしまうことがもしもあったら、そのとき自分の〈セックスしたさ〉に罪悪感や劣等感や敗北感をもたないでほしい、ということでした。

この本には、とにかく「欲望をもつことそのものには罪悪感を抱くな」ということが書いてあるんだと僕は思いました。そして「罪悪感は抱かなくていいけれど、欲望をもった以上は〈考えなければいけないこと〉と〈取らなければいけない責任〉がある」という橋本さんの考えも書いてあります。

それから〈現代では、実行してしまったら逮捕されて罰せられる種類の欲望〉について、「その欲望をもつことは、世の中でダメだとされているからダメなのではなく、その人の心の中の問題として、こういうふうに間違っているんじゃないの？　間違ってるんだから、実行しなくてもいいんじゃないの？」という橋本さんの考えも、とても論理的に書いてあります［32章］。あなたはどう考えますか？

考えるためには、考える前提としての〈知識〉も、もちろん必要です。

その知識について、1993年に書かれた本ですから、この解説を書いている2021年の時点からみて古びている部分が（それも、けっこう重要なポイントで）何点かあります。

たとえばエイズについて［26章、29章、38章］。いまでも「治ることはない病気」ではあるけれど、検査で早期発見して治療をちゃんとすれば、長生きすることもできなくはない病気になっています。

「経口避妊薬（ピル）」についても［28章］。服用時間は厳密になりますが避妊効果は同じで、血栓や子宮癌・卵巣癌のリスク因子であるエストロゲンが配合されていないため「低容量ピル」よりもさらに女性の体への負担が少ないとされる「ミニピル」が開発されて、いまは日本でも個人輸入することができます（処方してくれる病院は少ないですが、あります。ただし低容量ピルもミニピルも避妊目的だと保険が効かないため、かかる費用は安くはありません）。

「癩病《らいびょう》」ということばも、これから使うんだったら「ハンセン氏病」と言い換えたほうがいいでしょう［38章］。

そういうふうに〈知識〉や〈常識〉は更新されていきます。でも本書で示された橋本治さんの〈考えかた〉は古くなっていません。橋本さんは、こう考えます。

「ＡＩＤＳ」は、「他人とつきあってはいけません」という病気ではない。「ＡＩＤＳ」は、「必要な他人と、ちゃんと、勇気を持ってつきあいなさい」ということを、人間に告げる病気なんだ。［38章］

これを読んで、エイズだけじゃなく新型コロナもある世界（いずれワクチンが普及したとしても、人間のコミュニケーションに影響をあたえるような新しい伝染病は今後も発生し続けるだろう世界）で生きている〈あなた〉は、どう考えますか？

「SEXをしてもいい」と決断するのは、「この人なら信頼してもいい、この人を信頼したい、この人なら信頼できる」という判断を自分なりに下すことなんだ。［23章］

女性が男性とSEXをするんだったら、「こどもができるかもしれないけれど、そのこどもは自分ひとりで育ててもいいんだ」という覚悟を持つように、と。こどもを女性がひとりで育てるのは、義務じゃなくて、権利なんです。［27章］

人間の体は、いろいろな部分で感じちゃうようにできているものなの。そういうことが理解できないと、「SEXとは、女のヴァギナの中で射精をして、自分だけ気持ち良くなること」という錯覚におちいってしまうんだね。［13章］

これらの記述について、あなたは、どう考えますか？

それと、ＡＶのことにも触れないわけにはいかないですね。橋本さんは「ポルノはＳＥＸの教科書だ」と書いています［20章］。

これには、僕は賛成です。女と男、女と女、男と男、老人と若者が、幸せでエッチなセックスをしているマンガやリアルな動画を、「大人になったらセックスをしたい」と思いはじめた子どもや若者は、こっそりと親に隠れて、背徳感は抱きつつ罪悪感は抱かずに、見てもかまわないと僕は思います。

また、セックスをしている者同士が（精神的に、も含めて）おたがい傷つけあっている内容のポルノも、フィクションであるなら（こちらは年齢によってゾーニングされるべきですが）創作されて発売されてもかまわないと思います。しかし、痴漢やレイプの加害者が加害したままでドラマが終わってしまう、つまり、どちらかが精神的に安全で無傷のまま一方的に相手を虐待しているセックスを描いた創作は、あまり発表はされないほうがいいだろうな、とも思っています。あなたは、どう考えますか？

あと、クンニのことを「ハーモニカ」と呼ぶ［21章］のは僕のまわりでは聞いたことなくて、今ではそんなこと言う人いませんよ橋本さんと思ったけれど、念のためインターネットで調べたところ、ハーモニカでメロディを奏でるときのように当てた唇をスライドさせる技（ただし演奏者きどりで息を吹きこむと怒られる）を一部の達人たちはハーモニカと呼んでいることを初めて知り、セックスについては死ぬまで勉強だなぁ、とも思いました。

二村ヒトシ（にむら　ひとし）
1964年東京生まれ。慶應大学中退。アダルトビデオ監督。著書に『すべてはモテるためである』『なぜあなたは「愛してくれない人」を好きになるのか』などがある。橋本治『恋愛論　完全版』の解説も寄稿。

文庫ぎんが堂

ぼくらのSEX

2021年2月20日　第1刷発行

著　者　橋本 治
ブックデザイン　タカハシデザイン室
DTP　松井和彌
編　集　圓尾公佑

発行人　友澤和子
発行所　株式会社イースト・プレス
〒101-0051　東京都千代田区神田神保町2-4-7 久月神田ビル
TEL 03-5213-4700　FAX 03-5213-4701
https://www.eastpress.co.jp/
印刷所　中央精版印刷株式会社

ISBN978-4-7816-7199-4